ヘルメスの相続

The inheritance of Hermes

宮城啓

Miyagi Akira

幻冬舎

ヘルメスの相続

イラスト　服部幸平
装丁　　幻冬舎デザイン室

目次

主な登場人物

岸　一真……公認会計士。財務コンサルタント。元東亜監査法人。
草間亜紀……女子大生。岸の姪。
永友武志……東亜監査法人経営メンバー。岸の元上司。
藤原ゆづき……岸の元恋人。
レイラ・ジョーンズ……ニューヨークの大学の教員。
コナー・ガルシア……レイラの恋人。フリージャーナリスト。
ルイス・ガルシア……コナーの父親。
江川健介……ジャーナリスト。
石田直樹……警察庁JAFIC（FIUの日本の担当部署）勤務。警視庁刑事。

榊木源太郎……榊木実業社長。
秦　和雄……榊木実業専務。
山澤正雄……榊木実業元社員。桂川家執事から転籍。
桂川篤久……旧華族・桂川家嫡男。
宮田徳則……桂川篤久の母方の従弟。
真岡鉄治……千年地所最高顧問。香港在住。
真岡元也……鉄治の長男。
真岡真知子……鉄治の妻。元也の母。
才田昭夫……千年地所秘書室長。
リー……マカオのジャンケット。
斉藤　碧……不動産管理会社社員。
新谷一平……千年地所管理部財務課係長。碧の高校の同級生。

終戦

1

昭和二〇年一〇月一六日　朝日新聞朝刊一面

獨占支配を破碎し
不當利得吐出し
クレーマー大佐言明　財閥の解體検討

聯合司令部経済科學局長クレーマー大佐は、十五日午後日米新聞記者團との會見において、財閥解體についての措置が近くとられる旨を明らかにし、あはせて當面の経済問題に関し意見を開陳した、同大佐の談話趣旨は左のごとくである

三井、三菱、住友などの財閥については目下種々研究中でポツダム宣言に沿つてその解體を考慮してゐる、その仕事の第一段階は既に終了し、目下財閥の機構を研究中である、勿論機構といつても各財閥によつて異り、これを同日に論ずるわけには行かない、またどの財閥をどうす

るかといふこともいへない、しかし財閥に対応する根本原則は二つある、第一はこれら財閥は戦争中巨額な不當利得を得たが、彼等から戦時利得を吐き出させ、すべての日本人に戦争が決して有利な事業でないといふことを、深くその脳裏に刻みつけることである

第二には全体主義的な獨占力を持つた経済勢力の破砕である

男の目が新聞記事にくぎ付けになっていた。記事を読みながら次第に笑みがこぼれ、喜びが胸に込み上げてきたが、そんなに浮かれてもいられない。何はともあれ、これからが本番だ。

「マッカーサーは本気のようだな」

眼前の役員机に座っている秦和雄は、今まで見ていた書類を決裁箱に入れると、仏頂面を男に向けた。

「だから言っただろ。ＧＨＱは必ず財閥を解体する」

最初は信じられなかった。九月に発表された米国の占領方針の中に、この財閥解体が盛り込まれたものの、なにしろ、三井、三菱、住友、安田の四大財閥に、自発的解体を求めたに過ぎなかったからだ。三菱はそれを突っぱねるし、首相の幣原も財閥を擁護するばっかりで、生ぬるいこと至極だ。気を吐くのは社会党だけだった。それがこの会見で、マッカーサーの強硬な姿勢がわかった。さすが秦だ。こいつは占領方針発表前から、こうなることがわかっていた。

「財閥解体は既定路線。マッカーサーはそのうち解体命令を出す」と。

男は興奮し鼻を膨らませた。ああ、愉快だ。これほど胸躍るのは久しぶりだ。日本が無条件

降伏してからというもの、とんでもねえ暮らしが続いている。とにかく、情けなくてしようがねえ。負けるんだったら戦争なんかやらなきゃいいんだ。マッカーサーなんか糞くらえ。だが、戦争でたらふく儲けた財閥はもっと汚ねえ。俺たち庶民が、闇市の残飯シチューでやっと生き延びてるってのに、あいつらはしっかり白い米を食ってやがる。あいつらを解体しようっていうんだから、米国の鬼畜野郎どもの方がまともだ。これで俺にも、運が回ってきたっていうもんだ。

男がさらに記事を読み進めると、あることに気付いた。

「秦さん。ここには四大財閥のことしか書いてねえぜ。大丈夫だろうな」

「だから何度も言っただろ。そのうち、解体対象が広がる。浅野、古河、大倉、野村、川崎、日産そしてわが社も対象になる可能性が高い。ＧＨＱは甘くない。そうなったら大変なことになる。持株会社は解散。所有株は全部処分させられ、一族をはじめ役員全員が退陣だ。それだけじゃない、財閥の経営者は戦犯として逮捕されるんだ」

「ほほう。じゃあ、榊木実業(さかきじつぎょう)専務取締役のあんたもお縄か」

「いや、俺は大丈夫だ。もう手を回してある」

ちぇっと男は舌打ちした。所詮こいつも金持ちの仲間だ。

ソファーから立ち上がり、今朝の冷え込みで痛みだした右膝をかばいながら、秦に近づく。チンピラ同士の喧嘩に巻き込まれた時には運が尽きたと思ったが、この足のお蔭で徴兵を免れた。ちょっと不自由だが、大したことはねえ。

読んでいた新聞を差し出すと、秦はそれを手に取るなり、机の上にバサッと置いた。このところの心労からか、鬢の白髪が一層増えたように見える。

「これがうまくいけば、本当に俺の会社にしてくれるんだろうな」

秦の冴えない顔に、憂鬱そうな色が宿る。

「何を言ってんだ秦さん。奴らは会社なんて興味がねえ。借金を返してもらえればそれでいいんだ」

「本当だろうな」

疑いの目で見る秦に、男は内心苛ついた。だが、それをおくびにも出してはいけない。こいつにそっぽ向かれたら、これからの計画がおじゃんだ。

「もちろんだとも。俺を信用していねえのか」

「いや、あんたが奴らと話をつけてくれたのは感謝している。だが、少し心配になったんだ」

「大丈夫。この会社はあんたのもんだ。後腐れなくきっちりと手を引くと、奴らも言ってるから安心しな。あんたはもう組から追われることはねえ」

ほっとしたのか、秦の表情が少し緩んだ。

男は、タバコを取り出し火をつけた。

「あんたがこの会社の社長になれば、すべてが思う通りになる。俺も精一杯あんたを応援するよ。だから最後まで気を抜かずにやることだ」

「わかった。恩に着るよ」

「ところで、今後のことだが」

そう言って、男は大きくタバコの煙を吐き出す。

「本当に預金封鎖なんてあるのか」

急に厳しい目つきに変わった秦は、盗み聞きされていないことを確認するように、誰もいない部屋の隅々にまで視線を運んだ後、ぎこちない頷(うなず)きを見せた。

「ああ、そうだ。そのうち発表される」

「でも、そんなことがあったら大変なことになる。財閥解体どころの騒ぎじゃねえぜ。預金が引き出せなきゃどう生活しろってんだ。ただでさえ物がバカ高くなってるのに、それこそ飢え死にしろってもんじゃねえか」

「だからやるんだよ。このインフレをどうにかしなけりゃならない。一斉に封鎖し、引き出しを制限して、新円に切り替えるんだ。今の円は使えなくなる」

「本当かよ」

「確かな筋からの情報だ。間違いない」


その後、一一月に入り、四大財閥の解体が決定。その保有資産の凍結が進められ、徐々に財閥に対する包囲網が確立されていった。

日本の財政は急坂を転げ落ちるように悪化し、物価上昇と相まって、経済は最悪な状態になっていく。

そして、年が明けた昭和二一年二月一六日の夕刻、全国民が驚嘆する、ある施策が政府から発表された。

預金封鎖である。

国民の生活は混乱し、筆舌に尽くしがたい困窮が、大波のように押し寄せた。


それから数か月後。

榊木実業の役員室に足を運んだ男は、持っていた新聞を応接テーブルに放り投げ、革張りのソファーに腰を埋めて、テーブルに足を投げ出した。机で書類を見ていた秦は、その姿を見て顔を歪める。

「秦さん、あんた大したもんだぜ」

無言のまま、秦はまた机の上の書類に視線を落とす。

「GHQは、これまでのところあんたの言った通りに動いている。俺たちもそれに乗って、うまくやってるってもんだ」

秦の立案した行動計画は、流石に抜け目のない完璧な計画だと、その男は感心していた。こいつの言った通りにやっていれば絶対にうまくいく。たんまりカネが入ってくる。

秦は、不安げに額の汗を拭った。

「最近、井上が頻繁に出入りしている。何か嗅ぎつけたのかもしれない」

榊木実業の顧問弁護士、井上篤。若いがなかなかのやり手で、頭も切れる。だが、まだ肝っ玉がちっちぇえ。

「そりゃあ、弁護士だからな。それに榊木の義弟でもあるんだから、あんたの提案を相談するだろうよ。だが考えすぎだ。大丈夫、榊木はあいつには話さねえ。誰にもわかりゃしねえさ」

「そうだろうか」秦はまた汗を拭い、吐息をつく。「失敗したら私は首どころか、刑務所行きだ。ちゃんと榊木の身辺に目を光らせてくれ」

男は首を振り、つまらなさそうに舌打ちした。こいつが取り乱して、計画が誰かにばれたりしたら元も子もねえ。

「わかってるよ。今日もこの後、榊木の身辺を探る予定だ」

五反田の山の上にある榊木邸は、成金らしく贅を尽くした洋館で、調度品もすべて舶来品だというから驚きだ。壁には隙間なく絵画が飾られ、至る所に骨とう品が並んでいる。昨日は、俺の背丈よりも高い、見るからに重そうなものを運び込んでいやがった。白い布で覆っていたから中身はわからねえが、あれはおそらく彫像だ。榊木本人の銅像だったら笑えるが、こんなご時世にそんなくだらねえ物を作りやがって、まったく腹の立つ奴だ。

男は、ここに来るたびにむしゃくしゃして、胸糞が悪くなる。俺だってこんな豪邸に住みてえ。だが、貧しい小作人上がりの身じゃあ、どうすることもできねえ。実家は食い扶持にも困るありさまだったから、学校にもろくに行かせてもらえなかった。腕っぷしとずる賢さと運だけで生きてきた。だが、所詮、貧乏人は貧乏人だ。この世の中のカネは、ずっと同じところを回ってんだ。その流れを変えなきゃあ、こっちにカネなんか回っちゃあ来ねえ。だから変えるんだ。それも手っ取り早くな。

取り留めもなく考えていると、正面玄関に黒塗りの車が到着した。来た。井上だ。

庭に隠れていた男は、すぐさま邸(やしき)の茂みを抜け、一階の一番奥にある榊木の書斎の窓の下に移動し、身を潜めた。西洋式の出窓は、夏のため開け放たれている。

井上が最近ここに現れ、榊木と書斎に籠って打ち合わせをしていることは、ここにいる奉公人から聞いていた。だがそれは、ここのところ矢継ぎ早に発表されるGHQの経済政策が気になった井上が、榊木に会社の対応を促しているだけだ。俺たちの企てがばれるはずがねえ。

書斎のドアが開く音が聞こえた。

「見ましたよ。玄関ホールに置いてあったもの。例のブロンズ像ですよね」

井上の言ったのは、たぶんあの白布に覆われた代物のことだ。

「ああ、そうだ」

やっぱり銅像か。あんなもの、どうすんだ。

「ようやく出来上がったんですね。早く中を拝みたいものです。で、あれをどこに？」

「バルコニーに取り付ける予定だ」

「それはいい。遠くからでもよく見えます」

馬鹿馬鹿しい。そんなもの誰が見るか。

「でも、大変だったでしょう。まだ金属類も不足しているでしょうから」

「それはそうだが、こんな時だからこそ、気持ちを新たにするためにはあれが必要なんだ」

「まあ、お兄さんのやることだから何も申しませんが。ところで話は変わりますが、今日の朝刊は見ましたか？」

「財閥指定のことか？」

「ええ、そうです」

その話題を待ってたんだ。四大財閥の次は新興財閥にメスが入り、徐々に、財閥解体の対象となる企業の範囲が拡げられているが、今日の新聞には榊木実業の名は載っていなかった。

「本当に大丈夫なんですか？」

「もう手は打ってある。社員に辛い思いはさせたくないからな」

けっ！　何言ってやがる。榊木らしいかっこつけたセリフに、男は心の中で舌打ちした。社員からの信望は厚いようだが、みんな騙されているんだ。金持ちは自分のことしか考えてねえ。安い給料で死ぬほど働かせ、社長である自分はこんな立派なお屋敷に住んでやがる。社員に辛い思いをさせたくないなんて、聞いて呆れる。

「でも、どうやって切り抜けるつもりなんです？」

「そのうちわかる。まあ座れ」

榊木の落ち着いた声を聞き、男は胸をなでおろした。馬鹿な野郎だ。井上には何も話しちゃいねえ。

ライターのカチッという音が聞こえた後、「それよりも、舞子のことなんだが」と榊木が切りだした。舞子は榊木の後妻で、まだ二十歳そこそこの女だ。

「ああ、そのことですか。やっぱり駄目ですか」

しばし間がある。

「ずいぶん強情な女ですね。何が不満なんでしょう」

「先日、舞子の日記を見てしまった」

「日記？」

「悪いと思ったんだが、つい。そこに、昔の男のことが綴られていた」

「なるほど。そういうことですか」

「だが、私の気持ちは変わらない。何とかしてやりたい」

またライターの音が聞こえ、井上が言った。

「お兄さんの一途な気持ちが通じないなんて、まったくもって不思議ですよ。戦死した男のことをいくら考えても、もう戻ってくるわけがない。それにこの世の中、女が生きる道なんてそうはないんですからね。こんなこと言っちゃあなんですが、新橋のパンパンがまた手入れされたっていうじゃないですか。そうなってもおかしくないんだ」

「そんな言い方はやめろ。舞子はそんな女じゃない」

「あ、これは失敬。僕の言いすぎです。でも」

「もういい。それ以上言うな」

そこで会話が途切れた。

女の話はどうでもいい。犯行計画がばれていなければそれでいいんだ。その場を去ろうと思った男だったが、しんと静まり返っている今はまずい。

「それでだ、お前から聞いたあのことだが」

「ああ、あれですか」

男は不審に思い耳をそばだてた。あのこととはいったいなんだ。

ソファーの軋(きし)む音が聞こえ、机の引き出しを引く音がした後、榊木の声が聞こえた。

「これで、どうだ」

少しの間、沈黙が流れ、「これで大丈夫です」と井上が答えた。

「で、どこに？」

「金庫にしまっておく。これは私とお前しか知らない。私に万一のことがあったら、その時には頼む」

「わかりました。でもまだそんな歳じゃありません。ずっと先の話でしょう」

金庫があるのか。中に何が入っているんだ。気になるが、どうせ会社の財産は俺のものになる。今は、余計なことは考えない方がいい。すべてが順調に進んでいる。あとは最後の仕上げが残るだけだ。男は、全身から湧き上がる悦びに、ふと薄笑いを浮かべた。

そこにドアのノックの音が聞こえ、女中が現れた。その機を狙って、男は静かにその場を去った。

2

喧噪の夏が、ようやく去ろうとしていた頃だった。

夕凪がいつしか強風に変わり、湿った風が裏山の竹藪をざわつかせている。

見張り役を任された定吉(さだきち)の気分は、最悪だった。

昼間なら見晴らしのいい海岸沿いの別荘地は、辺り一面、真っ黒な海と同化して、深い谷底に引きずり込まれるような恐怖感でいっぱいだった。不気味な風音が耳の中で鳴り響き、竹藪のカツーンという音が頭の中を貫く。そんな暗闇の中、灯籠の灯が頼りなく照らす玄関口を、息を殺してずっと見張っているのだから気が落ち着くわけがない。

もう小一時間は経っただろうか。いや、まだ三〇分ぐらいしか経っていないのかもしれない。気が焦り、何度も舌打ちをしながら、彼は自分の馬鹿さ加減を悔やんでいた。なぜこんなことを引き受けてしまったんだ。

定吉は、今までの己の薄幸を思い起こした。

満州から命からがら引き揚げてきた自分を待っていたのは、焼け野原となった東京と、許嫁(いいなずけ)である舞子の死の知らせだった。昨年三月の空襲で東京は火の海になり、舞子はその犠牲となったと聞かされた。

定吉にとって、荒涼とした満州の地で思うのは、内地に残した舞子のことだけだった。生きて帰りたい。死の淵を彷徨(さまよ)いながらも、そう強く念じて必死に生きた。

忘れようと思っても、ふと気付くと舞子との思い出が頭に浮かび、定吉の胸を締め付ける。初めて舞子を見た時の胸の高鳴り。将来を誓い合った時の喜び。そして最後に会ったあの日のことは、決して忘れることができない。

あれは、お国のために戦地に赴く前日だった。蛎殻町の小さな神社で、人目を忍んで逢引したことが、昨日のことのように思い出される。鳥居の脇には、昨晩から降り積もった雪の間から、薄桃色の梅の花が一輪顔を出していた。

「あ、可愛い」

舞子が無邪気に喜び、顔を近づける。うなじが寒さに震えているようだった。

「こんなに寒いのに、梅って咲くんだね」

「紅冬至よ」

「ベニトウジ？」

「ええ、冬至の頃に咲く、早咲きの梅なの」

「冬に咲く梅か。それも雪の中で咲くなんて。可憐ですぐ散ってしまいそうだけど、我慢強いんだな」

真っ白な雪に浮かび上がる淡い桃色は、より一層映えて美しい。寒さに耐えながら、しっかりと咲いているその姿を見て、彼女は言った。

「私もこの花のように、辛抱して定さんの帰りを待っています」

あの時の言葉が、今でも頭から離れない。

「きっと戻ってくる」

その時、そう言って舞子を見つめ、手を握った。女中奉公でひび割れた指は、氷のように冷たかった。

「私、毎日定さんに陰膳をして、無事に帰ってこれるように、ここに御参りに来ます」

薄紅色の小さな唇から白い息が漏れている。透き通るような白い肌は寒さに凍え、今にも壊れてしまいそうなほど繊細に見えた。彼女は懐から白布を取り出し、定吉に差し出す。五銭硬貨が縫い付けられた千人針だった。定吉はそれを握りしめ、涙をこらえながら彼女の細い身体を抱きしめた。絶対帰ってくる。そう心に誓った。

しかし、待っているはずの彼女はもうこの世にいない。せめて亡骸(なきがら)だけでもと思うのだが、おびただしい数の行方不明者の中から、彼女を捜し出すことは不可能だった。

こんなことなら満州でくたばっていればよかったんだ。何のために戻ってきたのかわからない。やり場のない怒りと悔しさが彼を自暴自棄にさせ、仕事にもつかず、新宿の街で盗みやひったくりを重ねているところを、闇市を取り仕切るヤクザの目に留まった。

盗みに入るから見張りをやってくれと頼まれただけで、あんな大金をくれるわけがない。まずいことに巻き込まれなければいいがと思いながらも、生活がかかっているから仕方がないと割り切っていた。だが、こんな田舎くんだりまで遠出して、おまけにこんな闇夜にずっと見張り役なんて、話が違うじゃないか。それになんだか大掛かりなのも気にかかる。連れの男は裏口の見張りをやらされ、家に入った実行班が別にいるらしい。でも、そもそもこんな別荘に金なんかあるのだろうか。もう東京行きの最終列車は行ってしまったから帰りたくても帰れない。投げやりな気持ちになって、また玄関口に視線を運んだ。

盛りのついた猫の唸り声が耳についた。風が一段と増し、雨戸がガタガタと鳴りやまない。どうしようもない焦燥感が、定吉の胸を襲った。

額の汗を乱暴に拭い、落ち着きのない表情で真っ暗な空を見上げる。まだだろうか。もう終わってもいい頃じゃないか。

灯籠の灯が、今にも消えかかっていたちょうどその時だった。

「ギャー」

獣の叫び声だろうか。定吉は辺りを見回した。山ではない、家の中からだ。まずい。見つかったか。

夜陰に紛れて盗みに入り、山中に逃げ去ると聞いている。こんな田舎なら警察だっていないし、隣家だって遠く離れているから心配いらないと言っていたのに。

ウォーというけたたましい咆哮が、耳を貫いた。

廊下をドタドタ走る音。バタンという雨戸の倒れる音。それに混じり、絶叫が続けざまに母屋から響き渡る。

定吉の胸が張り裂けそうに高ぶった。麻の白シャツが、汗でべっとりと体に張り付く。顎の震えが収まらない。

きっと、家の中ではまずいことになっているんだ。乱闘になっているのかもしれない。

その瞬間、パチパチと何かが弾ける音が聞こえ、煙のくすぶる臭いがしだしたかと思うと、裏手から火の手が上がったのが見えた。海からの強風で見る見るうちに勢いが増し、炎が空に舞い上がる。いきり立つ炎は暗闇を真っ赤な地獄へと変え、屋敷のすべてを飲み込もうとしている。

全身が炎にあぶられ、定吉はとたんに目の前の惨状に恐れをなした。

いったいどうなっているんだ。なぜ火が上がっている。盗みだけじゃないのか。

「おい、逃げるぞ！」

連れの男の声がした。裏口から駆けて来たようだ。その背後に二人の人影。両方とも男だ。一方は片足を引きずっている。その男と目が合った。なんであいつがここに。

「おい、何やってんだ。急げ！」

連れの男は焦っていた。背後の二人は林の暗がりに消えようとしている。もう一人、跪(ひざまず)いて苦しそうに嘔吐している男の姿が見える。炎で照らされた彼らの全身が、血潮で真っ赤に染まっていた。

「どうしたんだ。奴ら、血だらけじゃないか」

定吉は腰が抜け、身動きできなかった。

「そんなことはどうでもいい。早く逃げるぞ！」

連れの男が定吉の腕を摑み上げる。

それを振りほどき、恐る恐る声を出した。

「殺（や）ったのか？」

男は舌打ちし、唾を吐き捨てる。

「おい、答えろよ」

その時、定吉の視線があるものを捉えた。

燃え盛る炎の中に何かがある。

定吉は立ち上がり、じっと見つめる。

声が出なかった。身動きできず、ただそれを見ていた。

人だ。崩れた建物から這い出たところで、力尽きているんだ。

髪も衣服も焼け焦げ、身体全体が真っ黒になっている。

「勝手にしろ」

男は定吉を置いてその場を去った。

定吉は思わずその者に駆け寄り、身体を引きずって何とか火元から遠ざけたが、すでに息がないようだった。死体など、何度目にしたかわからない。だが、内地に帰ってきてまで、こんなものを見るとは思わなかった。定吉の目に、戦場で逝った者たちの、無残な姿が浮かび上がる。両親や妻や子供を残して、はるか満州の地で犠牲となった多くの戦友が、今もなお、茫々たる大地にまみれ、風雨に晒（さら）されている。こいつにも親はいるだろう。妻や子がいるかもしれない。そう考えると、どうしようもなく虚しさが募る。またあの、辛く苦しい満州が頭を巡る。せめてこいつには成仏してもらいたい。定吉は手を合わせようと、横たわる遺体に近づき、その顔を見た。髪の毛が焼け縮れ、顔が煤で真っ黒だった。煙で息ができなかったのか、顎を突き出し、口を開けたまま固まっている。苦しみに喘ぐ顔だ。これ以上見ていられない。目を閉じ、合掌した。その目の裏に、真っ黒な顔が映り込む。どこかふっくらとした顔つき。女のようにも見えた。いや、女かもしれない。なぜか胸騒ぎがする。

目を開け、もう一度その顔を見た。何かが定吉の胸を突き刺した。まさか、そんなはずはない。

もっと近づき、恐る恐る凝視した。

そんな馬鹿な。なぜだ。なぜお前がここにいる。死んだはずのお前が、どうしてここにいるんだ。答えてくれ、舞子。どうしてここにお前がいるんだ。

頭が混乱し、自分の眼前で起こっていることがまったく理解できなかった。

これが夢であってほしいと念じた。きっと自分は幻を見ているのだ。

身体を横向きにし、顔を近づけて見た。自分の目に見えているものは間違いなく現実だった。死に物狂いで愛した女が、自分の目の前で焼け死んでいるなんて。

「舞子！」

定吉は泣き崩れ、拳を地面に思い切り叩きつけながら、自問した。

空襲で焼け死んだと聞かされたのに、いったいどういうことなんだ。あれだけの犠牲者の中、安否確認が取れなかったのはわかる。あの爆撃に晒されれば、命はまずないだろうと思うのも当然だ。空襲で死んだと、奉公先の知り合いが憶測で言ったのだとしたら、それも仕方のないことかもしれない。だが、舞子はここにいる。自分の目の前に、無残な姿で横たわっている。

なぜこんなことが起きるんだ。

何とも言えないもどかしさと、様々な思いが頭の中で渦を巻き、破裂しそうなほど混乱した。

と、その時。霞む目に、何かが映った。なんだあれは。

目を擦(こす)り、顔を近づけて、それをじっと見つめる。

これは——

平成二七年――盛夏

1

けだるい朝だった。岸一真(きしかずま)は、ラッキーストライクに火をつけ、目覚めたばかりのいがらっぽい気管に、最初の一服を流し込んだ。昨晩の酒のせいだ。まだ身体中に沁みわたってやがる。重い身体を起こし、リビングの窓を開ける。ムッとする熱気が、今日一日のやる気を削ぐ。嫌なものが目についた。ベランダの隅。相変わらず鳩の糞が溜まり、手が付けられない有様だった。見るんじゃなかった。

信号が変わったらしく、ふいに山手通りの車のエンジン音が耳につく。タバコの煙が混ざったため息を、排気ガスと騒音がばら撒かれた白い空に吹きかける。その瞬間、胃がムカつきを起こした。昨日は何を食べたっけ。考えるのも面倒だ。そんなことはどうでもいい。

窓を閉め、玄関から持ってきた新聞を広げた。今日も、総合電機メーカー西芝電機の不正経理の記事が躍っている。馬鹿な連中だが、馬鹿でない人間はこの世にいない。こんなことが延々と繰り返されるのは、むろん当たり前のことだ。

新聞のページを捲(めく)る。

もうすぐ始まる二〇一五年ラグビーW杯の、みすぼらしい記事を読んでいた時、携帯電話が着信を告げた。手に取ると未登録の電話番号が表示されている。どうしようか迷ったが、暇つぶしになるかもしれないと電話に出た。

「岸さんですか？」

聞き覚えのない声だ。流暢だが、何となくイントネーションが気になる。歳は若そうだ。昨晩行った歌舞伎町のスナックのホステスか。不法入国の中国人やフィリピン人をホステスとして働かせている、ちんけな店だった。だが、あそこでは名刺は渡していないはずだ。それに、名刺には携帯番号は書いていない。

岸は「そうだ」と答える代わりに「誰だ？」と言った。

「私、レイラといいます。岸さんですよね？　頼みたいことがあります」

女は焦っていた。早口だが、それでもはっきりとした口調だった。

「ちょっと待ってくれ。俺はあんたを知らない」

「永友さんから連絡がありませんでしたか？」

意外な名が出て、岸は意表を突かれた。永友といえば、永友武志しか知らない。監査法人勤務時代の上司で、次期ＣＥＯと目されている経営メンバーの大物。岸が最も信頼を寄せている、恩人と呼べる人物だ。

「東亜監査法人の永友さん？」

「ええ、そうです」

「まだ何も連絡は受けていないが」と言った後、朝起きて携帯の電源を入れた時、着信履歴の表示が一件あったことを思い出した。あれがそうだったのだろうか。

「とにかく会って話を聞いてください。お願いします。どこにでも行きます」

相当、浮足立っている声音だった。

「それは仕事なのか？」

「ええ、そうです。あなたに仕事を依頼したいと思っています。報酬はちゃんとお支払いします」

それを聞いて頭を過（よぎ）ったのは、月末までに支払わなければならない借金と、暴力団よりもたちの悪い、弁護士からの取り立てだった。

あの事件後、東亜監査法人を辞め、財務コンサルティングの個人事務所を始めた。上司からは引き留められたが、もう大組織は懲り懲りだった。事務所の営業は細々としたもので、一人がやっと食っていける程度だ。タバコを吹かしながら暇な一日を過ごし、忘れた頃にやって来る下請け作業をやっつける日々。企業の財務分析、開示資料の作成。まともな仕事などめったにない。公認会計士といっても、この世には掃いて捨てるほどいるのだ。

これでもつい数年前は、億の年収を稼ぐ、浮かれた男だった。だが今はこの様だ。

とはいっても、またあの伏魔殿には戻れない。俺の精神は、そんなにタフじゃない。今の生活が性に合っていると、自分を慰めながら暮らすほかない。

岸は、デジタル時計の日付表示を見た。あと五日で月末。天の助けか。喉から出そうな手を口の奥で止め、乾いた声でアポイント時間を告げた。

岸の事務所は、高田馬場駅から早稲田通りを明治通り方面に数分行った先の、雑居ビルの三階にある。このエリアはエスニック料理の密集地と呼ばれているが、このビルも同様だ。上階のミャンマー料理店と下階のカンボジア料理店に挟まれ、東南アジア人にはたいそう人気の場所だったが、専門サービス業の事務所には人っ子一人寄りつかず、閑古鳥が鳴いていた。「これじゃあ、まるでタイだな」友人に言われ、改めて世界地図を見ると、確かに彼の言う通りの場所だった。

一週間ぶりにジャケットを羽織り、自宅を出る。落合駅に向かう途中、携帯で永友に電話したが、応答がなかった。本当に知り合いなのだろうか。

高田馬場駅で降り、事務所のビルの前に着くと、辺りをきょろきょろしている白人女性と目が合った。

「岸さんですね。レイラです」

ネイティブに近い日本語だ。年齢は二〇代後半。肩に少しかかるくらいの赤茶色のストレートヘア。真っ白なノースリーブからは盛り上がった胸部。真っ赤なショートパンツからは大腿部が露わに見える。背丈はそれほど高くない。日本人女性の平均よりもちょっと高めといったところか。肩から掛けたブランド物のトートバッグと、品のいい香水の香りから、まともな女の匂いがした。だがその一方で、何となく嫌な予感が漂っている。口ばかり達者で自己主張の強い白人女しか、今までに会ったためしがない。

岸の勘が的中したのは、三階の事務所に足を踏みいれた時だった。

「うわー、臭い！　こんな臭いところで話なんかできないわ」

汚物でも見るような表情で口と鼻を手で覆い、事務所の奥の窓を勢いよく開けて、外に向かって深呼吸を始めた。

面倒な女だ。白人は自分たちが世界で一番偉いと思っている。そんな奴らを相手に、商売などしたくない。

「悪いが、ここは飲食店じゃない。分煙に気を遣う場所が好みなら、他を当たってくれ」

「何よ、その言い方」

挑むかのような態度で岸を睨みつけた。だがそれ以上は反論せず、事務椅子を窓の下に寄せると、ドカッと腰を下ろした。諦めないところを見ると、切羽詰まった状態なのだろう。

すべての交渉事において、その力関係は最初で決まる。下手（したて）に出るとそれがいつまでも尾を引く。こき使われ、値切られ、支払を無視される。だから最初が肝心だ。自分を大きく見せろ。有利な条件を引き出せ。相手の弱みを握れ。かつてのアメリカ人上司から教え込まれたやり方だ。奴らがよくやる手だ。

岸は応接用ソファーに腰を埋め、これ見よがしにタバコを取り出して火をつけた。彼女の目の奥が、驚きと憎しみが混ざった色に変わった。

「それで、どういう用件なんだ」

「その前に、私はクライアントよ。仕事が欲しければ、私の前でタバコはやめて頂戴」

今の俺にはカネが必要だ。アメリカ人ほど高飛車にはなれない。この状況で突っぱねれば、元も子もなくなるかもしれない。

「本当にあんたが仕事の依頼でここに来たのなら、話に乗ってあげてもいい」

「仕事よ。れっきとした仕事。永友さんから聞いていないの？」

「携帯に着信があったようだが、連絡がつかない。だから俺にはあんたが何者なのかわからない」

彼女は大きく息を吐くと、説明するのも面倒だと言わんばかりに眉根を寄せた。

「私のパパ、アントニー・ジョーンズは、永友さんのニューヨーク勤務時の上司よ。パパから永友さんにお願いして、あなたを紹介されたの」

アントニー・ジョーンズという名を聞いてまさかと思って訊いてみた。

「ベイリーインターナショナルの？」

「そうよ。あなたのいた監査法人の上部組織よ」

予想が的中し、深いため息をつく。その状況を察したのか、レイラの態度がさらに大きくなったように感じた。アントニー・ジョーンズとは、ニューヨークに本部を持つ会計事務所系ワールドファーム、ベイリーインターナショナルの幹部だ。東亜監査法人はそのメンバーとなっている。つまり、親会社と同レベルの上部組織。永友はかつて、東亜監査法人のニューヨーク事務所に赴任していたことがあった。その頃から、アントニー・ジョーンズとの付き合いがあるのかもしれない。とすると、次期ＣＥＯを狙う永友にとって、彼女は粗末に扱えない上顧客ということになる。

パスポートの開示を要求しようと思ったが、仮にそれが事実だった場合の永友の立場を考えて思い留めた。心の中で舌打ちし、タバコを灰皿に押しつけて、ソファーに背を預ける。レイラは片方の口の端を吊り上げ、誇らしげな表情をした。

「依頼内容は何だ」

「彼が行方不明なの。ニューヨークを発つ直前までは連絡がついたんだけど、日本に着いて連絡したら、携帯が繋がらなくて……」

彼女の話はこうだった。

彼女の恋人コナー・ガルシアは元新聞記者で、今はフリージャーナリスト。日本での取材がてら、レイラと一緒に日本観光を楽しもうと計画を立て、コナーは一週間前に来日。レイラは一昨日、成田に到着し、すぐに携帯に連絡したが繋がらず、落ち合う予定の渋谷のホテルに行ったものの、コナーは昨日チェックアウトしたと、ホテルフロントから聞かされた。今も携帯は繋がらないまま、行方がまったく摑めないのだという。

「で、そのコナー・ガルシアを捜してほしいと」

「そうなの。私、日本に知り合いはいないし、パパに頼んだらあなたが何とか助けてくれるはずだって言って」

「お断りだ」

一瞬、間があった。見る見るうちにレイラの目が吊り上がり、眉間に深い縦皺が寄った。

「なぜよ！」

「俺は財務コンサルタントだ。探偵じゃない」

「でも、パパは永友さんからあなたを紹介してもらって……」

「アメリカ大使館にでも警察にでも行ってくれ」

「もう連絡したわ。でも取り合ってくれないのよ。もう少し待ったらどうかと言って」

「じゃあ、もう少し待ったらどうだ」

「待てないわ。だっておかしいじゃない。約束したホテルにいないのよ。何かトラブルに巻き込まれたのかもしれないのに」

「すっぽかされただけだろ」

「何よ、その言い方」

「まあ、男女関係には何があってもおかしくない」

「ちょっと待ってよ。なんてこと言うの。コナーは約束を破るような人じゃないわ」

「とにかく、俺はごめんだ。悪いが他を当たってくれ」

とその時、携帯の着信音が聞こえた。液晶画面に永友武志と表示されているのを見て、岸は安堵した。何とかして、このわけのわからない案件を断りたかった。

「もしもし。岸です」

「永友だ。コールバックしてくれたようだが、会議中で電話を取れなかった。悪かったな」

「いえ」

「今朝、君に電話をしたのは、折り入って頼みたいことがあったからなんだ」

「わかってます。今、私の目の前にレイラさんがいます」

少し間が空いた。永友は状況を想像しているようだった。「そうか。もう説明を受けたのか？」

「ええ、あらかた」

「じゃあ話が早い。財務の仕事ではないが、君しか頼る者がいない。何とかお願いしたい」

「そのことですが、永友さん。この案件はどう考えても専門外です。これじゃあ探偵ですよ。私には到底無理です」

「そう言うな。君は捜査官として、警察でも活躍したじゃないか。立派な成果もあげている」

昨年、岸が監査法人に勤務している時、警察へ捜査官として出向し、マネーロンダリング事件の捜査に協力して、事件解明に大きく貢献した。

「ちょっと待ってください。あれは財務捜査じゃないですか。わけのわからない人探しじゃない」

「何なのよ、その言い方！」

レイラの声が耳に届いたが、無視した。

「これは私の将来にも関わる重要な案件なんだ。レイラの父親は、我々東亜監査法人のワールドファームの幹部だ。断るわけにはいかない」

「それなら尚更です。何らかの事件に巻き込まれたとすれば、警察に頼んだ方がいいです」

「事を大げさにしたくない。君もわかるだろう。幹部の娘さんが、何かの事件に巻き込まれたと社内に知れたら、大変なことになる。足を引っ張るライバルが大勢いるからな。それに、これはここだけの話だが、アントニーはコナーとレイラの交際を認めていない。コナーが警察沙汰になるのは構わないが、レイラが巻き込まれることだけは避けたいと言っている」

「じゃあ、コナーの行方なんかどうでもいいんですね」

岸はレイラに聞こえないように小声で言った。

「まあ、そんなところだ。彼女をアメリカに無事に帰すこと。それが依頼内容だ。だが、彼女は一筋縄ではいかない娘だ。親の反対を押し切って、自分でコナーを捜すと言い張ってる。手の付けられないじゃじゃ馬娘だ」

岸は、髪の毛を毟(むし)りたくなるような感情を抑えた。

「もちろん、事件性があれば警察に頼むしかないが、そうと決まったわけじゃない。コナーが新しい彼女を見つけて、二人で観光しているのかもしれない。だから、むやみに警察沙汰にしたくないんだ。警察が動き回ったらマスコミに知れる。そうなる前に、何とか片が付くならそうしたい」

「しかし、こればっかりは無理な話です」

「報酬は充分払う。とにかく頼む」

「カネの問題じゃないんです」

「報酬は五〇〇万円。着手金として三〇〇万円をすぐに君の口座に入れると言ってる」

五〇〇万！　金額を聞いて言葉を飲み込んだ。自分の抱える借金が頭を過る。

「足りなければ連絡をくれ。カネに糸目は付けないと言っている。それからこれは重要機密だ。一切他言するな。とにかく頼んだぞ。私は次の会議で時間がない。それじゃあ」

永友はそう言うと、有無を言わさず電話を切った。レイラは横目で岸を見ながら、いまだに窓の外に顔を向けて、それほど新鮮とは思えないエスニックの臭いのする空気を吸い込んでいる。

五〇〇万、と心で呟く。札束が目の前にぶら下がっている。

「どう、引き受けてくれるの？」

したり顔で、彼女はそう言い放った。

くそっ！　癪に障る女だ。だが、仕事をえり好みできる身分ではない。

岸は、手に取った新しいタバコを、吸わずにまた箱に戻した。

「俺に何をしろと言うんだ」

それが受任の意思表示と受け取ったレイラは、トートバッグから折りたたんだ紙を取り出し、

「これ見て」と岸に手渡す。

それは、ネットから打ち出したと思われる三枚の東京の地図だった。

「三か所に印がついているでしょ？　そこに何かの手がかりがあると思うの」

地図はすべて都心の一等地と思える場所で、それぞれに一か所ずつ、黄色いラインマーカーで印がついている。

「何だ、これは？」

「コナーが日本に来る直前に、その場所を念入りに確認していたの。だからそこに取材に行ったんだと思う」

「何の取材だ？」

「それはわからない。私はただ、場所の確認を手伝っただけだったから。それと、他にも印をつけてた場所があったんだけど、その三つの場所しか記憶にないの」

「印をつけた地図はコナーが持って行ったのか？」

「そうよ」

とすると、レイラの記憶もあいまいかもしれない。

「確かに、この場所なのか？」

「確かよ。私、小さい頃、東京で暮らしていたし、アメリカに移った後も何度か東京に来て、いろんなところに行ったりしたの。だから、その場所は間違いない」

「しかし、この場所に行ったという保証はない。そもそも、ここに行く目的で印をつけていたわけではないかもしれない」

「まあ、そうだけど」

レイラは顔を背け、ぶつぶつと文句を言っているようだった。

「他に何か聞いていないか？」

「何もないわ」

岸はため息をつきながら、また地図を眺めた。とにかく、この三か所を回って情報をかき集め、永友の顔を潰さないように、早いところアメリカに帰すほかない。

岸はパソコンを開き、その印の場所を詳細に調べ始めた。

2

真岡元也（まおかもとや）が、千年地所本社の大会議室に入ったのは、午前一〇時少し前だった。

オーバル型に配置されたテーブルには、八人の幹部が、借りてきた猫のように体を丸めて座っていた。おそらくこいつらは、三〇分も前からここでじっとしてたんだろうなと、呆れ顔で皆を見回すと、彼に気付いた幹部たち全員が一斉に立ち上がり、深々と一礼した。

「おはようございます」

元也は無言で議長席の隣に腰を下ろし、机に脚を投げ出して大あくびをした。見て見ぬふりをして、静かに着席した幹部たちの周辺に、またピリピリとした緊張感が漂う。

もうそろそろかなと思いながら時刻を確認した時、着きましたというメールを受信した。元也は慌てて机から足を下ろし、腰の位置を変えて姿勢を正すと、首と肩をぐるっと回した。

数十秒後、正面のドアが開き、杖をついた男が現れた。

最高顧問の真岡鉄治（まおかてつじ）のお出ましである。

今年で九一歳になる千年地所グループ総帥で、元也の実父。老人と呼ぶには肌に艶があり、足が不自由なこと以外、身体はいたって健康。冴えた頭は昔と変わらず、貪欲さは汗が滲み出るように、いまだに全身から溢れている。

真岡鉄治は、その鋭い視線を部屋全体に巡らした。幹部全員の身体が硬直し、張りつめた空気が一瞬にして大会議室全体に広がる。

「起立！」

進行役の幹部の声とともに、全員がほぼ同時に起立し、ドアに向かって直立した。鉄治の妻であり、元也の実母、真岡真知子は、この時ばかりは威厳を示そうと、鉄治の横に張り付いている。

彼女が鉄治の三人目の妻の座についたのは、三年前。その前年に先妻が逝き、真知子が還暦を迎えた年に、ようやく彼女の番が回ってきたのだ。赤坂の芸者だった真知子が身請けされたのは、彼女が二十歳の時だった。鉄治は異常な好色漢だったから、真知子も妻の座につこうとは思っていなかったと、元也は後日譚として聞いていた。ではなぜ、彼女が法律的な権利を持つに至ったか。それは、妻以外に五人の妾を抱えていた鉄治にとって、女に必要な能力を真知子だけが持っていたからにほかならない。それが、跡取りを生ませたという肉体的な優位性であり、何を隠そう、元也の存在だった。

真岡家の血は永遠に残さなければならない。その重要課題を解決したのが、真知子の女としての生殖能力だったのだ。

他の幹部に少し遅れて起立した元也は、真知子と目を合わせると、鉄治に軽く会釈をし、つまらなそうに下を向いた。

「礼！」

進行役の声を合図に、「おはようございます」と全員が声を発し、一糸乱れぬタイミングで深々と頭を下げる。それはまるで、どこかの国の、独裁者に対する忠誠を誓う儀式のようだった。

毎月第二月曜日は、千年地所グループの経営会議が開催されることになっている。通称『二月会』。普段は香港に居住している真岡鉄治だが、月に一度は来日し、二月会には必ず出席する。

鉄治は幹部たちをゆっくりとねめ回し、掌をかざすように右手を挙げた。幹部たちが、機械式からくり人形のように息を合わせて着席し、元也と真知子はそれに続き、腰を下ろす。

「諸君」

重たい荷物を落としたような、鈍く低い声が会議室に響き渡った。

「わが社は、来月で創業一〇〇年を迎える。現在は、不動産開発や賃貸事業を中心に、その周辺業務を多角的に行っているが、遡ること第一次世界大戦の始まった翌年の一九一五年八月、わが社が貿易商社として産声を上げたことは、皆も承知していると思う。大戦景気に支えられ、売上は増大し、業績も爆発的に飛躍した。その後の昭和恐慌も乗り切り、太平洋戦争敗戦直後の大変厳しい環境下においても、社員一丸となって日本再興に向けて粉骨砕身し、事業の継続を果たした。それが今日の経営の礎となっているわけである。このようにわが社は、創業以来一世紀にわたり、幾たびかの苦難を乗り越え、時代の変化に柔軟に対応して成長を続け、強かに生き延びてきた。まさに歴史の目撃者であり、歴史そのものだ。

これからの一〇〇年、そしてさらに一〇〇年とその歴史を積み重ね、永遠の繁栄を築き上げなければならない。そのためには、次の世代への事業承継をつつがなく執り行う必要がある。今週末に控えた一〇〇周年記念式典を無事終わらせるよう、抜かりなく準備を進めてほしい」

その式典が、元也への会社承継のタイミングだった。

幹部たちの視線が、ほんの一瞬、元也に注がれる。元也は背もたれにのけ反り、スマホをいじっていた。

鉄治が引退し、元也が議長の座を継ぐことを表明したのは、前月の二月会のことだった。いつかそうなることは皆わかっていたが、幹部たちの心は揺れ動いているようだ。

鉄治は着席し、元也に視線を運ぶ。

本当に俺がやるのかよと、内心嫌気がさしていたが、そんな素振りは微塵も見せず、胸を張って挨拶をした。

「よろしく頼む」

二月会終了後、部屋に戻った真岡元也は、内線電話で秘書室長の才田昭夫を呼び出した。

彼は鉄治の腹心として、すでに四〇年近くこの会社に勤める古参幹部だ。小柄で小太り、丸顔に豆粒のような目はまさに狸そのもの。見た目だけではなく、年輪を重ね、芸のように円熟味を増した狡猾さと抜け目のなさも、まさしく狸だった。

元也はスキャンダルの揉み消しで、過去何度も彼に助けられたことがあるが、少しもありがたいと思ったことはない。彼の行動はすべて鉄治のためであり、鉄治に迷惑のかからないよう、最善を尽くすことが彼の基本理念だからだ。

「何かご用でしょうか？」

「相続の件で、ちょっと聞きたいんだが」のそっと姿を現した才田に、元也はさっそく尋ねた。

「親父に隠し子はいないだろうな」

才田は冴えない顔を元也に向け、抑揚のない声で答えた。

「大丈夫です。認知している子はいません」

「そんなことは戸籍を見ればわかる。そういう心配がないかどうかを聞いてるんだ」

元也は不機嫌そうに、眉間に皺を寄せる。

親父の身辺については、子である自分よりも才田の方がよく知っている。特に女関係の揉め事の処理は、これまでこいつが手を下してきたはずだ。親父ももう歳だ。いつあの世に行くかわからない。後から変な奴が現れでもしたら目も当てられない。俺ももうすぐ日本をおさらばする身だ。その前に、ちゃんと始末しておかなけりゃならない。

才田は少し考えた後、「死後認知ですか？」と呟く。生前に認知しなかったとしても、死後になって認知するよう訴えることができる。

「大丈夫です。そのような子はいません」

「だが、女はいっぱいいるだろ？　どこかの男と作った子をでっちあげることだってできる」

「心配はいりません。死後認知はＤＮＡ鑑定で決まります。でっちあげは不可能です」

元也は上目づかいに才田を見た。

「遺言は？」

「ありません」

それを聞いて安心し、元也は含み笑いを浮かべる。遺言がなければ、相続権があるのは母親と自分しかいない。だが、まだ不安要素はある。真剣な表情に戻り、机の上の数枚の紙を才田に手渡した。

「こいつら、本当に大丈夫だろうな」

才田はそれを見るなり、「と、申しますと」と、とぼけた顔をした。いつだってこいつはこんな顔をして俺を見る。どうせ出来の悪い息子だと、心の中では思ってるんだ。

「株主だよ。そこに書いてある、どこのどいつかわからない株主にはしっかりと話がついているんだろうな」

その紙は、千年地所およびグループ会社の株主名簿だ。オーナーは、父親である真岡鉄治であることは疑いようがないが、今回の案件を実行するにあたって、鉄治から、初めて千年地所グループ全社の株主名簿を見せられた時、元也に不安が過った。オーナーであれば、少なくとも会社の株の過半数を持っていなければならないが、鉄治の千年地所の持株は二〇％に過ぎなかったのだ。それに、グループ会社の株のほとんどが、会社間の持ち合いと複数の個人株主であり、鉄治の名はなかった。会社の人事権は過半数の株を持つ株主、つまりオーナーが牛耳っている。しかし、こんな少ない持株でオーナーと言えるのか。そのことについて鉄治に聞いたところ、社員の名前を使って株主名簿に記載しているだけで、その株はすべて俺のものだと言ったきりだった。名前を借りているだけの株主、いわゆる名義株だ。

　鉄治は言う。

「お前も知っての通り、千年地所グループは、都内の一等地に多数の不動産物件を持っている。その株式の価値は一五〇〇億円を下らない。だが、俺が死んだら、その半分以上が相続税で取られるんだ」

　それを聞かされた時、目玉が飛び出るほど驚いた。

「え？　そんなバカなことがあるんですか？」

「安心しろ。自分の名前を表に出さなければ、税務署も俺の本当の持株はわからない。だから名前を隠しているんだ」

　その考えはもっともなことだったが、正直、やりすぎじゃないかと不安になり、才田に確認したのだった。

「それに関しては心配いりません」

　才田が冷静に答えた。

「だがな」

　元也は株主名簿に書かれた人物名を指さす。

「こんな社員はもう辞めてるぞ」気になって総務に調べさせたところ、すでに退職した社員の名前が、株主として書かれていたのだ。

「そんなことは何とでもなるんですよ。税務署だって調べやしません」

「本当か?」

疑心の目を才田に向ける。

「うちは上場会社じゃありませんから、株主名簿の外部監査はありませんし、役所に出したりもしません。配当を支払っていませんので、実質の株主など当局が知る由もないんです」

「だったら、そいつらから文句は言われないのか」

「その者たちも、自分の名が使われていることは知りません」

え? そんなことがあっていいのか。才田は元也の表情を窺いながら、話を続けた。

「一株や二株しか持っていない株主の名義など、自由に変えられるんです」

そんなことができるとは。だからといって、いつどのような問題が起こらないとも限らない。

「名前を借りるにしても、人数が多すぎやしないか。いくら相続対策でも、これじゃあやりすぎだろ」

元也が吐き捨てると、才田は言葉に窮していた。

「こんな数になった経緯については、私が入社する前のことなのでわかりません」

「なんだ、お前の悪知恵じゃないのか」

まあ、問題になった時には、カネで解決すればいいのかもしれない。それだけのことだ。

そこに内線電話が鳴った。鉄治からだった。

真岡元也は、最高顧問室のドアを叩いた。

千年地所本館ビル一〇階にあるその部屋の、一番奥の広い窓に面した重厚な役員机からは、皇居の樹木が自邸の庭のように一望できる。

大きな椅子の背もたれが回転し、その庭を眺めていた鉄治が、咎めるような厳しい視線を元也に向けた。

「いつになったら利益が出るんだ」

手前の革張りソファーで、ファッション雑誌を広げていた真知子も、何か言いたげな顔つきだ。

元也は気付かれない程度に舌打ちし、ソファーに座った。

何を言われるのかは、この部屋に呼ばれた時から察しがついていた。ディアナ社の業績が思わしくなく、関連会社を通じて千年地所グループの資金を回しているが、一向に改善の兆しが見えないのだ。

ディアナ社とは、レストランディアナの経営母体であり、元也が社長を務めている会社だ。

〝最高の場で最高の演出の中、最高の味を提供する〟というポリシーのもと、壁材一つとっても北欧から直輸入するなど本物の店づくりに徹し、現在、銀座など三店舗を有しているフレンチレストランだ。だが、過度に贅沢な内装代や、派手な広告宣伝費が祟って、話題性の割に収益性が悪く、実態は自転車操業となっている。

しかし、千年地所にとって、ディアナ社に融資している資金ははした金だ。少しぐらい使わせてもらってどこが悪いと、元也は思う。

確かに、千年地所の保有ビルは耐用年数を経過した古い物件が多い。東日本大震災による耐震化の流れと相まって、今後の改修工事のための資金需要に備えなければならないことはわかっている。また、大型開発案件を控え、本業ではないレストラン運営にカネが回っていることが銀行に知れれば、融資に支障があると管理部が危惧しているのも知っている。

しかし、元也の知る限り、過去から積み上げられた資金は充分すぎるほどある。銀行からとやかく言われる筋合いはない。

鉄治だってはした金と思っているはずだが、元也の海外移住に向けて、少し手綱を締めようとしているだけだろう。

「大丈夫ですよ。先月、店の紹介記事が雑誌に載ったので、売上は順調です」

「とにかく早めに黒字転換させろ。今秋にはパリへ出店し、来週からお前も海外移住するんだ」

香港居住の鉄治に続き、元也もパリ出店に合わせて海外移住を決めた。とりあえずモナコに住み、パリをビジネスの拠点とする予定だが、それは、非居住者となって日本の税金を回避するためでもあった。

「それにあなた」

真知子が横から口を挟み、バッグから週刊誌を出してテーブルに広げる。「これ何なの？」

そこには、テレビで人気の女子アナと、仲良く寄り添って歩いている元也の写真が載っていた。

佐伯理沙（二九歳）、イケメンレストラン経営者の真岡元也氏（四一歳）と西麻布でアツアツ深夜デート、という見出しが躍っている。

なんでこんなところに、普段読みもしない雑誌があるんだ。そうか、才田か。あいつどこまで手際がいいんだ。内心忌々しく思いながら、平然と雑誌を手に取った。

「ただ一緒に食事していただけですよ。別に悪いことをやってたわけじゃない」

「あ、そうなの。ただのお友達？」

またその話か。暇さえあれば早く身を固めろだ。いい加減うんざりする。

「ええ、ただの友達です。そんな週刊誌の記事なんて、単に面白おかしく書いてるだけなんだから、読まない方がいいですよ」

「でもあなた、最近、マスコミによく出てるじゃない。変な噂が立たないように気を付けなきゃあ駄目でしょ」

それはどういう意味だ。結婚に支障があるとでも言いたいのか。

「大丈夫ですよ。マスコミが騒ぎすぎなんです。もっとも、レストランの宣伝効果は期待できるかもしれないけど」

「何言ってるのよ。あなたは」

真知子は眉を顰（ひそ）めた。

鉄治は憮然としている。

元也の真意を測りかねているのだ。三年前には女優と不倫し、弁護士を使って、彼女の別居中の夫と示談に持ち込んだ。そんな過去が何度かあるからだ。

鉄治の女遍歴の遺伝子は、元也にそのまま引き継がれた。親のだらしなさを見て育った子は、それが反面教師となる場合と、親に負けず劣らずの好色家になる場合の両極端だが、元也は後者だった。

中学の時から銀座でブラブラすることを覚えた彼は、高校の時には銀座のバーに通い詰め、そこでアルバイトをしていた、七歳年上の売れないダンサーと付き合った。鉄治からもらったこづかいをその女につぎ込み、そのうち女のアパートに転がり込んだ。部屋には大麻が散乱していた。高校へもろくに行かず、熱く濡れた肉体と、ドラッグの魔力に陶酔し、セックスと酒と薬漬けの毎日が続いた。

子供ができたと知ったのは、彼女と暮らし始めて半年後のことだったと思う。どうでもいいことはすぐに忘れるたちだから、本当のことを言えばあまり覚えていないが、それからの彼女が、人が変わったように、現実的な女になったことだけはよく覚えている。タバコをやめ、呷るような酒も、情熱的なセックスもなくなった。元也にとって、楽しい宴の終焉だった。

才田が元也の居所を突き止め、彼女のアパートを訪ねてきたのは、ちょうどその頃だった。そして、元也が彼女のもとを去って数か月過ぎた頃、彼女が中絶したことを才田から聞いた。鉄治が裏で手を回したのだろう。特に感傷じみたものは何もなかった。育てる意思もないのに子供を産むなんて、ナンセンス極まりない。失敗してできた子供は堕ろせばいいんだ。子供にとっても、その方が幸せに決まってる。

鉄治からこっぴどく怒られた元也だったが、自分がなぜ悪いのか、まったくわからなかった。セックスへの欲望は本能。だから仕方がないじゃないか。悪いのは女だ。あいつはピルを飲んでいると言ったから、俺は安心してやったんだ。ただ一つ教訓があるとすれば、女の言葉を信じちゃ駄目だってことだ。

その後、彼女がどのような人生を送っているのか、まったくわからない。知りたいとも思わない。もう二度と会うこともないだろうが、あの体だけは最高だったと、今も思っている。

大学に進学した後は、遊びサークルに入り、女が気に入りそうなＢＭＷやポルシェを乗り回して、女子学生を口説きまくったが、まだ熟していない肉体には、特に興味が湧かなかった。

欲求が溜まっていた元也が、クラブホステスに手を付け始めたのは、鉄治が大学生になった元也を、行きつけの銀座のクラブに連れて行ったのがきっかけだ。そこは元也にとって、大人の身体を弄べる絶好の場だった。

鉄治としては、それが千年地所の後継者として、一流の男になるための手ほどきとでも考えていたのかもしれない。強欲な銀座の夜の女どもを扱えるようにならなければ、一人前の男ではないとでもいうように。

ドアのノックの音が聞こえた。鉄治の「入れ」という声で才田が現れる。

「どうだ？」と鉄治は急かす。たぶんあのことだろうと元也は思った。

「大丈夫です。抜かりはありません」

「何のこと？」

真知子が才田に言う。

「仁村だよ」と鉄治が答えた。先月、不明朗な会社資金の流れがあると、あろうことか鉄治に異を唱え、即刻首になった元管理部長の仁村孝彦のことだ。鉄治に歯向かうとは、馬鹿としか言いようがない。

「大丈夫？　後で問題になったりしないの？」

真知子が怪訝な顔をする。

鉄治がニヤッと笑みを浮かべ「これだよ」と言って、小指を立てた。

「女性社員からセクハラのクレームがあったので、責任をとって辞めてもらったんです」と、才田は説明を加えた。

真知子が、まだ合点のいかない表情を浮かべている。

「どうせまた、知り合いの女を使って陥れたんだろう」

元也の呟きを聞いて、真知子は鉄治と才田を順に覗き込むように見つめた。二人のとぼけた表情を見て、それが図星だと元也は確信した。過去にも同じようなことがあったからだ。カネで釣った女をアルバイトとして雇い、飲み会の席で酔わせ、セクハラ行為を誘うのだ。カモとなった仁村は、酔っていて覚えていないと言うだろうが、そんなことは知ったことではない。真実などどうでもいいんだ。女性問題は会社だけではなく、家庭にも影響が及ぶ。才田は大事に至らないように、身を引くことで解決を図るよう仁村に仕向けたのだろう。もちろん、相応の退職金も用意しているはずだ。仁村にとってもある程度のカネを受け取って、穏便に済ませる方が得策と言える。納得はしないかもしれないが、生活のためにはそうせざるを得ない。

「それから、警察のマネーロンダリング調査は何ら問題なく、明日には終了する予定です」

「そうか」

鉄治は、当然だという顔で頷いた。

先週、警察庁のＪＡＦＩＣという部署のマネーロンダリング調査官数名がいきなり本社に現れ、才田が対応に追われていた。鉄治の銀行口座について調査していたが、特にマカオ関連を詳しく調べていたという。だが、それも想定内。スキームは完璧だ。あいつらにわかるわけがない。その証拠に、調査は明日終了するのだ。

「何よ、それ？」

真知子が眉を顰める。

「お前には関係ない」と鉄治が言い、立ち上がる。

杖をついて窓際へ近づくと、壮大な皇居の景色を眺めながら、鉄治はふふっと声を漏らした。表情は見えないが、薄笑いを浮かべたのは間違いなかった。

3

岸とレイラは、五反田から品川方向に続くなだらかな小高い丘の中腹にたどり着いた。

「ここが美術館ね」

目の前に生い茂る、緑の一帯を眺めながら彼女は呟いた。

「そのようだな」と岸は答える。

二人はまず、コナーと落ち合うことになっていた渋谷のホテルに聞き込みしたが何も手がかりになるものはなく、次に向かったのが、地図上に印がつけられたこの場所だった。

品のいい住宅が立ち並ぶ、緩やかな斜面の一角に、ひときわ広い敷地があり、木々が生い茂る小道がその奥へと通じている。門には、「未来美術館」という洒落たデザインの看板があった。

「コナーにこんな趣味があったのか?」

「聞いたことないわ。ヤンキースタジアムにはよく行ったけど」

「鑑賞に来たわけではなさそうだな」

「たぶん、そう思う」

二人は小道を進み、箱型をした薄墨色のモダンな建物に入った。入口すぐのところにある受付の女性に、岸は声をかける。

「人を捜しているんですが」

岸の差し出したコナーの写真を手に取って、目をパチパチさせながらしばらく見つめていた彼女は、「見たことないと思います」と自信なさげに答えた。美術館の受付がよく似合う、地味で落ち着いた感じの女性だ。

「この一週間ぐらいのことなんですが」

少し首を捻りながら、彼女はまた写真に見入る。

「よくわかりません。ここはそれほど入場者が多くありませんが、とはいっても、一人一人の顔をじっくりと見ているわけではありませんので」

「入場者としてではなく、何かの取材でここに来た可能性もあるんですが」

「取材ですか？」

「ええ」

「ちょっと待ってください」

女性は不審な顔つきをしながら、受付の後ろにあるドアから奥に入った。しばらくして、上司と思しきスーツ姿の男性職員が現れる。岸は写真を見せ、同じ質問をした。

「取材を受けたことはないし、見かけたこともありません」

彼ははっきりと否定した。

だがレイラは納得しなかった。

「職員皆さんにお聞きしたいんですが」

岸を押しのけ、問い詰めるように言う。

いきなり出た流暢な日本語に驚いたのか、男性職員が目を剝いた。

「先程事務室で皆にも確認しましたので、間違いありません」

「でも、ここに来ているはずなんです」

男性職員の答えは変わらない。何度聞いても同じ答えの繰り返しに、職員の機嫌が悪くなっている。岸も苛ついていた。とっとと次の場所へ行かなければ、今日一日で終わらなくなってしまう。

「もういいだろ、その辺で」

「でも」

「しつこいんだ、お前は」

「ふん」

レイラの口が膨らむ。

何とかレイラを説き伏せ、美術館のパンフレットをもらって外に出た。ちょうどそれと並ぶように、緑の木立の間から豪奢な洋館の姿が見える。同じ敷地内のようなので、ひょっとしたら関係施設かもしれない。

それは、八角形の塔屋をもつレンガ造りの重厚な洋館で、テーマパークのような紛(まが)い物ではなかった。色あせたレンガや緑青色に酸化した銅板屋根に、かつて戦前の日本の貴族たちが憧れ、それを模倣した、英国風の様式が見て取れる。いったい誰の屋敷なのだろうか。

「これって、旧華族の桂川家の邸宅かもしれないわね」

レイラに顔を向けると、彼女は真剣な表情で邸宅を見つめていた。

「なぜ、そんなことがわかる?」

岸の声が耳に入らなかったらしく、彼女は邸宅に近づいて、目を皿のようにする。

「おい、どうしたんだ？」

ようやく岸の声に気付いて、振り返った。

「私、ニューヨークの大学で、日本の歴史を教えているのよ。特に、戦前から戦後にかけて研究してるの」

大学教師か。どうりで扱いにくいわけだ。

「おい、勝手に行くな！」

岸の声を無視して、レイラはずんずん先に行く。岸は仕方なく後を追った。追いつくと、聞いてもいないのに講釈を始める。

「東京には、いくつかの旧華族や旧財閥の建築物が重要文化財に指定され、大切に保存されているの。例えば、池之端の旧岩崎邸、駒場の旧前田家本邸、猿楽町の旧朝倉宅、飛鳥山の旧渋沢家邸宅が代表的だわ。これは文化財指定されていないと思うけど、それに匹敵する建築物ね」

彼女のプロフィールなどに興味のなかった岸だったが、それと同じくらい、戦前の邸宅にもまったく興味がなかった。つまりは、封建主義的な悪しき時代の名残を、血税をつぎ込んで後世に伝えようとしているだけの話だ。そんなものに、何の価値もない。

彼女に付いて、ちょうど館の側面辺りから、植え込みを施した外周を回るように、正面と思われるアーチ形の車寄せの方向に歩いていくと、ワゴン車に寄りかかりながら、暇そうにタバコを吹かす、作業服姿の中年男が見えた。そのワゴン車の荷台では、同じ作業服を着た一人の青年が、重そうな段ボール箱を積み終え、洋館に消えるところだった。

「あれ、ヘルメス像じゃないかしら」

「え？」

彼女の視線は男たちではなく、上方に向いていた。

「ほら、あのブロンズ像」

見ると、二階のバルコニーの出っ張り部分に、人の背ほどの男の裸体像があった。視線を上に、右手の人差し指を天に向けながら腕を上げ、下ろした左手には蛇がまきついた杖を持っている。杖の先と男の頭には天使の翼があり、なかなか奇抜な格好だ。

「だいぶ古そうね」

そう言いながらさらに近づく。

「日本橋三越にあるものにそっくりだわ」

三越？

「それがどうしたっていうんだ」

「戦時中の金属供出で、三越も、あのライオン像と一緒に没収されたのよ。それが復元されたのは戦後になってからだから、たぶん、これもそれを模して戦後に作ったのかもしれないわね」

「だから、それがどうしたんだ」

「ヘルメスとはギリシャ神話に出てくる商人の守護神なの。それがどうしてここにあるのかなって、ふと思ったのよ」

商売の神様？

「貴族の桂川が、そんなものをここに飾るわけがないというのか？」

「ええ。今は人手に渡っているのかもしれないわね」

中年男の視線がこっちに向いているのに気付いた。

「ここは私有地ですよ」

不機嫌そうな顔つきでぞんざいに言う。

レイラが近づき、興味深げに問いかける。

「立派なお屋敷ですね。隣の美術館と関わりのある施設ですか？」

一瞬、間が空いたのは、白人女の口から出た日本語に意表を突かれたからなのか、彼はレイラを避けるように、岸に視線を向けた。

「ここは美術館の関係施設じゃなくて、ある方の自宅なんだ」面倒くさそうに答えると、顎を突き上げて、美術館の方を指す。「あそこに私有地という立て看板があるはずだ」

岸は、彼の見る方向を一瞥した後、コナーの写真を取り出し、その中年男に見せた。

「この人を捜しているんですが、この辺りで見かけたことはありませんか？」

彼は嫌々ながらそれを手に取ったが、すぐに、「見たことないね」と写真を突き返した。見る気のなさそうな横柄な態度だった。視界に入ったレイラの表情が、明らかに変わったのがわかった。

「もうちょっとしっかり見てください」

レイラが強い口調で言う。まるで喧嘩腰だ。

「何度見ても同じだ。ここはこの一年ぐらい空き家だからな」

ムッとした表情で言い返した中年男の肩越しに、さっきの青年が、布を被せられた大きな絵画らしい荷物を抱え、玄関に現れた。中年男もそれに気付き、後ろを振り返る。一人では重すぎるのか、玄関を通すのに苦労しているようだった。

「おい、アオイ！　遅いぞ。早く積み込め」

上司と部下の関係だろう、中年男がその青年に命令口調で言うと、彼は「すみません」と慇(いん)懃(ぎん)に謝りながら、その大きな荷物を必死に運ぼうとしている。

「何見てるのよ。一人じゃ無理だわ」

レイラは思わず叫び、その青年を手伝おうと彼のもとへ駆けた。

「おい、勝手なことするな！」

中年男が怒鳴る。その瞬間、ガチャンという音が響いた。

「うわっ」とレイラが声を上げる。

「何やってんだ！」

中年男は玄関に駆け寄った。

岸が首を振りながら近寄ってみると、玄関の靴戸棚の下に、割れた陶器の破片が散乱しているのが見えた。

「すみません」

汗びっしょりになりながら、何度も頭を下げる青年。

「お前、どうしてくれるんだよ。弁償しろよ！」と怒鳴る上司。ふと、レイラの顔を見ると、目つきが変わっていた。嫌な予感。

「ちょっと待ってよ。あんたが悪いんでしょ。こんな重たいものを一人で運ばせるなんて無理よ。ぼけっとタバコなんて吹かしているから、こんなことになるんだわ」

「何だと！」

大声でわめく中年男。立ち向かうレイラ。その横で、ぼさぼさ頭を必死に下げて、「僕が悪いんです。すみません」と青年はひたすら謝り続ける。彼の胸の部分に、斉藤という名入れ刺繍が見えた。

「あなた、謝ることなんてないわよ」

「お前には関係ないだろ。あっちに行け！」

世話の焼ける奴だ。やたらと正義漢ぶりやがって。

「もうその辺でいいだろ」

岸は二人の間に割って入り、「行こう」と、レイラの背中を押した。レイラは、ブツブツと文句を言っている。それを無理に引っ張って、その場を離れた。

岸の後ろから、「お前、どうしてくれるんだよ」とねちっこく説教をする上司と、謝り続ける青年の声が聞こえていた。

4

高価なものだったらどうしよう。

こっぴどく上司に叱られた斉藤碧は、割ってしまった陶器のことを心配しながら、品川駅に向かった。

真っ青な空からは、肌がジンジンと焦げるような強い夏の日差しが降り注いでいた。駅に続くなだらかな下り坂を歩いていると、プリンスホテルの木々から蝉の声が聞こえ、ふと立ち止まる。通り過ぎる車のエンジン音が耳の奥をかき乱し、あっという間に都会のざわめきに変わった。額の汗を拭い、また歩きだす。そこに携帯が着信を告げた。月末になると連絡をしてくる、取り立ての男からだった。

「やあ?」

男は慣れた口調で言った。

「どうも」

「わかっていると思うけど、今回は遅れないように頼むよ」

「はい。わかっています」

「その後どうだい?　お母さんの容態は」

「ええ、まあ大丈夫です」

「医療費もかさむだろうが、借りたものは期限までに返さないとな。わかってるよね、斉藤さん」

男はそう念押しし、電話を切った。

碧はふーっと長い吐息をつき、重い足取りで、また駅に向かった。

管理物件のある鶴見に向かうため、品川駅のホームから大船行きの京浜東北線に乗り込む。

車内は昼間だというのに、ひといきれでむっとしていた。人身事故の影響で、電車が遅れているとの車内放送が流れている。

碧は扉の端に体を預け、窓外に視線を運んだ。遠くには品川の高層ビルが立ち並び、新幹線が目の前を音もなく追い越して行く。第一京浜をくぐり抜け、車内が一瞬薄暗くなると、窓ガラスに自分の姿が映った。そこには、三〇代前半にしては老け顔の、仕事に疲れた作業員の姿がある。

どうせ会社に帰ったら、またあの上司から弁償しろとねちねち言われるだろう。それを考えると気が重い。

電車が速度を落とし、蒲田駅のホームに滑り込もうとしている。碧の足は、自然と降車側ドアに向かっていた。

蒲田駅前からバスに乗り換えて、一〇分ぐらいで病院に着いた。

入院設備のある総合病院だが、外壁が鼠色にくすんでいたり、雨樋の金属部分が錆びていたりで、見るたびに頼りなく感じてしまう建物だ。

ここに安井老人が入院したのは、先月末のことだった。

急病で倒れ、偶然居合わせた碧が救急車を呼んで一命を取り留めたが、後遺症からか、言葉があまり話せない状態になってしまった。それからずっと気になって、時間がある時はここに足を運んでいる。

彼の病室に繋がる廊下を歩いていると、壁にもたれながらスマホをいじる、怪しい風体の若い男が見えた。また、あの人相の悪い、厳(いか)つい中年男が面会に来ているんだ。碧はとたんに憂鬱になった。

病室に入ろうとした時、その中年男とすれ違い、軽く会釈をする。

男は無表情で碧を一瞥し、若い男を従えて去っていく。その後ろ姿はどうみても堅気とは思えない。近所の顔なじみだと言っていたけど、本当なのだろうか。以前、安井に訊いた時には、話をはぐらかされてしまった。何か事情がありそうだったから、それからは何も触れていない。

午後の鈍い日射しが、病室に差し込んでいる。

安井はベッドの背にもたれ、窓の外をぼんやりと眺めているようだった。でも、ここから見える隣のビルの壁と、その隙間からわずかにのぞく薄い青空は、たぶん彼の目には入っていないと思う。

「こんにちは。また来ました」

安井は顔を向け、「ああ」とだけ返事をした。この病院に運ばれてきてからは、体調が思わしくなく、やせ細っていくようだった。

ベッドの脇の小さな棚には、使い古されたカセットデッキと、安井の好きな詩吟のテープが数本置かれている。このテープをお手本にして、安井はよく吟詠していた。彼の声が今もはっきりと耳に残っている。初めて彼のアパートに行った時、廊下の向こうから聞こえてきた彼のうた声。

管理会社に入社してすぐの頃だった。あれからもう二年が経つ。

立退きの交渉のためだったけれど、交渉は何もしていない。一人暮らしで年金生活をしている、九〇歳近い老人を、無下にアパートから追い払うことは碧にはできなかった。頑な安井は口を開かず、目も合わせてくれない。いつも用件を言えずに挨拶だけで終わっていた。

上司に言われて仕方なく足を運び、何もせずに時間だけを潰す日々。毎回苦痛だったが、仕事だからと割り切り、重い足取りでアパートに向かっていた。でもそのうち、彼のもとへ行くのが楽しみになっていた。詩吟の響きに、新鮮な風を感じたのだ。うまくは言えないけれど、身体の奥にある魂のようなものが、風でそよぐ羽毛で、優しくくすぐられた感覚だった。そんな碧の心境を感じ取ったのか、次第に安井も心を開くようになり、そして安井のかけてくれる言葉に引きつけられるように、碧は足しげく、彼のもとへ通った。

碧が事業に失敗し、返せるあてのない重い借金を背負っていることを安井は知っている。彼と会った頃、自分を追いつめて、どうにもならない状態になっていたことも、安井は感づいていたと思う。そんな時、彼がくれた言葉を、今でもはっきりと覚えている。

「仕事に没頭しろ」と、彼は言った。

そうすれば、悩み事など考えている時間がなくなる。自分を忘れるほどに仕事に没頭すれば、心配事も忘れ、そのうちきっと何かが変わる。

碧はがむしゃらに仕事をした。何も考えずにただ働いた。今ではその言葉の意味がわかるような気がする。

でも、自分の生活の厳しさは一向に変わらない。周りのみんなは着実に前に進んでいて、自分だけはいつも同じ場所を周回している気分だった。

「そんなことはない。努力を続けることは決して無駄ではないんだ。少しずつではあるが、着実に頂上へと近づいている。今日よりも明日はもっと高いところにいる。諦めずに続けることが大事なんだ」彼のその言葉に励まされ、今の自分があるように思う。

カセットテープの題名が目に入った。

『歳月人を待たず』（陶淵明）とある。

彼の十八番で、初めて会った時に彼がうたっていた漢詩だ。

「また、あの詩をうたってください」

安井が微妙に首を振る。

「俺はもう無理だ。喉がいかれて声が出やしない」

そう言って、口元をぎこちなくほころばせた。

——時というのは刻々と過ぎていく。人を待ってはくれない。

それはまるで、自分の人生に対する戒めにも聞こえる。ふと安井はどうなのだろうかと思う。

彼はこの詩を、どのような気持ちでうたっていたのか。

「あら、斉藤さん」

顔見知りの看護師の声が耳に届く。

「いつもご苦労様です。今日は顔色がいいわね、安井さん」

「そうですね」

てきぱきと仕事をこなし、病室から出ようとする彼女を呼び止め、廊下に出た。

「安井さんの容態はどうですか？」

彼女は首を傾げ、すまなそうな顔をする。

「もうお年寄りだから、回復までには時間がかかると思うけど、詳しくは先生じゃないとわからないわね」

「そうですか」

「斉藤さんも大変ね、立退き交渉なんて」

「え、何のことですか？」

「違うの？」

大げさに目を丸くする。

「僕はお見舞いに来ているんです」

「あらやだ、変なこと言っちゃってごめんなさい」

「でも、なんでそんなこと？」

「ほら、あの、よく見舞いに来てる、ちょっと人相の悪い人たちがいるでしょ」

看護師が眉を顰め、ヒソヒソ声になる。

「ああ、あの人たち」

「あの人が言ってたのよ。安井さんの住んでるアパートを取り壊すんで、立退き交渉してるって」

確かに、そのために安井のもとへ足を運んでいた。でも実際にはそのような話を口に出したことはなかった。なぜ、そんなことを彼らが知っているんだ。

「最近、都内で家賃も支払えない高齢者が多くなってるんですってね。この前、テレビ番組で特集やってたわよ。そういうのって老後破産ていうんですって。なんだか悲しいわよね。でも、不動産管理の仕事も大変ね」看護師は碧の顔を覗き込む。「家賃の回収に来てるの？」

碧は嘆息した。

「いえ、本当に仕事とは関係ないんです。ただ、お爺さんにはよく話し相手になってもらったんで」

「へー、そうなの」

信じられないという顔つきで口を窄(すぼ)めた看護師は、隣の病室から呼ばれるとすぐに顔を引き締め、慌ただしく姿を消した。

あのヤクザのような男たちは、いったい何をしにここに来ているのだろうか。あの物件はうちの会社が管理しているから、立退き交渉でないことははっきりしている。家賃は毎月しっかりと入金されているから、破産しているわけではない。でも看護師の言うように、あの柄の悪い男たちとの関係は、カネに絡む何かかもしれない。

安井は、自分自身のことをあまり語ろうとしなかった。だから碧もあえて訊いてはいない。彼が今まで、どこでどのような暮らしをしていたのか、どのような知り合いがいるのか、何かトラブルを抱えているのか、碧にはまったくわからない。心配だけど、このまま見守るしかない。

安井のもとに戻った碧は、バッグからお札を取り出して、彼の目の前に差し出した。

「これ、人形町にある神社のお札です。良夢札といって、枕の下に置いて眠ると夢が叶うって言われているので、よかったら使ってください」

碧からお札を受け取り、「すまないね」と、小さな声で言った安井は、祈るようにじっとそれに見入っていた。

5

「なぜあっさり引き下がったのよ」

大門駅に向かう岸の横で、レイラが大声を上げた。

「受け付けてくれないんだから、仕方ない」

「だからって、すぐに諦めることないでしょ」

無視して歩く。

「ねえ、何か言ってよ」

「あんな胡散臭いところはごめんだ」

「何が胡散臭いの？」

「俺は宗教が嫌いなんだ」

「何よ、それ！　個人的な嗜好で判断しないでよ」

「とにかく。次だ」

「もう、信じられない！」

つい先程まで、二か所目の印の場所である芝大門にいた。そこには、築年数が古い中規模ビルが、異様な黒い光を放っていた。その正面上部に、宗教団体か親睦団体と思われる、日本語と英語で書かれた「グノーシス会」というどっしりとした文字があったのだ。

そのまま素通りしたくなるようなきな臭さを感じながら、岸が受付の受話器を手に取ると、予想通り、関係者以外、応対はできないと拒絶された。

レイラは抵抗したが、岸はそれを拒否し、三つ目の場所である東銀座に向かったのだ。


昭和通りに近いこの地域は、銀座の繁華街とは対照的に、どこか侘しく陰気くさい場所だったが、ここが最後とあって、岸の気持ちはなんとなく晴れやかな気分になっていた。たとえここでコナーが見つからなくても、わけのわからない人探しから解放される。後は、レイラを何とか帰国させれば、五〇〇万円は俺のものになる。ただ、レイラがどこか勢い込んで見えるのが気にかかる。気負いすぎて、また問題を起こさないといいが。もう面倒は懲り懲りだ。

「この辺りじゃないかしら」

「ああ、そのようだな」と言いながら、目の前にあるビルを見た瞬間、どうしたものかと躊躇した。

そこには、近寄りたくないほど薄汚いテナントビルが建っていた。帝国銀座ビルという文字が入り口の上に取り付けられているが、帝の字が斜めに傾いている。

店舗や飲食店が入っているようではあったが、アクリルが所々剝げ落ち、金属の骨組みがむき出しとなった袖看板を見れば、閉店していることは誰にでもわかる。

「何を突っ立ってるのよ。そこのタバコを吸ってる人に訊かなきゃ」

岸は身動きできずにいた。

〝タバコを吸っている人〟は二人。龍の刺繡が前面にあしらわれた、黒いTシャツ姿の二メートル近くはある大男。そして、紫色のスーツを着込んだ坊主頭のずんぐりむっくり。どこから見ても堅気には見えない男たちだ。だが、日本の裏社会を知らないレイラにとって、彼らは〝タバコを吸っている人〟でしかない。

「ここは近寄らない方がよさそうだ」

「え、何でよ」

日が暮れ、薄暗くなりつつある街に、街路灯がポツリポツリと色づき、足早に帰宅する会社員の姿が目立ち始めた。しかし、このビルの三階にある一室以外に、明かりは見えない。

「このビルはいわくつきだ。あの三階の窓しか明かりが見えない」

レイラは眉を顰めている。まだ事情が飲み込めていないようだ。

「このビルは、ジャパニーズマフィアに占拠されている。だから近づかない方がいい」

岸は、三階の部屋がそのねぐらだとレイラに説明すると、彼女の大きな目が、さらに見開かれた。

「なぜ?」

「そんなこと俺にわかるわけがないだろ。だが、たぶん何かの不動産トラブルが原因で、ビルの所有者と彼らが揉めているんだ」

「コナーがそれに巻き込まれたかもしれないってこと?」

「そんなことはわからない。だが、あの強面(こわもて)の二人がビルの入り口に居座っているってことは、このビルに立ち入るなということだ」

「だから何なのよ」

岸はムッとした。

「わからないのか。ここは危険なんだ」

「あなた、怖いの?」

返す言葉がない。怖いかと問われればその通りだ。あんな奴らと喧嘩なんかしたくない。

「私、行ってくる」

彼女は唇をぐっと噛みしめると、すたすたと歩き始めた。面倒な女だ。付き合いきれない。

「ちょっと待て！」

岸はすぐに彼女の背を追ったが、チンピラ二人の視線は、すでにレイラに注がれていた。

彼女はチンピラに近づくと、きょとんとしている彼らに、ニコッと笑顔を見せ、「この人知らない？」と、コナーの写真を彼らに見えるように突き出した。

「何だ、てめえ？」

大男がタバコを投げ捨て、威嚇するようにレイラを睨みつけたが、レイラはまったくひるまない。

「この人を捜してるの。この辺で見かけたことないかしら？」

「こっちは忙しいんだ。とっとと失せろ！」

「さっきから暇そうにタバコを吸ってるだけじゃない」

「何だと、てめえ！」

大男が片側の眉だけを吊り上げ、でかい顔を歪めながらレイラに近づいたのを見て、岸は二人の間に身体を入れ、彼女を後ろに引き下げた。

「我々は、君たちの仕事を邪魔しようとしているわけじゃない。この外国人を捜しているだけだ」

岸は、できるだけ落ち着いた声を出した。

「そんなこと俺たちが知ったこっちゃない。とっとと帰れ」

「見たことあるかどうかぐらい、教えてくれたっていいじゃない」

「何だ、このあま！」

大男が、レイラの胸倉を摑もうとしたその時、それまで悠然とタバコを吸っていたずんぐりむっくりが、タバコを放り捨て、大男の腕を摑んだ。

「よせ」

「でも」

「黙ってろ。こんなことで騒いでたらきりがない」

大男は悔しそうに舌打ちし、レイラを睨みながら引き下がった。

ずんぐりむっくりは、レイラの持っている写真を取り上げ一目見ると、「見たことない顔だ」と岸に突き返す。

「これでいいだろ。もう帰ってくれ」

「わかった。手間を取らせたな」

岸は写真をさっと取り上げ、不満顔のレイラの背中を押しながら、その場を立ち去った。

「何を考えてんだ、お前は」

「でも、あの人たちに訊かなけりゃわからないじゃない」

「あいつらはヤクザだぞ。とにかく危ない真似はするな。俺は巻き込まれたくない」

レイラが岸の前に飛び出て行方を遮った。怒りの形相を向けている。

「もしかすると、あの三階のオフィスに、コナーが監禁されてるかもしれないのよ」

「考えすぎだ」

「警察に通報して調べてもらいましょうよ」

「バカ言うな。警察は事件が起きなきゃ動かない。あそこに監禁されている証拠がどこにある」

「じゃあ、寝静まってから忍び込むとか」

「勝手にやれ。あそこにコナーがいるなんてお前の想像でしかないんだ。俺はごめんだ。あいつらと関わりたくない。お前の言う三つの場所はもう調べた。コナーは見つからなかったが、悪く思わんでくれ」

岸はそう言って歩き始めた。こんな奴に付き合っていられない。腐っても俺は公認会計士だ。探偵じゃない。

「それであなたの上司が納得してくれるかしら。これだけしかしていないのに、報酬を全部もらうつもり？」

その言葉は岸を羽交い絞めにし、一歩も前に進めなくさせた。永友への報告をどうするか、それが問題だった。これでは報酬を全額もらうわけにはいかない。とはいっても、このビルとは関わりたくない。

「どうしろっていうんだ」

勝手にしろというように、レイラに吐き捨てる。

彼女の遠くを見つめる瞳が、何かを感じ取ったように異彩を放ったのはその時だった。

「私、コナーのことで一つ思い出したことがあるの」

6

「おい、碧。遅いぞ」

斉藤碧が神楽坂の居酒屋に着くと、すでに新谷(しんたに)一平が一人で酒を飲んでいた。ノーネクタイで、白いワイシャツの袖を肘までまくり上げ、いくぶん鼻息が荒かった。

「ごめん。帰り際に仕事を頼まれて」

高校の同級生である一平は、千年地所の管理部財務課の係長をしている。また千年地所は、碧が勤める小さなビル管理会社の元請けであり、主要な得意先でもあった。そんなこともあり、業務の関係で千年地所本社によく顔を出す碧は、たまに一平と会って、会社内部の情報交換をしていた。

碧が一平の向かいの椅子に座り、店員に生ビールを注文した後、黒縁メガネを人差し指でちょこんと押し上げ、一平はすかさず身を乗り出した。

「警察の調査は明日で終わりだってさ」

「ああ、あの件か」

先週、千年地所に警察だと名乗る数人がいきなり現れて、秘書室に終日こもっているのが気になり、一平は、秘書の女性社員に状況を探ってもらっていた。彼によれば、ＪＡＦＩＣという麻薬売買などのマネーロンダリングを扱う専門部隊だというが、まさか会社が犯罪に手を染めているとは思えない。でも、社内の情報をくまなく収集し、その裏事情まで精通している一平は、かなりナーバスになっている。

「何だよ。興味ないのか？　あいつら何も見つけられないんだぞ」と不機嫌な顔になる。

「見つけられないって、何か問題でもあるのか？」

「仁村部長のこと、覚えてるよな」

一か月前に千年地所を退職した管理部長であることは知っている。千年地所の屋台骨を支える人物で、部下の信頼が厚く、退職の際には社内の動揺が激しかったことを一平から聞いていた。

「ああ。覚えてるよ」

「部長は、うちの会社の財務の問題を指摘して、退職に追い込まれたんだ。今回の警察の調査と何か関連があるはずだ」

「不動産絡みだったら問題ありの物件はいくつかあるけど」

「そんなことじゃない。俺は、千年地所本社からグループ会社に、多額の使途不明金が流れているんじゃないかと思っている。それを仁村さんは、何らかのきっかけで知ったんだ」

「ちょっと待てよ。お前、財務だろ。会社のカネの流れを知らないのか」

「それはな」とビールに口を付けた後、声をひそめて一平は言った。

「うちのグループ全社の資金を管理しているのは、真岡一族と才田室長だけだからだよ。だから、俺たちには全容が摑めない。あいつらが会社の一番重要な情報を独占していると、仁村さんから聞いたことがあるんだ」

真岡家は千年グループのオーナー家であり、才田は子飼いの側近だ。オーナー会社にはありがちな話だけど、千年地所ぐらい大きな規模でもそうだったなんて、驚きだった。

「仁村さんも知らなかったのか」

「ああ、そうだ。主要な会社は把握しているが、一部ブラックボックスの会社があると言ってた。すべて才田が経理をやってるんだ」

「塩田社長もか？」

ふんと鼻を鳴らし、ビールをゴクリと飲む。

「あいつはお飾りさ。特に資金の流れはまったくわかっていないし、最高顧問の言いなりだ」

「そうだったんだ」

「だから決算の時は大変なんだ。融資先であるグループ会社の状況を才田室長にヒヤリングしているけど、ただ良好との回答だけで、決算書などの裏付資料はない。彼の言動を鵜呑みにして、わが社の決算書を作っている。それが実情だ。しかも、このやり方は俺が入る前から、すでに数十年続いていると仁村さんは言っていた」

碧は、ため息交じりの息を吐き出した。

「仁村さんも現状を認めていたんだな」

「仕方ないだろ。たてついたらこうだからな」

一平は、手で首きりの真似をして見せた。

下請け業者の自分も辛い立場だけど、元請けの人間も大変だな。業務課長がいつもイライラしているのがわかる気がする。その点、下請けの方が気が楽かもしれない。碧は片肘をつき心配そうに言う。

「それで、後釜は？」

「小野さんが部長に昇格する予定だ。それこそ、何もやらない、何もできない上司だ」

部長代理の小野章仁は、一平の言うように、確かに上の言いなりになりそうなタイプだった。理想の上司像とはかけ離れている。

千年地所グループの実質的な運営は、仁村部長が取り仕切っていたと一平から聞いていた。でも、リーマンショック後の業績の落ち込みから回復し、売上も伸びてきた数年前、最高顧問が息子の元也にその座を譲ると言い出した。その発言に、特に業務執行を担ってきた部長クラスの怒りが爆発したらしい。無理もないことだ。あの息子は会社のカネを使ってレストラン経営に乗り出し、多額の負債を抱えていると聞いている。仁村部長も、再三経営陣に注意を促していたが、聞く耳をもたなかった。本業とは関係のない飲食業にのめりこみ、芸能人と派手に遊び回っているダメ男が後継者だなんて、誰も認めたくないのは当然のことだ。しかも、最高顧問はこの一年間、香港に住んでいて、社内の実情に疎いのだ。

そもそも一平は、最高顧問の千年地所への経営に、大きな疑心があるらしく、「あいつは単なる土地成金に過ぎないんだ」と言い切る。戦後の混乱期に、強引なやり方で次々に買収した都内の土地の価格が、日本の経済成長と相まって暴騰しただけのことだ。それを自分の経営能力と錯覚して、ゴルフ場やリゾート開発事業に手を出し、九〇年代初めのバブル経済崩壊で大きな損失を出したのは、まさしく最高顧問の責任である。それを何とか処分し、再生させたのが、当時まだ若手だった仁村部長だった。

　リーマンショックからの復活も、彼の手腕によるところが大きい。でも、最高顧問に媚びへつらうだけのグループ各社の社長は、業績回復がさも自分たちの貢献であるかのように最高顧問に報告した。月一で開催される二月会で、ただ、威張り散らしているだけの最高顧問は、会社を私物化し、安い給料で従業員をこき使い、言いなりにならなければ使い捨て。その上、今度はあのバカ息子に会社を譲るなんて、これまで身を粉にして働いてきた仁村さんが辞めたのも、無理はない。

　と一平の罵詈雑言（ばりぞうごん）は果てしなく続く。

「そういえば」

　話題が尽きたのか、一平は突然話を止め、バッグから週刊誌を取り出して、碧の目の前に広げた。

「これ知ってるか？」

　それは、女子アナの佐伯理沙と元也の交際を報じた記事だった。

「ああ、見出しだけ」

　中吊り広告でちらっと見た。でも、自分とはまったく別の世界のことだし、またかと思っただけで、特に関心もなかった。

「俺、彼女のファンだったんだぜ。なのになぜ元也なんだ。畜生！」

一平は悔しそうに唇を嚙みしめる。

「カネはあるしイケメンだし、大学生の時から銀座のクラブに通っていたという噂もあるから、大人の遊びだって知ってる。しかもあのフェラーリを見せつけられたら、佐伯理沙もいちころだろうな」

一平は言い、大きく舌打ちした。

「そうかなあ。すべての女がそうだとは限らないと思うけど」

「お前、何を青臭いこと言ってんだ。だから女に相手にされないんだよ」

うるさい、と心で呟く。経理をやってるだけあって、カネに厳しい面があるのは頷ける。だけど、すべてをカネに結びつける癖が一平にはある。借金だらけの自分に付いてくる女なんか、そうはいないと思うけど、カネがなくても、ちゃんと自分を見てくれる女は、この世の中に絶対いると信じたい。

その時、一平の携帯が着信を告げる。電話に応答した一平の表情が急に緩み、声が弾んだ。

「ゆうなちゃん、今、どこ?」

その名は確か、新宿のキャバ嬢だ。

人は見かけによらないというけど、昼と夜でこうも変わる男も珍しいと思う。刈り上げられた七三分けと、分厚いメガネから受ける生真面目そうな印象は、仕事上のこまやかさと、腰の低さがそのまま表れていると言っていい。でも、それが女性関係になるとがらっと変わり、毎日のようにキャバクラに入り浸り、お気に入りのゆうなちゃんに、ほとんどの給料をつぎ込んでいるようなのだ。

「俺、これから行くところがあるから」

電話を終えた一平は、残りのビールを急いで飲み干した。

「キャバクラか？」

「ああ、彼女が待ってるんだ」

「またか？」

碧は呆れた顔を見せた。

「あんなところ、何が面白いんだ？」

「うるさい！　女にもてないお前には言われたくないぜ」

一平は言い、「割り勘な」と、財布の中身を気にしている。

重症だな。碧は肩を落とした。熱が冷めるまで、どのくらいのカネを費やすのだろう。長引かなければいいけれど。

「これで頼む」

一平は一〇〇〇円札を二枚、テーブルに置いた。

「足りなかったら今度精算するよ。領収証は必ずもらっといてくれ。宛名は上様でな」

そう言うなり、急いで席を立った。いつも領収証をもらって、いったいどうするつもりなんだ。会社で落とせるわけはないだろうに。

一平の後ろ姿を見送りながら、千年地所の不正疑惑のことが頭を過った。あの話は本当だろうか。それが原因で仁村部長が解雇されたなんて、無茶苦茶すぎる。仁村さんも悔しかっただろうな。すぐに転職だってできないだろうし、生活も大変だ。それに、彼が辞めた後の会社だって、いろいろと影響がでるんじゃないだろうか。下請けの自分が心配しても仕方のないことだけど、どうしても気になってしまう。

悩ましげに大きくタバコを吹かした碧は、気を取り直してビールを一気に飲み干した。

7

岸とレイラは、男に指定された池袋北口の焼肉屋で、彼が来るのを待っていた。

レイラは食欲がないのか肉を注文せず、マッコリを飲みながら、ナムルをつまんでいる。岸も同じく、焼酎のロックを口に運んでいた。

ヤクザに占拠された銀座のビルに出くわした時点で、自分の仕事はほとんど終わったと思っていた。だが、コナーの友人のジャーナリストが日本にいることをレイラが思い出し、彼に連絡を入れたところ、先週コナーと会っていたことがわかった。それほどめぼしい情報は持っていないようだったが、レイラの気がすめばそれでいい。スコアレスドローの延長戦のようなものだが、報酬の割引額はこれで多少は減るだろう。

その男から三〇分遅れるとの連絡が入った。自然と会話が途切れ、しんみりとした雰囲気になる。

「岸さんって、監査法人を辞めたのはいつなの？」

何気なくレイラが言った。沈黙を埋めたかっただけだろう。俺の素性に関心などないことはわかっている。

「今年に入ってすぐの頃だ」

「ずっと監査法人？」

「いや」

そう言った後は、何も答えなかった。説明するのが面倒だからだ。それがわかったからか、レイラはそれ以上、何も訊いては来なかった。お互いのプロフィールには立ち入らない。顧客とは一定の距離を保つ。それが監査部で培われた職業的ルールのようなものだった。だが俺にとっては、単に関心がないし、人と関わりたくない。それだけのことだ。

四〇分近く経った頃、その男が現れた。

「待たせてすまん」

そう言って無遠慮にどかっと腰を下ろす。

「君がレイラか」

年齢は四〇歳そこそこ。ビンテージ風のアロハシャツに、よれよれのチノパン。濃い髭と繋がった眉に、長髪を頭の後ろで束ねている風貌は、まるで落ち武者のようだ。顔は疲れぎみだが、眠たそうな半開きの目の奥には、意外にも鋭い光が宿っている。

彼は江川健介と名のり、まずテーブルに肉がないことに気付いて、「あれまだ何も頼んでないの」と一言いうと、「生ビールね。それから特上タン塩と特上ハラミ。超特急でね」と店員に大声で注文した。

「早速だが、コナーについて詳しく教えてくれないか」

岸は前振りもせずに本題に入った。こんなところで無駄な時間を費やしたくない。

「まあ、そんなに急かさなくてもいいでしょ」

彼は苛つく岸をよそに、ナムルをつまみ、運ばれた生ビールを半分まで飲んだ後、ようやく話しだした。

「先週月曜日の夜、新宿の居酒屋で会ったんだ。来日したばかりだと言って疲れた顔してたよ」

「確かに、その日の夕方に成田に着いたはずよ。何の取材だと言ってたの？」

「聞いたんだが、話をはぐらかされて内容はまったくわからなかった。まあ、カネになる記事なら同業者には言わないだろうがな」

レイラはため息をつき、バッグから地図を出して、江川に渡した。

「何だい、これ？」

江川が地図を広げる。

「コナーが日本に来る前にここに印をつけていたの。だから、この場所に取材に行ったんじゃないかと思って、昼間回っていたんだけど、手がかりがなくて」

レイラが印をつけた場所を指で示すと、ビールを一口飲み、うーんと唸りながら地図の場所をじっくり見た江川は、太く繋がった眉を寄せながら首を振った。

「そんな話題は出なかったね」

「じゃあ、どこかに行くとか、何か言ってなかったか？」

岸が聞いた。

江川は少し考えてから、「それなら温泉地のことを訊かれたよ」と答えた。

「彼女と一緒に行くんで、いい宿は知らないかって」

「温泉地？」

そんなことはどうでもいい、コナーの居所に繋がる情報はないのか。

「そうなんだ」とレイラは興味ありげに身を乗り出す。

「で、どこに行こうとしていたの？」

「湯河原に行きたいって言ってたけど」

「湯河原？」

レイラは初耳のようなリアクションだった。

「俺は湯河原のことはよく知らないし、もっとしっぽり来るとこの方がいいんじゃないかと言ったんだが、どうしても湯河原に行きたいと言うんだ」

レイラはきょとんとしている。

「何か聞いてるか？」

「知らないわ。少なくとも、私と合流した後に行こうとしていた場所はそこじゃないから」

「他に何か言ってたか？」

江川に顔を向けたが、彼は首を傾げているだけだ。今日回った三つの物件——五反田の美術館、芝大門、銀座の占有不動産について話したが、これについても江川は反応を示さない。

「あの洋館は？」

美術館の隣にあった桂川家の年代物の洋館を見て、相当感激したらしいレイラが、その歴史的価値に触れ、さらに古の日本文化に話が及ぶと、江川の顔色が微妙に変化した。

「そういえばあの時、変な話になったなあ」

「洋館のこと？」

レイラが急かす。

「いや違う。ずいぶん昔のことを話していたのを覚えている」

「昔？」

「ああ、確か終戦直後のことだった」

「終戦直後？」

レイラが疑念の声を出した。

「そんな昔のこと調べてたのか？」

「取材かどうかははっきりわからないけど、東京がどんな状況だったのかと訊かれたんで、俺がなぜ、そんなことを訊くんだと言ったら、話をはぐらかしたんだ」

「その件と、湯河原が関係してるの？」

レイラが問う。

「いや、そんなことは言ってなかったと思う」

「終戦直後ということは、今から七〇年前か」

気が遠くなりそうだ。岸はこめかみの辺りを指で押さえつけた。

「GHQ統治下ね」

レイラが頷き、不思議そうな目を向けた江川に、大学で日本史の研究をしていると説明を加えた。

「戦勝国が敗戦国の研究か」

江川はつまらなそうに、舌打ちする。

「まったく、毎年八月になると、終戦記念日だと言って式典をしているが、終戦じゃない、敗戦だ。まあ、君たちにとっては戦勝記念だがな」

江川を無視するかのように、岸に顔を向けたレイラは、「でも、なぜコナーがそんな昔のことを」と疑問を投げかけた。

「それはこっちが訊きたい。何かの事件だとしてももう時効だ。あんたに心当たりはないのか？」

「ぜんぜん」

レイラは間髪を容れずに答えると、江川が独りごちた。

「敗戦の年、あるいは敗戦直後の日本で、ある未解決事件が起きた。七〇年経った今、アメリカ人ジャーナリストが、その事件の真相を突き止めた。なんて筋書きだったら面白そうだ」

「冗談はよしてよ。ミステリーじゃないんだから」

「アメリカ人のコナーが、なぜ日本に関係する情報を知りえたのか、ということもさらにミステリアスだな」

人の気持ちを汲まない商売っ気も、ジャーナリスト特有なのかもしれないが、自分も人のことは言えない。とにかくここは、あまり大げさにしたくない。レイラに余計な心配をさせるのはまずい。

「まだ終戦直後のことを調べていたかどうかはわからないだろ。それに、日本に関係しているかどうかも」

「だったら、あの地図はなんだ。少なくとも、日本の土地に関係している案件と言えるだろ。コナーは、何か日本と繋がりがあったのか？」

「いえ、そんな話聞いたことないわ。でも、彼はうちの大学の日本史の聴講生だったのよ。それで私と知り合ったんだから」

「なるほど。やはり日本の情報を仕入れていたんだな。日本の何を調べていたんだ？」江川が言った。

「そんなの私にわかるわけないじゃない」

江川が腕を組み、レイラが遠くを見つめて考え込む。

少しの静寂、時間の無駄だ。そろそろお開きにしようと岸が腕時計に目をやった時、レイラが口を開いた。

「終戦直後の東京って、実際にはどんなだったのかしら。史料だけでしか知らないからすごく興味あるわ」

岸が嘆息し、江川が反応する。

「どんな状況かなんて、その当時俺はまだ生まれてないからわからないさ。ただ、大変な状況だったことは確かだ。東京は焼け野原になって住むところもないし、食い物も着るものもない。今日一日をどう生きるかで精いっぱいの、ギリギリの生活だった。そんな貧困生活の中で、お前らアメリカ人は、無条件降伏した日本を占領し、勝手に土地を接収して住みついて、いいものを食べ、いい服を着て、日本の女のケツを追い回していたんだ」

「何よそれ？　そんなこと関係ないじゃない。占領してたって言うけど、それは単に日本に駐留して、日本を立ち直らせるために、民主化政策をやっていたんだから」

「そんなことどうだっていいだろ」

岸は声を荒らげた。こいつらには付き合いきれない。

「それがコナーと何の関係があるというんだ。とにかく、七〇年前のことだけでは何の手がかりにもならない。そんな雲を摑むような話では、前に進まないんだ」

「そうだな、あんたの言う通りだ」

江川は急にやる気をなくしたらしく、やり残した仕事があるからと言って、注文した肉を慌ただしく平らげ、店を後にした。

「これ以上、俺がやるべきことはない」

岸は、警察に届け出た時の担当者名をレイラに訊き、何か情報が入ったらすぐに連絡するからと言って、とりあえず帰国するように促した。

「でも、携帯が繋がらないのがおかしいわよ。このまま帰るわけにはいかないわ」

「じゃあ日本にいて何ができる？　あの地図の場所に行ったが何もなかったじゃないか。それに、コナーの自宅に何か手がかりがあるかもしれない。日程表とかメモ書きとか」

口を窄めて聞いていたレイラは、しばらくして顔を上げ、「それもそうね」と帰国の方向に気持ちを傾けたようだった。

「わかったわ。すぐに帰って、とにかくコナーの自宅を調べてみる」

ようやくその気になったらしいレイラを見て、岸は安堵した。だが、まだ手放しでは喜べない。気が変わって、また騒ぎだすかもしれない。空港まで見届ける必要があるだろう。

二人は店を出て、岸は高田馬場へ、レイラは渋谷に向かった。

8

神楽坂の居酒屋を出た斉藤碧は、その足で恵比寿に向かい、馴染の台湾料理店で、店のマスターと一緒にビールを飲んでいた。台湾人の彼は、日本に来てもう二〇年になる。以前、ここで碧がバイトしていた時からの知り合いだ。

会社帰りのサラリーマンや学生たちに人気のこの店は、今日も八割がたが埋まり、結構な賑わいを見せていた。でも、最近の円安で輸入食材が高騰し、値上げに踏み切るかどうか、頭が痛いらしい。なかなか手堅いマスターだし、店は繁盛しているから値上げしても大丈夫じゃないかと、碧は元気づけた。

飲み干したビールジョッキを片手に立ち上がり、カウンターの横にあるサーバーでビールを注いだマスターは、席に戻ると急に顔つきが変わった。

「そういえば、この前、六本木の知り合いの店で、奴の姿を見たんだ」

眉を寄せ、声をひそめて言った。

「え？　あいつ？」

碧の胸が大きく鼓動する。

「で、どうしたんですか？」

「それが、すぐに気付かれて取り逃がしてしまったよ」

マスターはすまなそうに頭を掻いた。

「そうですか。まあ、いいですよ」

「でも、奴のせいで碧は大変な目に遭ってるんだから」

「いえ、いいんです。ああいう奴とはもう関わりたくないから」

気を静めようと、碧はビールジョッキ半分ほどを一気に飲み込んだ。

あれは、碧が二〇代半ばの頃だった。今も続く苦しい借金生活は、あの事件が発端なのだ。

あるスポンサーが資金を出すから一緒にやらないかと友人に誘われ、碧は飲食店を始めた。

不安がなかったわけじゃない。アルバイト経験はあったけれど、会社の立ち上げとなるとまったく未知の世界だったからだ。いろいろと悩んだ末、マスターに相談したら手を貸してくれると言ってくれたこともあり、挑戦してみることにした。お店は台湾料理の立ち飲みバー。マスターの意見を取り入れて、小皿料理を手ごろな価格で提供する店だ。料理人はマスターから紹介を受け、マスターの店で知り合った留学生たちをアルバイトとして雇い入れた。職探しは大変だったらしく、彼らから感謝され、碧は一層やる気が増した。店を持てるのが、なんだか誇らしく思えた。

開業当初は苦しい台所事情だったけれど、次第に口コミで評判が広がり、一年過ぎた頃には、毎晩満席になるほどの人気店になった。こんなにうまくいくなんて予想していなかった。最初は冷たかった銀行も、掌を返したように営業にやって来るし、取引をしてほしいと、いろんな業者から声がかかる。出来すぎだと思う心のどこかで、有頂天になっている自分がいた。きっと俺には商売人の素質があるんだと。

会社設立から五年後、都内に五店舗を構えるまでに成長し、さあこれからだという時、予期せぬ出来事が起きた。共同経営者だった友人が売上金を持ち逃げして姿をくらましたのだ。青天の霹靂だった。家賃や仕入れ代金、給与の支払が滞り、碧は立て直しのために奔走した。結局、努力の甲斐なく会社は倒産。残されたのは一〇〇〇万円を超える負債だった。

スポンサーからは共同責任だと追及され、損害賠償を請求すると脅された。怖くなり、どこかへ身を隠そうと思った。自己破産も考えた。でも、店で一緒に働いてくれた従業員たちの生活を思うと、そんなことはできなかった。彼らを裏切るわけにはいかない。何年かかっても必ず返済すると、心に決めた。

「あの時はどうなることかと思ったよ。ビジネスだから何が起こるかわからないけど、まさかあいつに裏切られるなんて」

「僕も信じられません」

「でも、碧は立派だ。未払の給与を立替えてくれて、みんな、碧に感謝しているんだ」

「そんなこと、当たり前のことですよ」

「いや、それができないのが人間の性(さが)じゃないか。人のことなんてどうでもいい。自分だけが幸せなら、他人がどうなっても構わないって思うものだろ。自分の生活がかかっていれば当然そうなる。自分を犠牲にしてまで償いをしようなんて奴はいないよ」

「だけど、僕がもう少ししっかりしていれば、あんなことにはならなかったから」

「でも、碧一人が責任を背負うのはどう考えても不条理だ。悪い奴がのうのうと生活しているなんて、どうしても許せない」

普段温和なマスターは、あの事件を思い出し、怒りがぶり返しているようだった。でも、碧には以前ほどの怒りはもうなかった。それよりも、あんなことになる前にどうして不正を見抜けなかったのか、それが悔しかった。他人が信用できないというのではない。自分に対する甘さがあったんだ。

「あの話、考えてくれた？」

マスターが、ジョッキを片手に碧を覗き込む。五反田の新店のことだ。

「碧には商才があると俺は思っているんだ。絶対にうまくいく」

マスターの知り合いが店を閉店するので、後を引き継いで店をやらないかと誘われた。ここの店の二号店としてでもいいし、碧の好きなようにしてもいい。サポートはすると言われている。

自信過剰かもしれないけど、繁盛店を創り出したという自負がある。またいつか自分の店を持ちたい。迷惑をかけた人に恩返しをしたい。そう思っていることは事実だ。だけど、自分には借金が残っているし、病気の母がいる。もう失敗は許されない。そう考えると、いつも泥沼に足をとられたように深みにはまり、気付いてみたら一歩も前に出られなくなっている。いつの間にか怖気づき、居すくまり、すぐ手の届くところにあるものでも、果てしなく遠い場所に逃げて行ってしまう。

「まだ、考えがまとまらなくて」

「そうか。まだ時間はあるからじっくりと考えてくれよ」

碧は、そう答えるしかなかった。

「わかりました」

そうは言ったものの、内心は諦めていた。これも自分の人生なんだ。そう割り切るしかない。もう考えるのはやめよう。考えてもどうにもならないんだから。碧は残りのビールに、ゆっくりと口をつけた。

9

レイラと別れて高田馬場の事務所に戻った岸は、やり残した下請け仕事をやっつけようと、机に向かっていた。

ちょうどそこに、永友から連絡が入った。

「どうだ？」

重い声が聞こえた。気がかりで、居ても立っても居られないのだろう。

「大丈夫です。帰国する気になっていますので、明日フライトの手続きをやらせます」

それを聞いて安堵したのか、声がいくぶん和らいだ。

「悪かったな、変な仕事を押し付けて」

「いえ」

「すでに口座に送金したようだから、確かめておいてくれ」

「ありがとうございます」

即座にパソコンを操作し、ネットバンキングの画面を呼び出す。

「最後まで気を抜くなよ」

「ええ、わかってます」

「いつ気が変わるかわからない。空港までしっかり送り届けてくれ」

「そのつもりです」

パスワードを入力し、口座状況を確認すると、間違いなく入金されていた。すぐに送金画面に切り替える。

「話は変わるが、来月、藤原ゆづきが日本に来る」

パソコンを動かす手が止まった。懐かしい名前だ。もう一〇年、いやそれ以上会っていない。

「そうですか」

「国際会議の事前打ち合わせだそうだ」

「彼女はまだＩＭＦに？」

「ああ、そうだ」

永友は、仕事の関係でＩＭＦ（国際通貨基金）との関わりを持つ。元部下のゆづきとも、時折、連絡を取り合っていると聞いたことがあった。

「それで？」

「それで、はないだろう。今回は娘さんも一緒だそうだ」

「そうですか」

少し複雑な気持ちになったが、それだけのことだった。

「一週間、日本に滞在するらしい。連絡しろとは言わない。もし連絡したいならメールアドレスを教える。その気になったら連絡をくれ」

「わかりました」

とりあえずそう言って電話を切った。

しばらく、頭の中がもやもやしていた。自分でも何を考えているのか整理がつかなかった。すでに自分の中では決着がついていることだ。それは、彼女だって同じはずだ。永友が気にかけてくれるのはありがたいが、俺にとってはおせっかいでしかない。思い出すこともたまにはある。だが、それでどうにかしようとは思わない。しようと思っても、どうにもならない。彼女とのことは、すでに終わっているのだから。

送金画面に切り替えたままのパソコンに気付く。つまらん。考えてどうなる。気持ちを切り替え、キーボードに手を置く。今月末の返済金額を入力し送金ボタンをクリックする。

池袋の焼き肉店ではほとんど料理を口にしなかったので、小腹がすいていることに気付いた。エスニックのしつこい臭いはあまり好きではないが、刺激物を胃に流し込めば、今日のつまらない仕事を忘れられるかもしれない。

事務所から出ようと腰を上げた時、また携帯の着信音が鳴った。

レイラからだった。明日の帰国手続きのことだろうと思いながら電話に出た。

「岸さん、今日行った美術館のパンフレット見た？」

「いや、バッグに入れっぱなしで手も触れていない」

何も考えずに答え、ドアに向かった。

ちょっと間があった。レイラの気を損ねたからかもしれない。だが、そんなこと知ったこっちゃない。

「そこに美術館の沿革が書いてあるんだけど、あの美術館ができたのが終戦直後のことなの」

岸は足を止めた。嫌な予感がした。

「それで？」

「もう少し調べてみたいの、あの美術館のこと」

冗談じゃない。

「帰国するんじゃなかったのか」

「だけど、ちょっと気になるのよ。あの美術館のことが」

お前の気のせいだと言いたかったが、思い留まった。せっかく帰る気になったんだ。軽口は叩かない方がいい。

「何を調べろというんだ」

「設立の経緯とか、関係者とか」

深いため息をつく。声は出ていないから彼女には聞こえていないはずだ。ここは、無難に対応する必要がある。五〇〇万円を逃すわけにはいかない。「わかった。後でかけ直す」と生返事をして電話を切り、机に戻ってタバコに火をつけ、ゆっくりと吹かした。宿題を前にした子供のように、重い気持ちは払拭されず、頭の切り替えがなかなかできない。子供の頃は、宿題を放棄するのは容易だった。大人にそれができないのは、そこにカネが絡んでいるからだ。

給湯室の冷蔵庫から缶ビールを取り出し、デスクに戻って喉を潤す。しばらく考えてから、ようやく、美術館のパンフレットを手に取り中を見る。彼女の言った通り、その設立は、一九四六年（昭和二一年）一月だった。旧華族の桂川家邸宅跡地に、近代美術を展示する美術館として翌年開館している。あの場所も桂川家の所有だったのだ。

パソコンを開きネットに接続して、未来美術館の登記情報にアクセスし閲覧した。理事長には真岡鉄治という人物の名が記載されている。その名をネットで検索したが、美術館関連ではヒットしなかった。

今度は芝大門のビルを使用していた、グノーシス会をネットで検索すると、HPがヒットした。世界的な規模で活動している宗教団体で、本部はボストンに置かれていることがわかったが、美術館に繋がるものは見つからない。帝国銀座ビルも同様に検索したところ、やはり不動産トラブルに巻き込まれているらしいことがわかったが、それだけのことだった。

他の二つのビルの所有者を調べようと、登記情報にアクセスしたが、詳細情報がわからず断念した。法務局に行って登記簿を見れば所有者はわかる。それぐらいの作業なら、明日午前中には終わるだろう。それを最後にこの仕事を絶対に終わらせてやる。

岸は受話器を手に取った。

10

碧はいつもより早く起床し、自宅アパートを出た。

一人暮らしを始めてもう八年が経とうとしている。立ち飲みバーを始めようとしていた頃、二間しかない母のアパートでは狭すぎるし、飲食業は時間帯が深夜に及ぶからと、母の住むアパートのすぐ近くで一人暮らしすることにした。

店がうまくいっていた時も、自宅には寝に帰るだけだったから、それからはずっと、同じところに住みついている。ここなら母に何かあってもすぐに駆けつけられるし、家賃も安いから申し分ない。

現場での作業を急いで終え、次の現場に向かう途中、回り道をして、母の入院する病院へ行くことにした。ここからなら一〇分もかからないから、時間的には充分余裕がある。

病院に着いた時には、額から汗が噴き出ていた。消毒液のような独特な臭いは嫌いだけど、エアコンの涼しさで生き返った心地がする。エレベーターで上階に上がり、廊下を進んで病室に入ると、母はいなかった。

顔見知りの看護師に訊いて談話室に行くと、一番奥の窓際に置かれたテーブルに座り、ぼんやりと窓の外を眺めている母の姿があった。

近づいた碧に気付き、母はゆっくりと顔を向ける。その表情には、どこか疲れた様子が漂っていた。病気だから仕方ないのだけれど、今までの母の苦労が凝縮されているように感じ、何となく切なくなる。

三〇代後半になって、ようやく授かったからだろうか、母は碧にこの上ない愛情を注いでくれた。いつも酒浸りで、母に暴力をふるっていた父親は、碧が小学校に入った年に、若い女を作って家出した。でも、母の優しさはそれまでと変わらず、碧に感情をぶつけることはなかった。

どこにいるかもわからない父親とは、一度も会いたいと思ったことはない。病死したと風の便りで聞いたことがあるが、悲しみは少しも湧いてこなかった。

幼い碧を育てるため、母は毎日早朝から夜遅くまで仕事をし、休むことなく働き通しだった。だから碧は、小学生の時から一人に慣れている。誰もいない家に帰宅し、一人で夕食をとり、母の帰りをひたすら待った。

片親であることをからかわれ、馬鹿にされることは日常的だった。かっとなって喧嘩したこともある。その後は決まって、母と一緒に学校に呼ばれ、碧の代わりに母が頭を下げる。でも、母は碧に怒ったりしなかった。相手が悪い。あなたは正しいのと、優しく声をかける。だったらなぜ謝るんだと、碧の気持ちは収まらなかったが、そんな理不尽な場面もそのうちなくなった。碧がじっとこらえることを覚えたからだ。やりあってもどうしようもない。母に迷惑をかけるだけなんだ。

「仕事じゃないの？」母は心配そうに言う。

「ちょっと寄っただけ。どう調子は？」

「大丈夫よ。今日にでも退院できるくらいだから。何か飲む？」

「いいよ。すぐ行くから」

母が何を見ていたのだろうかと、窓の外の景色を見ると、窓に触れながらゆらゆらとなびく大木の青葉に、真夏の太陽が強い日差しを放射していた。ここのところずっと、嫌になるほどの酷暑が続いている。

この季節に特別な感情は持っていない。ただ、今年が戦後七〇年目だというニュースを目にするたびに、何となく落ち着かない気分になる。

「退屈だろ？」

「まあね」

そう言って、視線を窓の外に移す。

母が癌に侵されていることは、三日前の検査結果で知った。早期癌とはいえ、告知された母のショックは計り知れないと思う。碧はそれを聞いて目の前が真っ暗になり、胸の辺りが苦しくて、朝まで眠れなかった。でも、母は取り乱したり弱音を吐いたりすることはなかった。

「迎えが来たら素直に従うだけだよ」と、冗談っぽく言っただけだ。だけど、本当は不安でいっぱいだと思う。息子を心配させまいと、強がっているだけだ。普段から口数の少ない母は、心の中にいろいろな感情を溜め込んでいる。これまでもそうだった。自分のことはあまり話してはくれない。何を思い、どんな苦労を積み重ねてここまで生きてきたのか、母からは一切、語られたことはない。あのことを除いては。

高校に入った年、母の出生に関する暗い影の部分を知った。自分から訊いたわけではない。母が、これだけは言っておかなければならないと切り出したのだ。

母は戦争孤児で、両親が誰なのかわからない。自分がいつどこで生まれ、いったい自分が誰なのかさえわからないのだ。それを聞いて、親戚が一人もいない理由が初めてわかった。でも、そんなことって本当にあるのだろうか。碧には信じられなかった。区役所に行けば戸籍だってあるし、近所の知り合いもいるだろうし、まったくわからないなんてことはあり得ない。でも、東京大空襲によって区役所も全焼し、近所の人たちも全員亡くなったと聞いて愕然とした。ネットで調べたら、一〇万人が命を落としている大惨事だったという。その中に、自分の両親もいたのだろうと母は言っている。だけど、そんなことは誰にも証明できない。母もそんな生い立ちを、素直に受け入れていないように思う。親の死なんて誰も信じたくない。亡骸（なきがら）が見つかっていないんだから、尚更だ。

「何か買ってくるわね」

そう言って母は立ち上がり、部屋の隅にある自動販売機で冷たいお茶を買ってきてくれた。ペットボトルを差し出した母の腕に、あの傷痕が見える。ちょうど手首と肘の間ぐらいに、うっすらと残る傷。飛び散ったガラスの破片で切ったのだ。

あれは、小学校の高学年の頃だった。学校から帰ると、厳つい男たちが母親を責め立てているのを見かけた。子供心に心配になり、陰に隠れて彼らの言動を聞いていたら、それが、家出した父親が作った借金の取り立てだとわかった。

あのやろう！　と心の中で叫んだ。なんであんな奴のために、母が辛い思いをするんだ。憎悪というものを、あの時ほど強く感じたことはなかった。

彼らは毎月現れて母を脅し、カネがないとわかると大声でわめき散らす。母はいつも泣きながら、ひたすら頭を下げていた。でも、碧にはどうすることもできなかった。

ある日、怒りが収まらず、今日こそはやっつけてやろうと彼らに飛びかかったことがあった。片手で払われて吹っ飛び、ちゃぶ台にぶち当たった。その拍子に飛び散ったグラスの破片で、母は傷を負ったのだ。

自分の無力を恨んだ。父を殺してやりたいほど憎んだ。自分たちはこれからどうなってしまうのだろう。この家にはもういられないのかもしれない。そんな不安でいっぱいになり、毎日を怯えながら暮らした。

ところが、半年ぐらい続いた後に、突然彼らの取り立てがなくなった。「もう借金はないから安心しな」と、男が言ったのを覚えている。なぜ助かったのかはわからない。だから反対に不安になった。明日になったら、あれは間違いだったと、今度は違う連中がやって来るのではないか。もっと怖い奴らが来て、家を荒らして行くのでないか。不安の連鎖が続いた。でも、誰もやって来なかった。二度と奴らは来なかった。

その時、母はこう言った。この世のどこかで両親が生きていて、私たちを助けてくれたのよ。きっとどこかで、私たちのことを見守ってくれているのと。

母はそう言ったけれど、本当のところはわからない。覚束(おぼつか)ない母子二人だけの生活を心配させまいと、そう言ってくれただけなんだと思う。もしそうだったとしても、どこで暮らしているかもわからない親のことを言ったところで、気休めにしかならない。あるいはもしかして、こんなことは考えたくはないけれど、息子の知らない男の存在を隠したくてそう言ったのかもしれない。だけどそんなことはどうでもいい。とにかく、自分が早く大人になって、母のためにカネを稼がなくちゃいけない。そう強く感じた。

以前は、母の人生を変えてしまった戦争というものに対して、漠然とした感情しか持っていなかった。それは、学校の教科書に書かれた歴史上の出来事であり、関ヶ原の戦いとか明治維新とかと同じような、遠い過去の人たちの物語であって、たとえ母がその犠牲者だとわかっていても、自分にはあまり関係ないものとして捉えていた。

でも、高校を卒業し、自分がいくらか成長すると、この世に生まれてきたことの意味を真剣に考えるようになり、母の生い立ちについて関心を持つようになった。それは、自分のルーツにも関係する重大な事柄だからだ。自分の両親や親戚がいったい誰なのか、どこでどのように暮らしていたのか。母はどこで、どのように生まれたのか。

でも今となっては、七〇年も前のことなんてわかるはずがない。何もわからないまま母はこの世を去ってしまう。もちろん自分だって。

「今週末には退院するから」

ふと母が顔を向け、力のない声で言う。これから母は、手術の日まで一時自宅に帰ることになっている。

「わかった。荷物を運ぶから、日程が決まったら教えてくれよ」

母と別れて病院を出た時、携帯が震え着信を告げた。一平からだった。

「おい。大変だ」

小声だが、明らかに声が上ずっているのがわかる。

「どうした？」

「今さっき、仁村さんと外で会ったんだが、とんでもないことを聞いた」

そう言った直後、話が中断した。他の電話に出ているようだ。しばらくして、「悪い、急用だ。今夜いつものところで待っているから来てくれ」と、一方的に言って電話は切れた。

彼の気にしていた不正に関することだろうか。やはり、あれは事実なのか。

重い足取りで、碧は次の現場に向かった。

11

「何だこれは？」

千年地所本館ビルの一室で、部長代理の小野から月次報告を受けていた真岡元也は、自分の使った領収証に付箋が貼られているのに気付いた。

ディアナ社の月次報告は、千年地所の経理が一か月の損益を計算し、報告書を作成。管理部責任者が毎月元也に説明することになっている。いつもなら、とりまとめた報告書だけなのに、今回はそれに領収証の束が添付されていた。

「何でしょう」

小野は言葉に窮している。

「お前、答えられないのか。部下にやらせただけで、チェックせずにそのまま持って来たんじゃないだろうな」

小野は言葉に詰まる。口を窄め、目玉だけをキョロキョロさせて、カマキリのようなとんがった顔を引きつらせている。図星だな。仕事もろくにしないで、給料ばっかり取りやがって。

まったく使えない奴だ。だが、この付箋がどうも気になる。

「まさか、お前、経費に入れてないわけじゃないだろうな」

「そんなことはないはずです。部下にどう処理したか確認しておきますので」

突然の指摘でしどろもどろの小野は、額に滲む汗を何度も拭っている。

「じゃあ、この仮払金の額は何だ」

報告書に記載された、自分への仮払金が莫大な額に上っている。一か月で、しめて八〇〇万円。仮払金とは経費に入っていないことを意味している。ひょっとすると、付箋のついた領収証の金額を、全額俺の仮払金にしているのかもしれない。

「どうなってんだよ。使ったカネを会社に戻せっていうのか？」

小野が青ざめた。

「今すぐにここに呼んで説明させろ」

「はい、わかりました」

しばらくして、元也の部屋に若い男が入ってきた。

「おい、新谷。こっちに来て説明しろ」

新谷一平は小野に指示されるまま、緊張した顔つきで元也と小野のいるテーブルに近づく。

元也はしげしげと一平の顔を見つめた。こいつがディアナ社の新しい経理担当か。何も知らないくせに、勝手なことしやがって。すかさず、領収証の束をテーブルに放り投げる。

「これ、どう処理した？」

「それは――」

表情が強張り、言葉に詰まる。

「新谷、どうしたんだ。ちゃんと説明しろ」

「まさかお前、経費に入れてないわけじゃないだろうな」

「どうなんだ？　新谷」

一平は、震える小さな声で言った。

「入れておりません」

「な、何言ってるんだ、お前」

小野が焦る。

「すぐに、訂正させます」

「お前は黙ってろ」

元也は一平の全身を舐めるように見た。こいつ、身体ががちがちじゃないか。気が弱いくせして、思い上がるのもいい加減にしろ。

「なぜ経費に入れてない？」

「それは――」

躊躇（ためら）いながら、囁くような声を出した。

「私的な支出ではないかと」

「何が私的だ？」

「すみません。すべて経費で処理させますので」

横から小野が割り込む。

「うるさい！　俺はこいつに訊いてるんだ。いいから言え」

小野の身体が縮こまった。一平の額に、一瞬にして汗が噴き出る。彼は恐る恐る言った。

「例えば、その一番上の付箋ですが」

元也はそれを広げる。二〇〇万円のブランド物のバッグの領収証だった。

「これはエルメスのバーキンだが？」

「あの——」

また言葉に詰まる。

「早く言え！」

「私には、ブランドはよくわかりませんが——これは、どのような目的で買われたのでしょうか？」

「お前、そんな失礼な質問を——」

「黙ってろ！」

元也が小野を制し、涼しげな顔を一平に向けて言った。

「お中元だよ」

「は？」

一平の目が丸くなる。

「お中元の品としてあげたものだ」

「そんな高価な品をお中元なんて」

「バーキンがお中元じゃ駄目なのか？　小野」

元也は小野に視線を移す。

「いえ、そんな決まりはありません」

「お中元は経費でいいんだよな？」

「はい、まさしく経費です。経費以外ありません」

「しかし、そんな処理――」

「何だ。文句あるのか」

一平は何も言えずに俯く。まったく生意気な奴だ。これじゃあ税務署の犬じゃないか。

「お前はもういい！」

小野が立ち上がり、「すべて訂正させますので」と頭を下げ、一平の背中を押した。

「ちょっと待て」

元也が違う領収証を指し示す。

「何でここに付箋が貼ってある？」

その領収証を覗き込む一平のこめかみを、汗が伝う。

「あの――五〇万円もするシャネルのスーツは――経費にはならないのではないかと」

「お前、何言ってんだ。それもお中元なんだよ」

小野が口を出す。

「制服だよ」

元也がすました顔でさらりと言う。

「は？」

「女性スタッフの制服だ。制服は福利厚生費だったよな、小野？」

「はい、その通りでございます」

「でも——」

「でも何だ？」

一平は身を縮こませる。

元也は凄味のある表情で睨みつけた。

「使用人はな、オーナーの言った通りにやってりゃいいんだ。この会社の使用人ならこの会社のやり方を守れ。そうでなければ今すぐにでも会社を辞めろ。わかったか」

部屋中に響き渡った恫喝で、二人の部下は震え上がり、ただひたすら頭を下げ、「わかりました」と唸るように言った。

12

岸とレイラは、夏の日差しが照りつける中、不動産物件の所有者履歴を調べるため、半日かけて各地の法務局を回った。港出張所、品川出張所、東京法務局本局。そこで、ある会社の存在に気付いた。

榊木実業という会社だった。

未来美術館の隣地にあった洋館と、芝大門のビルの不動産取引の当事者であり、さらに、未来美術館の前身が榊木美術館という名称だったことから、美術館とこの榊木実業にも何らかの関係があると思われる。

具体的に言えば、榊木実業と榊木美術館が桂川家から土地を取得したのが、終戦翌年の一九四六年であり、榊木実業が、以前から保有していた芝大門のビルをグノーシス会に所有権移転したのが、三年後の一九四九年（昭和二四年）である。

そして榊木実業は現在、千年地所と商号変更されていた。

本社は半蔵門で、社長は塩田という人物だが、榊木という名は役員欄には入っていない。もっとも、会社登記情報の保存期間はせいぜい二〇年だから、七〇年前の榊木実業の役員を、公表資料から追うことはできない。それに、榊木の由来が名前ではないかもしれない。HPを見ても、不動産ビジネスを手掛ける会社であることはわかったが、詳しい沿革は書かれていなかった。

仮に榊木が名前だったとしたら、その人物が榊木実業のオーナーだったということになるが、それでは、未来美術館理事長の真岡鉄治と、千年地所社長である塩田とはどのような関係なのだろうか。すでに七〇年も経過しているため、榊木は存命していない可能性が高い。次の世代に代替わりして、経営者が代わったと考えるのが順当だろう。その辺りの事情は、千年地所に乗り込めば教えてくれるかもしれない。あるいは、榊木の親族か知人を捜すほかない。

残りの銀座帝国ビルは、㈱銀座帝国ビルという会社が保有している。この会社が榊木実業（現千年地所）とどのような関係にあるのかは、まったく不明だった。

「終戦直後の土地売買に絡む何かが関係しているのかもしれないわね。もう一度、あの美術館に行って、設立当初のことを訊いてみましょうよ」

レイラは積極的な姿勢を見せたが、仮に不動産取引に絡む黒い疑惑が存在するなら、胸襟を開くわけがない。それにもし、あのヤクザに占拠されたビルと関係しているなら、これ以上関わるのはごめんだ。

「それは意味ないな。たぶん、そんな昔のことはわからないと断られるだけだ。千年地所に行っても、同じ結果になると思う」

「じゃあ、桂川家を辿るのはどう？」

「帰国するんじゃなかったのか。それに七〇年前だぞ。そいつがどこにいるのかもわからない」

岸の言葉が聞こえているのかいないのか、スマホを睨んでいたレイラは、「ここに行けばわかると思う」と顔を上げ、旧華族の親睦団体の名称を読み上げた。そんな団体があったとは知らなかったし、こいつがそんなことを知っているとは思わなかった。一気に気持ちが萎えた。

「あとここだけだから、とにかく行ってみましょう」

気乗りしないまま虎ノ門に向かった。

重厚な趣のある比較的古いビルの一室に、その団体はあった。

受付電話で職員を呼び出し、顔を出した年配の女性職員に桂川家について尋ねた。彼女の回答は、岸にとって幸運なことに、このルートからの調査が途絶えたことを意味するものだった。

「桂川家の嫡男である桂川篤久氏は、一九九五年七月に亡くなられ、すでに絶家しています」

「絶家！」

レイラは声を上げ、がっくりと肩を落とした。今から二〇年前だ。話にならない。

「残念だったな、ここまで来たのに。まあ、やるだけのことはやったんだ」

「親戚はいますか？」

岸を無視し、レイラは詰め寄る。諦めの悪い奴だ。心の中でちっと舌を打つ。

「いることはいますが」

そう言って彼女は、レイラをジロジロと観察している。

「どういったご用件でしょうか？」

「実を言うと、あるアメリカ人を捜していまして。私の友人で、コナー・ガルシアといいます」

さっきまで疑わしげだった彼女の表情が明らかに変わった。

「ああ、それなら先日、アメリカからメールが来てましたね」

「え！　それってコナーから？」

レイラが声を上げる。岸の胸がざわつく。

彼女は首を傾げたまま、深く考え込んでいる。「メールを確認しますので少しお待ちください。コナー・ガルシアさんでしたよね」と念を押すと、奥の方へ姿を消した。

気が遠くなるほど待ったような気がしたが、実際には二、三分だったと思う。

彼女は岸たちのもとに、頷きながら戻った。

「その方で間違いありません」

「本当ですか？」

レイラが力を込めて言う。岸の胸の辺りが重くなる。

「ええ、コナー・ガルシアさんからのメールです」

二人は顔を見合わせた。

レイラの顔にパッと明るさが広がったように見えたが、岸の心境は複雑だった。

「用件は何だったんですか？」

「桂川家の親族を教えてほしいということでしたので、縁戚に当たる宮田徳則（とくのり）氏の連絡先を教えました。もちろん、宮田氏に了解を取った上でのことです」

彼女によれば、桂川篤久氏は戦後アメリカに移住し、亡くなったのもアメリカだったので、現地からの連絡は特に気にも留めていなかったのだというが、どのような経緯で渡米したのか、その事情は彼女も知らされていなかった。

すぐに宮田に連絡してもらい、コナーについて確認した。先日、彼から電話があり、ある会社の社員のことを訊かれたと宮田は答えた。

レイラは希望に胸を弾ませ、宮田に会って話を聞きたいと言いだしたが、岸は焦りの色を隠せなかった。これから川越に向かうとなると、彼女の帰国がさらに延びてしまう。だが、クライアントの要求に背くことはできない。餌に飢えた犬のように、主人に従うしかないのだ。

宮田の自宅は、川越市駅から一〇分ほど歩いたところにあった。想像していたよりも、はるかにみすぼらしい平屋の木造住宅で、玄関周りには樹木や草花が綺麗に植栽されていたが、猫の額ほどしかない狭さでは、この家の侘しさだけが目立ってしまう。

「本当に、ここに旧華族が住んでいるの？」

レイラが首を傾げるのも無理はない。岸も同じような印象を受けた。これではまるで、詰め込みすぎた箱庭のようで、すべてが嘘っぽく見える。

玄関に現れた宮田は、子供のように背が低く、今にも折れそうなほどほっそりとした老人だった。彼は、椅子とテーブルがはみ出しそうなほど狭苦しい応接間に、岸たちを招き入れた。

「妻に先立たれまして、一人暮らしなんです」

隙間風のような聞き取りにくい声を出し、彼はゆっくりと湯呑み茶碗を置いた。袖口が擦り切れた地味な長袖シャツに、ウエストが合わないよれよれのズボン。ほとんどない頭髪は、定規で引いたように、後ろになでつけられている。彼のどこを見ても、高貴な身分だったことを窺い知ることはできないが、あえて言えば、慎重な言葉遣いや押し殺した表情に、ある種の気高さが感じられなくもない。

宮田は、桂川篤久氏の母方の従弟で、現在七六歳。旧子爵家だというが、何を生業としていたのかはわからない。

岸は、さっそくコナー・ガルシアについて話を振り、事前の電話で聞いた元社員の名を出して確認を求めた。

「コナーは、山澤正雄という榊木実業元社員を捜していたというのですね？」

姿勢よく膝を揃えて座っていた宮田は、ゆっくりと頷いた。

「彼は、榊木実業に移る前まで、桂川家の執事だったのです。彼の姉が私どもの使用人だったこともあり、彼のことはよく知っていました」

そう言うと、奥の部屋からメモ用紙を持ってきて、岸に手渡した。

「でも、かれこれ数十年連絡を取っていないので、ここにいるかどうか。それにもう八〇代の後半ですから、生きているかどうかもわかりません」

そこには、山澤の氏名と清瀬市の住所と電話番号が記載されていた。

「なぜ、山澤氏を？」

「私も訊いたんですが、教えてくれませんでした」

コナーは、山澤が桂川家の執事だったことを知っていて、宮田に山澤の住所を尋ねた。桂川と榊木実業は五反田の洋館の売主と買主の関係だ。そこに何か秘密が隠されているのだろうか。

「桂川氏は榊木実業にご自宅を売却されたのですね？」

宮田はテーブルに視線を落とした。

「ええ、そうです。あれを建てるのに、イギリスの有名な建築家を使ったり、建築資材まで舶来品を取り寄せたりで、大変費用もかかったと聞いています。それを買い取ったのが榊木実業でした」

「あの洋館にまつわる何かを、コナーが追っていたのでしょうか？」

レイラが聞いた。

「さあ」

宮田の細い目が少し開いた。

「あるいは、ルイス・ガルシアのことを調べていたのかもしれません」

「ルイス・ガルシアってコナーのパパ？」

レイラが言った。

「ええ、そうです」と宮田は答えた。

岸がレイラに視線を送ると、「もう何年も前に亡くなってるはずよ。だから会ったこともないわ」と彼女は首を振った。

「ルイスと山澤に、何か関係があるんですか？」

宮田は、無表情で骨ばった顔を岸に向けた。

「ルイスさんは、あの洋館の離れにお住まいになっておられましたから、その時に知り合ったのかもしれません」

「え！」

レイラの上体が跳ねる。

「コナーのパパが日本に住んでいたの？」

「あの洋館に？」

なるほど、コナーは、父親が昔、日本に住んでいたことを知っていた。そこで、父親に関わる人物に会い、父親のことを聞きたかった。コナーは、父親の歴史を辿る旅に出たのかもしれない。そんなものに、何の関心のない岸にはまったく理解できないが、家族の歴史に興味を抱き、それに意義を見出す者もいる。コナーもその一人だ。胡散臭い事情などどこにもない。父親がかつて住んでいた場所を訪ねてみたかった。ただそれだけのことだ。

「桂川家の自宅敷地は広大でしたから、洋館の他にも離れがいくつかありました。戦後進駐したＧＨＱがそこを接収して、軍関係者の居宅にしていたんです」

「ちょっと待って。そうすると、ルイスはＧＨＱ関係者だったんですか？」

レイラが疑問を呈した。それが何だ。そんなに驚くことはない。あり得る話だ。

「米国の貿易会社にお勤めで、戦前は東京支社長をしていたと聞いていますが、詳しくはわかりません」

「民間企業の社員が、ＧＨＱの接収した桂川家の敷地に居宅を構えることができるんですか？」

レイラが食い下がる。

「たぶん、軍関連の仕事をしていたんじゃないでしょうか」と宮田は付け加えた。

「そうすると、離れに住んでいたルイスは、その家主である桂川篤久とも知り合いだったことになりますね？」

そのレイラの質問を聞き、宮田は細い目を微妙にしばたたいた。

「そうでしたか。あなたたちはルイスさんのことをあまりご存じないようですね」

岸はレイラを見ると、彼女は首を傾げていた。

「篤久を育てたのはルイスさんなんです」

「え！」

レイラの身体がピクッと反応し、大きな青い瞳を岸に向ける。

そんな縁があったのか。だからコナーは、桂川篤久をよく知る山澤を捜し、ガルシア家のルーツを調べていたんだ。

「それ、とっても興味があるわ。詳しく話して頂けますか？」

レイラの表情には、興奮と期待が表れている。だが、ガルシア家のファミリーヒストリーなどどうでもいい。すぐに山澤に連絡して、コナーの居所を確認すれば、それで終わるんだ。

「もういいんじゃないのか。あまりお邪魔しても失礼だろ」

「でも、聞きたいわ。その話、すごく関心があるの。もう少しいいですよね」

「大丈夫ですよ。私はこの通り、暇ですから」

宮田は細い肩を上下に揺らして笑顔を見せる。岸はそれ以上何も言えず、地団駄を踏みたい気分を抑え、腕時計に目をやった。

少し咳き込んだ宮田は、ゆっくりと湯呑みを取り、乾いた唇を湿らせた後、話を始めた。

「終戦の年、桂川篤久はまだ五歳でした。彼の父親は戦死、母親は篤久を生んですぐに他界したため、彼は幼いながら桂川家の継承者として、執事たちの手で大切に育てられました。ところが終戦後まもなく、GHQは財産税を創設して、保有している不動産や株などに重い税金をかけ、さらに華族制度の廃止により、桂川家は平民となりました」

財産税や華族制度の廃止について言葉は聞いたことはあったが、よくは知らない。レイラを見ると、「GHQの民主化政策よ」と前置きし、訊いてもいないのに説明を始めた。

終戦直後、日本の財政は崩壊寸前にまで逼迫(ひっぱく)した。その立て直しのために導入されたのが財産税だった。一九四六年三月三日午前零時現在、個人が保有するすべての財産に対して、最高九〇%という厳しい税率で課税したこの制度により、独占的に富が集中していた経済人や封建的な特権で守られていた華族たちの財産は、そのほとんどが没収されたといわれている。

「三菱財閥だった岩崎家の本邸や大磯別邸は税金で取られたし、三井物産を創業した益田孝男爵の『鈍翁コレクション』も、その多くが流出したのよ。加賀前田家も経済的にかなりの痛手を蒙ったわ」

財産の没収だけに終わらず、昭和天皇と一部の宮家を除いたすべての皇族は、新憲法と新皇室典範によって平民に下り、華族制度もなくなった。地位も名誉も剥奪された貴族階級は、かくして終焉を迎えたのだ。

「前途を悲観した旧子爵が、奥多摩山中で自殺する悲劇まであって、まさに太宰治の『斜陽』

が時代を象徴していたのよ」

新憲法により、皇族の所有財産はすべて国有財産になった。ＧＨＱは当初から皇族財産解体の方針を打ち出し、その財産調査に全力を注いでいたという。それは、民主化の一環として天皇の権力を排除するためであり、皇室が、巨大な金脈を形成していたのではないかとみていたからである。

調査の結果は、ある意味、彼らの想定が正しかったことを示している。一九四五年九月一日の皇室の資産総額は約一六億七五〇〇万円、現在の価値で五五〇〇億円以上に匹敵することがわかったからだ。皇室は、日本国債の受け皿となり、さらに日本銀行の四七％、横浜正金銀行（後の東京銀行）の二二％を保有する筆頭株主だった。日本経済に君臨する中央銀行と、日本を国際金融面で支え、当時ＨＳＢＣと並ぶほどの存在だった横浜正金銀行の大株主である皇室が、間接的に太平洋戦争を資金面で支えていたと判断したのも、まんざら空論とは言えない。

「あの自邸を売却したのは、財産税の納税資金を工面する必要に迫られたからなんですね」

レイラが同情するような口ぶりで言う。イデオロギーの欠片(かけら)も持ち合わせていない岸には、彼らのことなどまったく興味がない。彼らには国からの資金援助や貴族院議員になれる特権があった。そんなものがなぜ必要なんだ。庶民階級とは比べ物にならない恵まれた生活をしていた奴らに、同情なんていらない。その意味において、民主主義を根付かせたアメリカには感謝すべきところもある。彼らが日本を改革しなければ、こいつらはいつまでも特権階級のまま、権力の上に胡坐(あぐら)をかいていたんだ。

宮田はゆっくりと頷いた。

「執事長が奔走し、後々の家屋保存まで考慮して、ようやく榊木実業に売却が決まりました。資産を処分して納税をし、売却できない不動産は物納して、やっと税金を払い終わった時には、ほとんどの資産がなくなっていました。当然のことながら、その後の私どもの生活は窮乏を極めたのです。先祖伝来の貴重な品々を新宿の闇市で売っている、旧華族の姿まであったと聞いています。ですから、まだ幼い篤久の引き取り手も見つからなかったのは、当然のことと思います。もちろん私ども宮田家の財産も底をつき、篤久を養育できる状態ではありませんでした。それを見かねて、彼を助けたのがルイスさんです。離れに引き取り、しばらく一緒に暮らしていたのですが、ルイス夫妻には子供がいなかったこともあり、いよいよアメリカに帰る段になって、自分の養子にしたいと思うようになったそうです。それが実現して、篤久をアメリカに連れて行きました」

話し終わると宮田は席を立ち、奥の部屋からアルバムを持参して、あるページを開いた。レイラはじっとそれに見入った。

彼女の手元を覗き込むと、色あせたその白黒写真には、あの洋館を背景に、一人の子供と二人の青年が写っていた。子供は蝶ネクタイ姿でスーツを着込み、強張った表情で真ん中に突っ立っている。その左隣には、まだあどけなさが残るスーツ姿の小柄な日本人青年が、表情を押し殺して直立し、右隣には、開襟シャツの大柄な白人青年が、気取った姿で腰に手を当てていた。その写真に写っているのは、世界を勝ち取った勇者と、時代に翻弄された憐れな敗北者だった。

「これ、ルイス・ガルシアでしょ？」

レイラが白人を指して言った。

「そうです。ルイスさんは私の父親の友人でした」と日本人青年を指さし、子供が桂川篤久だと付け加えた。

「確か、コナーは二人目の奥さんの子供で、先妻とは子供がいなかったって言ってたような気がするわ」

「桂川篤久のことは何か聞いてないか？」

岸がレイラに尋ねたが、「何も」とレイラは首を振った。

「桂川篤久が亡くなったのは二〇年前だから、コナーもその事実は知っていたんだろうな」

反応がなかったレイラの代わりに宮田が答えた。

「ええ、知っていましたよ。電話があった時に、少しそんな話もしました。とても仲がよかったようです」

「そうだったんだ。何も知らなかったわ」

「さあ、もういいだろう、このくらいで」

そう言って立ち上がろうとした岸を、「もうちょっと訊きたいことが」とレイラが制し、「山澤さんのことですが」と話を変えた。

岸が眉間に皺を寄せ、宮田は「何でしょう？」と瞼を上げる。

「桂川家の執事だった山澤さんが、どうして榊木実業に移ったんですか?」

岸も同じ疑問を持っていた。土地売買の当事者間で人の異動が行われることは異例だ。

少し間があった後、宮田は湯呑みを口に運び、ゆっくりとテーブルに置く。その所作を見て、岸はただならぬ空気を感じた。

「桂川家には、数十人もの使用人がおりましたが、彼らは財産税の納税と華族制度の廃止により、その多くが職を失い、路頭に迷いました。それを何とかしようと、桂川家の執事が榊木源太郎に働きかけたと聞いています」

「榊木源太郎?」

岸が思わず口走る。

「ええ、榊木実業の社長です」

榊木とは名前だった。榊木実業のオーナーでもあったのだろう。

「それで使用人はそのまま榊木実業に?」

どこか落ち着きがない宮田の様子から、岸は胡散臭い裏取引の臭いをかぎ分けた。

「篤久氏は身を寄せる場所がなくなったのに、使用人たちはしっかりと、生活の糧を与えられていたんですね」

宮田の眉に力が入るのがわかった。

「当時まだ幼い篤久氏に判断能力がなかったのをいいことに、執事が自分たちの都合のいい相手先に、条件付きで土地を売った。そう受け取れますが」

「いえ、そのようなことは――」

岸の顔をちらっと見た後、宮田が言葉に詰まった。そうだと言っているようなものだったが、そんな倫理観など、食べるものもない極貧の時代では、風に舞う塵のようなものだったのだろう。

いずれにしろそんなことはどうでもいいことだ。コナーの行方にはまったく関係ない。だが、いったい榊木源太郎とはどんな人物だったのだろうか。どうせ戦争のどさくさに紛れて、あくどい手口でぼろ儲けした守銭奴なのだろう。あの洋館も、使用人を再雇用する代わりに、二束三文の値で買い叩いたに決まっている。悪徳業者を取り締まる余裕などない終戦直後の混乱期では、法律など何の役にも立たない。

「その榊木源太郎とはどんな方だったんですか？」

レイラが宮田に尋ねると、またお茶で唇を湿らせ、彼は語った。

「榊木実業グループを築き上げたオーナー経営者だと聞いています。また華族の方々と親交があり、芸術に対しても造詣が深く、自らも絵画のコレクターでした。ですから、あの美術館には桂川家が収集した美術品も多数展示されています」

「戦争成金が貴族に憧れ、貴族の真似をしたということですか。考えられなくもない」

「岸さん、なんてこと言うの」

レイラが口を窄める。

宮田は嘆息した。

「そうだったかもしれないし、そうでなかったかもしれません。今となっては誰にもわからない。しかし、少なくとも榊木源太郎は、戦前から桂川家と深く関わり、篤久を大変愛でていたと聞いています。ですから執事たちも榊木実業を信頼して、そこに決めたのです」

彼は言葉を選びながら語った。しかし、岸には言い訳としか聞こえなかった。篤久を可愛がっていたのなら、なぜ彼が、ルイスに引き取られることになったのだ。あの土地を手に入れるための、単なる営業活動でしかなかった。だから、土地を手に入れた後、篤久は捨てられた。そうに決まっている。

開かれたアルバムのページに何気なく視線を移すと、ある一枚の写真に目が留まった。洋館を背景に、宮田の父親と、その横には恰幅のいい背広姿の紳士が、その他数人の男女と一緒に写っている。

「これはどなたですか？」

同じ写真を見て、同じことを考えていたのか、レイラが聞いた。

宮田はテーブルの上の老眼鏡をかけ、アルバムに目を近づけると「ああ、この人が榊木源太郎です」と答えた。

押しの強そうな顔とがっしりとした大柄な体形。年齢は六〇歳前後に見える。豊かな髪の毛をオールバックにまとめ、三つ揃いのスーツを着た姿は、見るからに金持ち然としていた。

「榊木実業があの洋館を買い取った後、あそこには誰が？」

レイラの興味が洋館に移った。

「確かなことはわかりかねますが、榊木源太郎が住んでいたのだと思います」

するとこの写真は自宅前で、親族と一緒に撮ったものかもしれない。洋館の関係者は一年ぐらい前から誰も住んでいないと言っていた。榊木の子孫はどこで何をしているのだろう。あれだけ広大な一等地を購入できるほどの金持ちが、今何をしているのか、そのなれの果てに興味が湧いた。

「この方は？」

岸は、榊木源太郎の横で、赤子を抱いて控えめに立つ着物姿の若い女を指さした。

「榊木源太郎の奥さんだと思います」

相当、歳の離れた夫婦に見える。金持ちのやることだ。想像はできる。やはり、彼の子孫が気になる。

「彼の一族は今、何を？」

湯呑み茶碗を取ろうとした宮田の手が止まった。また何か隠された事情がありそうな気がした。彼は必死に冷静を装っているようだが、彼の目の奥に悲しげな影が宿っている。逡巡しているようにも見える。そのうち宮田は、ゆっくりと口を開いた。

「榊木源太郎は不幸な亡くなり方をしました」

「不幸な？」

レイラが訊き返す。

宮田はテーブルに視線を落とした。

「火災に遭い、一族全員が焼死したのです」

「えー！」

レイラが声を荒らげた。岸の胸がざわつく。

「一族が全員焼死ですか？」

「はい。ですので縁者は一人もいないはずです」

「それはいつのことですか？」

レイラの声が上ずっている。

宮田は写真を裏返すと、そこに書かれた文字を読み上げた。

「昭和二一年です。この年の夏の終わり頃だったはずです」

終戦の翌年。まさか、コナーはこのことを調べていたのだろうか。いや、そう考えるのは早計だ。まだ決まったわけではない。

洋館の所有権移転は確か八月だった。その直後に榊木は死んでいることになる。そうだったのか。後ろ盾がなくなった篤久は、その後、路頭に迷ったというわけか。

「榊木源太郎が生きていれば、篤久はあのようなことにはならなかったのです」

宮田は岸の考えていたことを予期していたように、そう付け加えた。

「火災事故の状況は何かご存じですか？」

レイラが問うと、

「いいえ、何も」と宮田は首を振った。

「私ども皆、あまりその話には触れないようにしていましたから。ただ、熱海の別荘での火災事故だと聞いているだけで」

熱海？　コナーの口にした湯河原とは至近距離だ。何か関係があるのだろうか。

「それは確かに事故なんですよね？」

そうであってほしいと願いながら、岸は尋ねた。レイラにこれ以上の深入りをさせたくない。

「はい、そのように聞いています。でも、私も詳しくは」と言った後、何かに気付いたように目を見開いた。

「そういえば、山澤は、その火災でただ一人生き残った人物だと聞いています」

岸とレイラは顔を見合わせた。彼女が何を思っているのか察しがついた。まずい状況になったことは確かだった。

「それ、もしかして事故じゃなくて放火事件なんじゃないかしら。それをコナーが追っているんだわ」

「どうだろうな。そんな昔の話じゃあ、もう関係者は生きていないだろう。調べようとしても無理だ」

「なぜそんなこと言いきれるのよ。私、知ってるわ。熱海って湯河原の近くでしょ。だから」

「そんな雲を摑むような話はごめんだ！」

「何よ、その言い方」

大げさに首を振り、岸を見つめる。

「そうだ、江川さんに訊いてみたらどうかしら。彼はジャーナリストだし、江川さんが知らなくても、昔の事件を調べる方法を知っているかもしれないでしょ」

「まあ訊いてみてもいいが、事件だったとしてもすでに時効だ。そんなものを追いかける暇人はいない」

そう否定した岸だったが、内心はこの状況を危ぶんでいた。

レイラの言うように、これが放火事件だとしたら、コナーが何らかのきっかけで疑いを持ち、調査をしている可能性も捨てきれない。過去の新聞記事を調べれば概要ぐらいはわかるだろうが、しかし、六九年も昔の話にどれほどの価値があるというのだ。話題性がなければ記事にはならない。榊木源太郎という人物が有名人なら別だが、そんな名前は聞いたことがない。父親に関係しているとはいえ、カネにならない仕事で、わざわざ日本まで来て取材をするジャーナリストがいるだろうか。ならば、コナーは何をしようというのだ。

この案件はまだ終わらない。岸はそう考えざるを得なかった。


宮田から数枚の写真を借りて辞去した後、岸は早速、榊木実業元社員の山澤に電話した。だが、教えられた電話番号は使われていなかった。

「この電話番号は現在使われていないようだ」

「え！　そんな。番号、間違えてない？」

「間違えるわけがないだろ」

「もう一回かけてよ」

「何回かけても同じだ」

「ちょっと貸して！」

今度はレイラが電話する。しかし同じことだった。口をぽかんと開けたまま、一気に焦りと不安の表情に変わる。

「この電話番号が間違いなのかしら」

岸は無視して歩く。

「ねえ、どうしよう」

「どうもこうもない。山澤はこの住所にいないいんだ」

「なぜなの？　どうしてなのよ」

愚痴るレイラ。

「じゃあ、コナーはどこなのよ」

そんなこと知るか、と心でぼやく。

「ルイスのことは何も知らなかったのか」

「ええ、ほとんど知らないわ。写真を見たことがあるくらいよ。あの洋館の離れに住んでいたなんて驚きだわ。コナーは何も話してくれなかったから」

「他に誰か、ルイスの過去を知っている知り合いはいないのか？」

ルイスの過去を洗えば、コナーに結びつく何かが摑めるかもしれないと思ったが、そう尋ねた後、後悔した。これでは長期戦になってしまう。

「ルイスの妹さんがシカゴに住んでるの。一度、ＮＹで会ったことがあるんだけど、連絡先がわからないのよ」

「なら仕方ないな」

内心ほっとした。

「あ、江川さんに連絡しなくちゃ」

レイラが気付く。

岸はやむなく携帯電話を手に取った。江川にこれまでの経緯を伝え、榊木一族の焼死事故についての情報を依頼する。

「そんな気が遠くなるような昔の事故なんてわかるわけがない」とぼやきながらも、「その榊木源太郎というのは大物なのか？」と彼は興味を示した。

「当時、榊木実業という会社のオーナー社長をしていた。それしかわからない。今、その会社は千年地所に社名変更し、本社は半蔵門にある」

「千年地所」と江川が呟く。

「何か知ってるのか？」

「どこかで聞いたことのある名だな。とにかく、その火災事故について調べてみるが、期待しないでくれ」

彼がそう言って引き受けてくれたところをみると、商売ネタに繋がりそうな感触があったのかもしれないが、六九年も前の事故の関係者など、もうこの世にいないのではないか。生存していたとしても、そんな昔のことなどもう忘れているに決まっている。彼が言った通り期待できないし、はなから期待などしていない。それより、コナーが何らかの事件に巻き込まれているかどうかが問題だ。危険な状態であることがわかれば、レイラは彼を助けようと帰国を断念してしまう。

電話を終えてレイラを見ると、彼女は岸を睨みつけるように見ていた。

「ねえ、行ってみましょうよ」

「どこに?」

「山澤の自宅よ」

「だから、そこにはいないと言っただろ」

「そんなこと、行ってみなけりゃわからないじゃない。仮に山澤が住んでいなくても、コナーが訪ねた可能性だってあるわ」

ふーっと深いため息。嫌だと言っても、こいつは聞かないだろう。行くとなったらさっさと行って、このくだらない人探しをやめにしたい。

電車を乗り継ぎ、武蔵野線の新座(にいざ)駅で降りて、バスで一五分ほど行ったところにその場所はあった。しかしそこには住居などなく、巨大な流通倉庫が、小高い山のように連なっているだけだった。

「どうなってるのよ」

「見たままだ」

ふんっと鼻を鳴らし、レイラは事務室と思われる場所にすたすたと行く。岸はちっと舌打ちし、後に続いた。

事務室と表示がされているドアを開け、スチール製のデスクに座っている職員と思われる女に声をかけ、山澤のことを尋ねた。

「こちらではそのような人事関係のことはわかりません」

女は嫌な顔をした。

「それに数十年も前のことは無理だと思います」と訝しげに岸とレイラを横目で見る。

「ここに倉庫ができたのはいつ頃ですか？」

レイラが喰いつく。

「ずいぶん昔のことなので、私にはわかりません」

仕事が忙しいのか、苛ついている様子だ。

ちょうどその時、岸たちの話を聞いていたらしい年配の職員が立ち上がった。青い作業服を着たその男は、見るからに気がよさそうな顔をしている。

「ここに倉庫ができて、かれこれ二〇年近く経ちますよ」

とすると、その前までここに住んでいたのかもしれない。

「その当時のことは知っていますか」

レイラが訊く。

「ええ、私がここの責任者をしてたからね。今は臨時職員だけど」

「倉庫を作る前はここに何が?」

「何だったかなあ」

首を傾げながら考えていると、「確か、どこかの会社の社員寮じゃなかったかなあ」と独り言のように言う。

「社員寮ですか。もしかして、千年地所?」と岸。

「どうだったかなあ」

「調べてもらえますか?」

レイラが粘る。

男は少し考えた後、「ちょっと待っててね」と言ってキャビネを開け、ファイルを取り出して岸たちの元へ戻り、その中にあった登記簿謄本を捲った。

「ああ、そうですね。千年地所ですよ」

山澤は千年地所の社員寮に住んでいたのだ。そしてこの会社に不動産を売却するに際し、どこかへ引っ越した。

「こちらは、千年地所と何か関係が?」

岸が聞く。

「いえ、何も。不動産を売買しただけです」

「そうですか」

この会社に訊いても転居先まではわからない。山澤の追跡はここまでだ。

岸はコナーの写真を見せたが、男も女性職員も首を振るだけだった。

これ以上調べようがない。コナーは山澤と接触していないと考えるべきだろう。あるいは、ここが流通倉庫に変わっていることを知ったコナーは、次にどのような行動に出たのか。そう考えると、選択肢は一つに絞られる。

千年地所だ。

レイラに顔を向ける。何か言いたそうな顔つきだ。彼女が言いたいことはわかっている。ここまで来たら行くしかない。


半蔵門駅に着いた岸は、念のためレイラを近くのカフェに残して、一人で千年地所本社に乗り込んだ。

麴町一丁目の内堀通り沿いにあるそのビルは、重厚な趣を感じる半円形をしたデザインで、正面玄関の上にある『千年地所本館ビル』と真鍮でできた文字が、会社の威厳を示していた。

一八階のうち、一階から一〇階までを千年地所とグループ会社が使用している。広い空間のエントランスには、無人の受付用カウンターがあり、そこから内線電話で各部署に繋がっているようだった。

電話の横に示された電話案内を見て、岸は迷わず総務課に電話し、電話口に出た女性に、元社員の山澤について尋ねた。かなり待たされた後、返ってきた答えは、個人情報は教えられないというものだった。コナーのことを訊いても取り合ってはくれない。分厚い鉄壁。諦めるしかなさそうだ。

岸は受話器を置いた。

あとは何をやればいい？　片っ端から社員を捕まえ、コナーの写真を見せて聞き込みをする？　そんな馬鹿げたことはやりたくない。時間がいくらあっても足りないし、俺は探偵じゃない。

もうやることはない。そう思いながら、ビルを出ようと振り返った時、見覚えのある男の姿が目に留まった。

五反田の洋館で会った若者だ。名前は確か、斉藤アオイ。あの時と同じ作業服を着て、ビルに入ってきた。

「やあ」

彼は首を捻っていたが、ようやく岸のことを思い出した。

「ああ、あの時の。すみません、ご迷惑をおかけして」

「いや、迷惑なんてかけてないよ。君はこのビルの管理をしているのか？」

「ええ、そうです。あなたはここで何を？」

「人探しだ」

そう言って、岸はコナーの写真を取り出し、斉藤アオイに見せた。

彼は写真を受け取り、じっと見つめると首を振った。

「見たことないですね。このビルに何か用があるんですか？」

「さあ、俺にもさっぱりわからん」

彼はきょとんとした顔をする。

「君に会えてちょうどよかった。この外人を見かけたら、俺に連絡をくれないか」

岸は名刺を渡した。

「わかりました」

彼の氏名と会社の連絡先をメモしてビルを出た岸は、レイラの待つカフェに戻って、何も手がかりがなかったことを告げた。

「何とかして山澤を見つけ出す手立てを考えなくちゃ」

焦りの見える表情でレイラは言う。

まだ諦めていないようだ。岸はレイラに渋面を向ける。彼女はそれを受け流した。

面倒だが、一つ手はある。住民票で調べる方法だ。しかし、仮に二〇年前に他の市町村へ転居したのなら、すでに抹消されていて転出先はわからない。だが、戸籍の附票ならまだ保存されているかもしれない。確か、山澤の姉が宮田の使用人だと言っていたから、彼に訊けば、山澤の実家の住所がわかるだろう。とはいっても、そう簡単に入手できるものではない。弁護士や司法書士なら、例えば債権回収などの正当な理由を開示すれば、委任状のない第三者でも手に入るが、違法な交付請求を引き受けてくれる知り合いはいない。それに、そんな面倒なことに時間を使いたくない。これ以上、無駄骨はごめんだ。そう思い煩っているところに、江川から連絡が入った。岸の応対の様子から、電話の相手が江川であることをレイラもわかったようだ。

「千年地所の件だが」

何かを摑んだのか、彼の声に真剣みが帯びていた。

「俺の仕事仲間が、あの会社の関係で動いているのを思い出した。そいつに会って何を追っているのか探ろうと思うが、それなりのカネがいる。それも領収証のいらないカネだ」

そうきたかと岸は思ったが、驚きはしなかった。それがあの業界の慣習なのだ。だが、こんなことにカネを払う価値があるだろうか。それに、領収証がなければ経費にならない。返答に窮している岸から、「ちょっと貸して」と携帯を奪い取ったレイラは、「山澤の現住所を知りたいの。どうやったらわかるかしら」と、江川を問い詰めた。

岸は苛つきながら、彼女の頷く顔を見つめていた。

「なんだ、そんな方法があるの、じゃあ、お願いするわ」

彼女はそう言い、携帯を岸に返すと、ふっと息を吐き出す。

「役所に行けば、すぐにわかるらしいわ」

余計なことをしやがって。岸は心の中で舌打ちする。それにしてもなぜ、そんな簡単に引き受けることができるんだ。やはり、特殊な業界なのか。

「本籍地はわかるか」

ぶっきらぼうな声が、携帯から聞こえた。

「たぶん」

「カネの件はこれで割増しだ。どうなんだよ」

もはや拒否することはできない。

「わかった」

岸はふてくされて、電話を切った。

宮田に連絡し、山澤の実家の住所を訊いて、それを江川に連絡し終わると、「ねえ、岸さん、この辺に図書館ある?」とレイラが言った。彼女は、六九年前の火災事故について調べたいらしい。山澤と結びつくものは、その火災事故しかない。無駄口を叩かず、レイラを連れて千代田区立図書館に向かうことにした。

新聞記事のデータベースで過去の事故を検索する。何度か試みた後、読み飛ばしそうなほど小さな三面記事を見つけた。

会社経営者一家、火の不始末で全員焼死、という見出しで始まる内容はこうだ。

昭和二一年九月五日未明。熱海市所在の別荘地で出火、木造二階建て住宅が全焼し、焼け跡から複数の遺体が見つかった。この家の持ち主である東京都品川区の会社経営者榊木源太郎氏ほか親族およびその使用人とみられ、現在調べが進められている。この火災で助かった使用人の話では、当日は親族全員が集まり、新築祝いの宴会が催されていたとのことで、警察は、その時の火の不始末が出火原因とみている。

他の記事を探そうとデータベースに向かったが、他には見当たらなかった。これだけではどうすることもできない。後は、江川からの情報に頼るしかないとレイラを説き伏せ、二人は別れた。

この混沌とした状況を永友へどう報告すればいいのか。携帯を握ったまま言葉が見つからず、なかなか電話ができなかった。

13

上司とともに千年地所業務課に呼ばれた碧は、会議室のテーブルにつき、神妙な面持ちで業務課長の来るのを待っていた。隣では、さっきから貧乏ゆすりが止まらない上司が、落ち着きのない表情をしている。

千年地所ではいくつかの再開発案件に伴い、現居住者の立退き交渉の業務を碧の会社に委託しているが、計画通りに進んでいないことを指摘され、今日はその謝罪に来たのだ。

いつもは偉そうにふんぞり返っている上司なのに、こういう時だけは人が変わったように肩を丸め、情けないほど弱々しい顔つきになる。そのくせすぐにケロッとして、いつもの偉そうな態度に変わる。お芝居なのか真剣なのか、とにかくその変わり身の早さときたら誰にも負けないと思う。

ドアが開き、しかめっ面をしながら業務課長が入って来た。

「いつもお世話になります」

上司と碧が立ち上がり、深々とお辞儀をする。

何も言わずに会議用テーブルの椅子に座った業務課長は、ムッとした表情で上司を睨んだ。

中年太りでだぶついた顔は、ゴルフ焼けで真っ黒だった。

「おたくに頼んでいる立退き交渉だけど、ぜんぜん進んでいないじゃないか」

今にも弾けそうなまん丸の顔が微妙に歪み、黒目だけが目立つ小豆のような目と太い眉が吊り上がった。業務課長の席に座っている時にはたいてい居眠りをしているけど、業者に対する時には、いつもこんな感じで威張っている。相当ストレスが溜まってるのかもしれない。

「すみません」

碧の上司は頭を下げ、碧もそれにならって、平身低頭して謝った。

「特に、これ」

開発計画の工程表をテーブルの上に広げた業務課長は、遅れている物件を指し示す。

「あんたの担当物件は何も進んでいないじゃない」と舌打ちし、顔を歪めて碧に視線を送る。

それは、碧自身も認識していた。

「お前のせいだ。このアホ」

上司が碧の頭を小突き、「すみません。しっかりとやらせますので」と小刻みに頭を上下させる。

「すみません」と碧もまた頭を下げた。

開発に賛同してくれる住民もいるが、住み慣れた場所を追い出されることに納得していない住民もいる。口照権や景観など住環境の問題もあり、周辺地域の住民に対する対応もしなければならない。多くの地権者を一つにまとめ上げるのは大変な作業だ。上司は、強引にやらなきゃ進まないぞと言うけれど、必ずしもカネを払えばすべてが丸く収まるというわけではない。特に、古くからそこに暮らすお年寄りは土地に対する愛着があり、そう簡単には進まない。強い態度で解決しようなんて、自分にはとてもできっこない。住民一人一人が納得いくまで、充分時間をかけて交渉しなければ、感情的にもつれてしまう。だから慎重にやっているんだ。時間がかかってしまうのも当然だ。それに、工程表自体がかなり急ごしらえのため、コストを優先して、非現実的な期間設定であることも影響している。そこから見直さなければならないと碧は思っていた。でも、そんなことを主張したところで、わかる相手ではない。

「こっちだって計画ってものがあるんだ。できなければ他の業者に頼むからな」

「そんな——今まで長い付き合いじゃないですか。それだけは勘弁してください」

すがるような声で言った上司は、泣きそうな表情をしながら、頭をぺこぺこさせた。

「お前も何とか言え！」

「よろしくお願いします」と碧も懇願する。

「だったらいつまでに完了するか、すぐにでもスケジュール案を出してくれ。それから判断する」

「はい、わかりました。早速」

また無理な日程を組まされるのか。でも、元請けに逆らったら仕事が回って来なくなる。碧は心の中でため息をついた。

「それから、五反田の洋館は予定通りだろうな」

「はい、そっちはすでに解体作業に入っていますので、大丈夫です」

洋館の取り壊し計画は一年以上前からあったものの、地域住民の保存運動が妨げとなり、最近になってようやく解体が決定した。そうと決まったとたん作業を急かされ、解体予定日に地鎮祭までやってしまうという慌ただしいスケジュールを押し付けられた。

「遅れたら、最高顧問も元也さんも日本にいないからな。あの日に地鎮祭をやるしかないんだ。わかったな」

「はい、必ず」

まったく勝手な人だな、と碧は嘆息した。

「そうそう、あの花瓶」

不愉快そうな顔つきで、業務課長は話を変えた。まずい！　荷物を運び出すとき割ってしまった花瓶のことだ。業務課長と一瞬、目が合った。

「あれどうしてくれるんだ」

「ああ、あの件、本当にすみませんでした。こいつがぼやっとしてて」

慌てた上司は碧の頭をテーブルに押さえつけた。

「おい、謝れ」

「申し訳ありませんでした」

ここは丁重に謝るしかない。

「君、一緒じゃなかったの？」

嫌味っぽく、業務課長が言う。

「私もいましたが、他のことで忙しくて見てられなかったんですよ。こいつの不注意なんです」

何言ってるんだ。何も手伝おうとしなかったくせに。ぼけーっとタバコを吸ってただけじゃないか。割ったのは悪いと思うけれど、あれは——

「以後、気を付けます」

上司が言い、碧の頭を押さえつける。

「もういいよ」

業務課長は投げやりに言う。

よかった。もうこれでひと安心だ。顔を上げ、業務課長を見ると、蔑む視線を碧に向けていた。

「上にはうまく言っといたから、何とかなったけどね」

「いつも気にかけて頂いているのに、また、こんなことでご心配をおかけし、大変申し訳ありませんでした」

上司が碧を睨みつけたのを見て、「すみませんでした」とまた頭を下げる。

「大変だったんだよ、上をなだめるのが」

腕を組み、背もたれに身体を預けてふんぞり返った業務課長は、上から目線で上司を見る。

「まあ、同じものを弁償しろとは言わないけどね。それ相応の埋め合わせをしてもらわないと」

え、そんなことってないだろと言いかけて、碧は言葉を飲み込んだ。

「埋め合わせですか」と顔を突き出して、心配そうに上司が言う。

業務課長は首をぐるっと回した後、とぼけた顔をしながら、独り言のように呟いた。

「最近、ドライバーの飛びが悪くてね。最新モデルが出たんだよな」

何を言うんだこいつは！　碧の目が点になる。上司は何かに気付いたように、目を見開いた。

「いやー、そうでしたか。ドライバーですか。それならいいやつがありますよ。来週のラウンドの時にでも」

そんなことってあるか。碧は開いた口が塞がらなかった。

「悪いねえ。そんなつもりで言ったわけじゃないんだけど。でもそこまで言うならお願いするかな」

「承知しました。ご用意させて頂きます」

何て奴らだ。あの花瓶は廃棄予定だったと一平は言ってたんだ。それなのに、これじゃあ賄賂じゃないか。

「ちょっと待ってください」

その言葉で、二人の愚鈍な視線が碧に向けられた。

「あれがなぜ、ゴルフクラブなんですか。そんなことあり得ない」

上司の目の色が変わる。

「お前、課長の前で何言ってんだ」

「だって、あれは」

「うるさい！」と上司が制す。

「そもそもあんたが割ったんだろ。それをなんだ。弁償するのが当たり前だろ」

業務課長は横目で睨む。碧は歯を食いしばり、拳をギュッと握りしめた。

「すみません。課長。後はうまくやりますので」

「頼むよ。これじゃあどっちが悪いのかわからない」

そう言いながら、業務課長は会議室からそそくさと姿を消した。

それを見届けた上司は、怒りの表情を碧に向けた。

「おまえ、いい加減にしろよ。業務委託がなくなったらどうするんだ。お前責任とれるのか」

「でも、あれは廃棄するものです。それを何で弁償しなければならないんですか」

「それがどうしたんだよ。そんなこと何だっていいんだ。この会社の売上がなくなったら、うちみたいな中小企業は即死だ。それでもいいって言うのか。とにかく、この仕事を続けたけりゃあ、これ以上余計なことは言うな。いいか。わかったな」

「でも」

「うるさい！　俺の言ったことがわからないのかよ。お前、首になりたいか」

碧は、唇をぐっと噛みしめた。納得もできないし悔しさもある。だけど、職がなくなったら食っていけない。借金も返せない。その現実からは逃れられない。

「立退きの件、頼むぞ」と強い口調で言って席を立った上司は、去り際に振り返り、「クラブ代はお前の給料から引いておくからな」と吐き捨て、さっさと会議室を出て行ってしまった。

碧は言葉を失った。言い返すこともできず、ただ自分の情けなさに、ため息しか出てこなかった。

14

「何だ、冴えない顔して」

いつもの神楽坂の居酒屋に着くと、すでに一平の顔は赤かった。

「いや、何でもない」

「また、上司に叱られたか？」

「ああ、そんなとこだ。でももういいんだ。慣れてるから」

本当は慣れてなんかいない。納得なんかできない。

「そうか。こっちも大変だったんだ。お互い、上司には苦労するな」

そう言うと、一平は生ビールを呷り、ジョッキをテーブルに叩きつけた。

「なんかあったのか？」

「元也だよ。無理難題押し付けやがって」

それからの一平は、ずっと元也の悪口を言い続けた。仁村部長の退職で、元也のレストラン運営会社の経理担当を任され、その杜撰（ずさん）な経費の使い方をまざまざと知ったらしい。二〇〇万円もするバッグや、五〇万円のシャネルのスーツがなんで経費なんだ。あれは絶対に女へのプレゼントだ。どうせ銀座のホステスに決まってる。そう言って、一平は何度も舌打ちをした。

碧もそれに同感だった。そんな杜撰な使い方をしていたら、社員もやる気がなくなるだろう。でも、よくよく考えると、女に貢いでいるという点では一平も変わらないような気がする。経費を使いたい放題使えることを羨ましく思い、それが怒りに繋がっているんじゃないか。

そろそろ彼の愚痴を聞き飽きてきた碧は、「ところで仁村さんがどうしたんだ？」と話の方向を変えた。

「そうだった」

一平は急に斜に構え、「お前、絶対に他言するなよ」と声をひそめる。

碧は目で相槌を打った。

「仁村さんが退職するちょっと前、東南銀行の融資担当から直々に、仁村さんのところへ、ある確認依頼があったらしい」

東南銀行とは千年地所のメインバンクだ。

「銀行から——いったい何だ？」

一平の眉に力が入った。

「今年に入って数か月にわたり、千年地所のグループ会社からマカオの銀行に、六億円の資金が送金されているっていうんだ」

「マカオに六億円？」

「ああ、しかも送金先はカジノの運営会社だったんだ」

「カジノ？」

あまりに非現実的な言葉に、碧は虚を突かれ言葉を失った。一平はさらに話を続ける。

「送金はすべて東南銀行の口座から行われていたから、調べれば口座情報はわかるんだ。送金の目的も調査済みだった」

「目的は何だったんだ？」

「借金の返済だ」

意味がわからず、碧は首を傾げた。一平はビールを一口飲み、

「仁村さんも詳しくはわからないと言ってた。だが——」

碧の目を覗き込む。「カジノと借金。お前だったら想像はつくだろう」と自分の口から言うことを憚るように、碧に振った。

カジノと借金。碧の脳裏に、真岡元也の顔が浮かんだ。

元也は、気に入った女に香港旅行を持ち掛けるのが口説きの常套句で、その際、決まって足を運ぶのがマカオのカジノだという噂話を、一平から聞いたことがある。その賭け方も半端で

はなく、カネがなくなると借金までしてバカラに興じる。まさにギャンブル依存症だ。

「まさか」

「そのまさかだと、銀行は疑問視している」

碧の頭は混乱した。

「ちょっと待ってくれ。元也がカジノで負けて借金を作り、その返済のために、千年グループが六億円を肩代わりしたっていうのか？」

「そうだ。間違いない」

「銀行からの確認依頼っていうのはそのことなのか？」

「ああ、そうだ。銀行は才田に確認したが、法律に則って役員会の決議をちゃんと取っているから何ら問題ないと、突っ返されたようだ」

「問題ない？」

「だが、もし、それが元也の個人的な借金の肩代わりなら、たとえ役員会の承認があっても、会社を私物化していることになる」

碧は思わず生唾を飲み込む。

「それを追及して、仁村さんは辞めさせられたのか」

一平は、テーブルを見つめながら深く頷いた。

「元也は、会社資金を使い込んでいたんだ。資金の流れの全体像を把握していない仁村さんにとって、それは寝耳に水だったと思う。仁村さんはこの一か月間ずっと悩んでいたが、先週マネーロンダリング調査で警察がやって来たことを伝えたら、このことを打ち明けてくれた」

「それじゃあ、警察が来たのはその調査のためだったのか」

「それが、それだけじゃあなさそうなんだ」

一平の声が低くなり、表情がさらに険しくなる。

「先日、仁村さんのところに、警察が事情聴取に来たらしい。その際、六億円の件も俎上にのったが、それとは別に、鉄治の銀行口座のことも訊かれたというんだ」

「鉄治のか？」

「ああ。それも、マカオと関連することらしい」

「またマカオ？」

一平は頷く。

「具体的なことは何も教えてもらえなかったようだけど、もしかしたら、元也と同様、鉄治もマカオで大損したのかもしれないな。それをまたグループ会社が肩代わりしているんだ」

「本当かよ」

「だって、鉄治も賭け事が大好きなんだからな。あの家系はそういう性分なんだ。若い時にはよくラスベガスに通ってたって聞いてるぜ。しかも、今は香港に住んでいるんだ。マカオは目と鼻の先だ」

碧は乾いた唇を舌で舐めた。

「仁村さんは何て言ったんだ？」

「マカオだからな。当然、カジノの絡みだと答えたと言ってたよ」

「大丈夫なのか。会社は」

「まずいことになるかもしれないな。今回の件で、銀行はわが社のオーナーに不信感を抱いている。仁村さんにも銀行の担当者から連絡が来たらしいからな。何か不正をやっているんじゃないかと、かなり疑心暗鬼になっていたと言ってたよ。今後の銀行対応も考えなくちゃいけないだろうって、仁村さんは心配していたんだ」

「でも、銀行とはずっと持ちつ持たれつの仲だったんじゃないのか？」

銀行上層部と真岡鉄治には太いパイプがあると、一平から聞いたことがあった。

「東南銀行の組織変更があってな。今度、融資部長が替わるんだ」

一平は苦々しい表情で、ビールジョッキを手に持った。

昨年発覚した反社会的勢力への融資問題の収束を図ろうと、東南銀行は経営体制を刷新し、千年地所贔屓（びいき）だった専務が更迭された。一平が言うには、新しい体制のもと、すでに融資先の選別も始まっているという。

「だからオーナー会社は嫌なんだ。こっちがまともに仕事をしていても、オーナーは自分のいいように会社を利用してんだ。それをとやかく言う奴は、正論を言ってようがお払い箱だ。嫌なことでも間違ったことでもイエスと言って、オーナーの言いなりにならなきゃ会社にはいられない。理不尽この上ないぜ。その上、あの放蕩息子が次期社長だなんて最悪だ。今回の件で不正が明らかになり、銀行融資がストップでもされたら、うちの会社はもたない」

碧には一平の気持ちがよくわかる。自分の会社がこんなだったら、誰でも不安になるだろう。

「だけど、警察の調査は終わるって言ってたよな」

一平の頬の筋肉に力が入った。

「それなんだよ。最高顧問のことだから、才田に指示して、きっと会社法違反にならないように手続き上は完璧にやっているんだ。だが、問題がないなんてことはあり得ない。会社を私物化しているんだからな」

今回の警察の調査は本当に終了するのだろうか。何か得体の知れない胸騒ぎを覚えながら、碧は「そうだよな」と頷いた。

「もし、警察が立件できないとなると、不正が闇に葬られる可能性がある。そんなことは許されない」

一平の目が吊り上がる。

「それでだ。俺は不正の事実を暴こうと思う」

「え？」

飲もうとしたジョッキを口の前で止めた碧は、目を丸くした。

「どうやって？」

「才田が持ってる書類を調べるんだ」

「才田の？」

「ああ、才田は真岡家の番頭だ。きっと奴が資金の流れを仕切っている。才田の書類を調べ上げれば何かが出てくる」

「よせよ、そんなこと。もし出てきたとしてもどうしようもないだろ。所詮オーナー会社だ。握りつぶされるのが落ちだ」

「いや、元也は有名人だ。リークすればマスコミが騒ぎ立てる。それに、もう六億円の件を週刊誌が嗅ぎつけてるって仁村さんは言ってた。彼らは情報を欲しがっているはずだ。最高顧問のマカオの件だって、何か不正をやってるに決まってる」

そこまで考えてるとは思わなかった。

「やめとけよ。警察に任せておけばいい」

それを言った瞬間、一平の目の奥で、火花のようなものが散った。

「警察なんて当てになるもんか。俺はあんな奴に馬鹿にされたくないんだ。あいつの化けの皮を剝いでやる」

「気持ちはわかるが、そんなの無理だ。第一、どうやって才田の持ってる書類を捜すんだ」

腕を組み、碧は唸る。

「キャビネの引き出しにある」

「キャビネ？」

「資金関係の資料を保管しているのを、俺は見たことがあるんだ。いつも決算期になると秘書室に行って、才田と打ち合わせをする。その時、才田の席の横に置いてあるキャビネの引き出しから、重要資料を取り出すところを見たことがある」

「だけど、鍵がかかっているだろ」

一平は、碧の言葉を予期していたかのように、狡猾な笑みを浮かべた。

「安西マナだよ」

「え？」

「秘書の女だ。警察の状況も彼女が教えてくれた。才田がどこに鍵をしまっているか、彼女は知ってる。しかも、パソコン音痴の才田のパスワード設定も彼女がやったんだ。パソコンの中身も見れる」

「そんなやばいことやってくれるわけないだろ」

「大丈夫だ。あいつ元也に散々遊ばれたから、かなり憎んでるんだ。いずれにしろ今月で辞めることになってるから、後腐れもない」

「しかし、どうやってキャビネの鍵なんか」

「隙を見て鍵を盗み、スペアキーを作るんだ」

「まじかよ」

碧は目を白黒させる。

「だけど、キャビネの鍵だけじゃない。才田は個室じゃないか。その秘書の女だってそこには入れないだろ」

待っていたとばかりに一平は身を乗り出し、鼻息が吹きかかるほど顔を近づけた。

「スペアキーがあるだろ。お前の会社に。手伝ってくれるよな」と言って、ニヤッと歯をむき出す。碧の会社は千年地所本館ビルの管理業務を請け負っているから、スペアキーは会社にある。それが言いたかったのか。

「無理だ」

一平は両手をテーブルに置き、頭を下げた。

「頼む。これは会社のためなんだ」

おでこをテーブルに引っ付ける一平の姿を見て、碧はぼさぼさの髪の毛に手を突っ込んで、思い切り掻いた。いったい、俺はどうすればいいんだ。怖気づいているわけではない。そんな卑怯な手は使いたくないんだ。でも、一平が言うように、悪事を暴き、会社をまともにしたいという気持ちもある。

「おい、碧！」

一平は目じりを吊り上げ、碧を睨んでいる。

「今日の夕方、すでに安西マナはキャビネのキーを手に入れている。あとはお前だけだ。頼んだぞ、明日の夜、決行だからな」

本当にやるのかよ。考え直した方がいいんじゃないか。でも、今、一平に何を言っても聞く耳を持たないだろう。

碧は何も言わずに、吸いかけのタバコを灰皿に押しつけた。

翌日。岸は自宅近くの喫茶店で遅い朝食をとっていた。

忘れたつもりでいたが、藤原ゆづきのことがしつこく頭に浮かぶ。永友からもらった電話のせいだ。頭の中を何度も巡り、いつまでも拭いきれないでいる。なぜ、永友が彼女のことを伝えてきたのか。まさか、彼女が俺に会いたいと言ったわけではあるまい。そんなことを言う女じゃない。俺のことなど頭の片隅にも残っていないはずだ。彼女は俺とはまったく違う。強い女を絵に描いたような奴だ。であれば、娘か。

永友に連絡して、それとなく聞いてみるか。いや、そんなみっともないことは俺にはできない。それに、そんなことを聞いてどうなる。どうにもなりやしない。俺は二人を捨てた男だ。今更、何ができるっていうんだ。

携帯の着信音で我に返った。江川からだった。山澤の住民票が手に入ったとの知らせだ。

昨晩江川には、要求された金額の半額を渡した。カネを払った以上、価値のある情報でなければ意味がない。それを見定めてから残りを支払うと彼に言った。しばらく渋っていたが、ないよりましだと嫌味を言ってそれを受け取り、今日の夕方までに、千年地所の情報をくれることになっていた。

永友からは、山澤などどうでもいいから早く帰国させろと叱責されたが、本人がその気になっていないのだから仕方がない。それに、あの火災事故がどうも岸の頭から離れなかった。事件に巻き込まれたとは思いたくないが、念のため、山澤の行方だけは追う必要があるのではないかと思い始めている。

江川からの電話を切った後、すぐにレイラに連絡し、彼女を連れて山澤の住所地に向かった。東武線の竹ノ塚駅からバスで二〇分。さらに一〇分ほど歩いてようやくたどり着いた場所には、風雨で薄汚くなった木造平屋建て家屋が、昭和の落とし物のような姿で、地面にへばりついていた。

はたして、ここに人が住んでいるのだろうか。岸は不安を覚えながら、表札に山澤とあることを確かめ、鳴っているかもわからない、色あせたブザーを押した。人の気配のない戸内からは、案の定、何ら返答がない。戸を叩いて声をかけたが、やはり反応がなかった。ただ、玄関周りが綺麗に掃除されているところを見ると人がいるはずだ。

引き戸を開けようと手を触れた時、「ちょっと邪魔だよ?」と、背後からかすれた声が聞こえた。

振り返ると、枯葉のように干からびた、老婆の顔があった。

「山澤さんですか?」

レイラの顔を見て、少し驚いた表情をした老婆は、「何だい?」と一言吐き捨て、ぶすっと口を曲げた。なんて愛想のない婆あだ。

「ご主人はいらっしゃいますか?」と岸が告げると、その瞬間、皺だらけの瞼を思い切り上げ、しげしげと、岸とレイラを見上げる。

「あの人はいないんだよ」

「では、いつお帰りに?」

レイラが訊いた。

老婆は首を傾げながら答える。

「さあ、いつ帰ってくるのか。今年でもう二〇年にもなるからね」

「え？　二〇年」

「それはどういうことですか？」

岸が言うと、老婆はしわくちゃな顔を歪めた。

「突然いなくなって、どこに行ったのか、いつ帰ってくるのかもわからない。だから、あの人はいないんだよ」

そう言い終えると、寂しそうに肩を落とし、家の中に入ろうとする。岸は慌てて彼女を引き留め、コナーの写真を見せて彼について尋ねたが、彼女は見たことがないと言い捨て、さっさと家の中に入ってしまった。

二人は呆然と立ち尽くしていた。

山澤は、二〇年前に突然行方をくらました。そして、コナーはここには来ていない。唯一の手がかりだった山澤の線はなくなり、火災事故の真相も、闇の中に消えたと言っていいだろう。もう俺のやることはない。これで、このつまらない人探しからも解放される。

そう思った岸だったが、なぜか安堵感は湧いてこなかった。それは、山澤の失踪が火災事故と関係しているのではないかという嫌な予感があったからだった。だとすると、コナーがその取材のために動いているのなら、彼の身に危険が及んでいる可能性があるのではないか。心の中に残るわだかまりが、否応なく全身を刺激していた。このまま引き下がるか、それともコナー追跡を継続するか。

「岸さん、山澤が行方不明だなんて、私なんだか怖いわ。あの火災事故と何か関係しているのかしら」

レイラも同じことを心配している。しかし、これ以上コナーを捜し出す術（すべ）はない。江川からの千年地所の情報を待つしかないのか。あるいは山澤の妻が、何かを知っているのかもしれない。

思い迷った挙句、家の中にいる老婆に聞こえるように、岸は大声を張り上げた。

「榊木一族の火災事故とご主人の失踪に、何か関連があるんじゃないですか？」

あの老婆の悲しげな表情には、何とも言えない女の切なさが滲み出ていた。彼女は今も夫の帰りを待っている。二〇年間ずっと待ち続けているのだ。少なくとも、岸にはそう思えてならなかった。夫の帰りを今も待ち続けているのなら、山澤について、必ず何かを語ってくれるはずだ。このくだらない人探しを止めるのは、それを聞いた後でも遅くない。

しばらくして、戸が開いた。老婆が恨めしそうに二人を見つめている。

「あんたたち、いったい誰なの？」

これまでの経緯を岸が説明すると、しばらく顔を覗き込んでいた彼女は、家の中に入るように目で促した。

岸は「ここで結構です」と言って、その場で立ったまま、彼女に尋ねた。

「あなたは、榊木源太郎一族の火災事故について知っているんですね？」

彼女は頷き、「でも、詳しくは知りません。ただ、あの人が」とたどたどしく言った後、思い立ったように、ぱっと目を開く。

「時々、夜中にうなされることがあったので、心配になってどうしたのかと訊いたことがあるんです」

「うなされていた？」

岸の問いに、しばらく黙っていた老女はゆっくりと口を開く。

「あれはきっと、火災事故のことがあの人を苦しめていたんです」

どう質問すればいいのだろうかと考えていると、

「変な話なんですよ。本当に変な話」

独り言を言うような口ぶりで、少し首を左右に動かす。

「話して頂けますか」

虚空を見つめて考えていた彼女は岸に顔を向け、声をひそめて言った。

「夢の中に黒猫が現れるというんです」

「黒猫ですか？」

憐れな表情を浮かべ、彼女は視線を落とす。

「黒猫に怯えていたんです。毛を逆立てて唸り声を上げる黒猫の夢にうなされ、汗びっしょりになって、何度も目を覚ましていました。それが決まって、雨戸がガタガタとなる風の強い日だったんです」

「なぜ、黒猫なの?」

レイラが訊く。

「さあ」と彼女は首を振った。

「でも、あの火災事故のことで、ずっと心を痛めていたんじゃないかと思うんですよ」

その後彼女は、失踪するまでの山澤との生活を語った。

「本当に真面目な人でした。毎日同じ時刻に家を出て、同じ時刻に帰宅する。そんな日々でした。それが清瀬の社宅を追われた後、私の実家近くのこの借家に引っ越してから数か月後に、突然、失踪したんです」

桂川家のことや、榊木実業に移った経緯については、千年地所で知り合い結婚したため、何も知らされていなかった。

山澤には、何か強迫観念のようなものがあったのかもしれない。それを押し殺して毎日を送っていたのではないだろうか。あの火災で彼一人が生き残り、しかも、桂川の執事として篤久を支える身でありながら、結果として主人である彼を見捨て、自分だけが生活の糧を保証されていたのだ。負い目を感じていたとしてもおかしくはない。

だが、はたしてあの火災事故が失踪の原因だろうか。仕事の悩みや家庭環境には原因は見当たらないと、老婆は言う。あの暗い過去が心の奥底でくすぶっていたとはいえ、すでに数十年も経過していることを考えると、直接的なきっかけが他にあるのではないだろうか。

「失踪の前頃に、ご主人に何か変わったことはありませんでしたか？」

彼女は一つ大きく息を吸い込んで呼吸を整え、レイラの顔をちらっと見た。

「それが、当時刑事さんにも話したことなんですが、気になることが」

少し声を落として言った。

「失踪する前日、あの人を尋ねて外人が来たんです」

「え！　外人？」

レイラが声を上げる。

「お腹のせり出した大男で、アメリカから来たと言ってました」

「アメリカですって？」

「年齢はどのくらいでしたか？」と岸。

「いくつかはかわからないけど、お歳を召された方でした」

「名前は何というんですか？」

レイラの声が上ずっている。

「もうずいぶん前のことですから」

彼女はそう言って首を振った。

だが岸の頭の中には、ある人物が浮かんでいた。

「岸さん」

レイラも同じことを感じているのか、岸に視線を注ぐ。

焦る気持ちを抑えながら、宮田から借りた写真を取り出し、「ずいぶん古いものですが」と断って老婆に見せた。

写真を手に取った老婆は、しばらくの間、視線が一点に集中し、動きが止まっていた。

「どうですか？」

待ちきれずに、レイラが声をかける。

老婆はようやく顔を上げ、写真を差し出すと、ある人物を指した。

「この人です。間違いありません。顔も体つきもそっくりです」

その男はルイス・ガルシアだった。彼は二〇年前に来日していた。

「ルイスがここに来ていたなんて」

レイラの声が漏れる。困惑した表情をしている。

あの洋館に住んでいた時、山澤と面識を持ったのだろうが、しかしなぜ彼が、わざわざ遠いアメリカから山澤を訪ねて来たのだ。

「この方はいったい？」

きょとんとした顔で写真を見つめる老婆に、ルイス・ガルシアについて説明した岸は、彼がここに来た目的を老婆に尋ねた。

「確か、日本に久しぶりに来たから会いに来たと言っていたように思います。主人は出勤していて留守だと告げると、何も言わずに帰ってしまいました」

そう言い、写真を岸に返した老婆は、まだ状況が飲み込めていないのか、ぼんやりとした表情を浮かべている。

「ご主人は？」

そう訊かれて、当時のことを思い返したのか、急に表情が引き締まった。

「それが、そのことを話したとたん、顔面蒼白になって、すごく驚いていたんです。食事も喉を通らなかったんですから。その次の日です。出勤したまま帰宅しなかったのは」

警察に届け出たが、その外人は海外に帰ってしまったらしく行方がわからないと言われ、何の手がかりもないまま二〇年が過ぎたと言う。

ルイスは、単に懐かしさだけでここに来たのではない。そうでなければ、山澤が、妻の語った恐怖の表情を浮かべるはずがない。ルイスは、山澤に何かを告げに来た。それは彼にとって都合の悪い、そして脅威となる何かをもたらした。

ルイスと山澤を繋いでいたものとはいったい何だったのか。老婆にしつこく問い質しても、首を振るだけだった。転職する前の山澤を知らない老婆には無理のないことだろう。他に調べる手立てはあるだろうか。

山澤宅を出た後、すぐに宮田に連絡した。ルイスの来日を知っているかもしれないと思ったが、彼はそのことを知らなかった。ただ彼は、ルイスから電話があったことを覚えていた。それがおそらく二〇年前の桂川の訃報であり、彼との最後の会話だったと、宮田は昔を思い返しながら答えた。

そう考えると、桂川の死と山澤への訪問に、何か特別な関係があるのかもしれない。来日したルイスは、宮田には会わずに山澤宅に足を運んだ。訃報を告げるためだけであれば電話で足りる。わざわざ自宅まで行ったのには、やはり、何か重要な目的があったのだ。そしてその予期せぬ来訪が、山澤には凶報だった。その直後、山澤が失踪していることを考えると、やはりルイスがそれに関与していると考えざるを得ないだろう。ルイスが山澤を抹殺したという推理も成り立つ。

それでは、コナー来日はこれとどう関係しているのか。

コナーが山澤を捜しているのは、ルイスの山澤訪問と何らかの関係があるとみていいのではないだろうか。コナーは父ルイスから何かを知らされた。そして、それを確認しようと山澤を捜していた。もしそうだとしたら、いったいそれは何なのか。これは単なるファミリーヒストリーを辿るものではない。ややこしい案件を引き受けてしまった。ここまで首を突っ込んでしまった以上、後には引けそうにない。すでに、五〇〇万円の一部は使ってしまったのだから。

バス停に向かいながら、岸が袋小路に入り込んでいた時、レイラの驚嘆の声が聞こえた。

「え、メール！」

驚いて顔を向けた岸に、彼女は息を弾ませる。

「コナーからメールが届いたわ」

「何だって！　何て書いてあるんだ」

肩で息をしている彼女は、胸を押さえながら何度か深呼吸を繰り返した後、メールの内容を読み上げた。

「愛するレイラへ。連絡が遅くなってごめん。取材が取り込んでいて大変な状況だったんだ。もう大丈夫だからすぐにでも会いたい。銀座アーバンホテルで待ってるから来てくれ」

読み終わったレイラは、ふーっと大きく息を吐き、安堵の表情を浮かべた。

「もっと早く連絡してくれれば、こんなに大騒ぎしなくてもよかったのよ」

そう言って岸に向き直り、「どうもお騒がせしました。ありがとう。助かったわ」と申し訳なさそうな表情をしながら、苦笑いを浮かべた。

「騒がせすぎだ」

岸の身体から一気に力が抜け、ぐったりと肩を落とす。これまでの苦労は何だったんだ。でもいったい、何の取材をしていたというんだ。いくら忙しくても、連絡ぐらいはできるはずだ。取材は口実で、他の女と遊びほうけていたんじゃないのか。そうに決まってる。人を散々振り回しやがって。そう考えると腹立たしさが増してくる。だが、そんなことはもうどうでもいい。岸は頭を切り替えた。これでこの仕事から解放される。喜ばしいことじゃないか。しかも、江川への支払いは半額で済んだから、それほどのコストはかからず、報酬は俺のものになる。

岸はいくぶん軽い足取りで、竹ノ塚駅に向かった。

16

千年地所本館ビルの最高顧問室では、元也と才田が会議用テーブルの両側に座り、片側に置かれたテレビ会議用モニターを見つめていた。香港に戻った鉄治と、今週末に迫った創立一〇〇周年記念式典の打ち合わせを行うためだった。

式典といっても、ホテルの宴会場を貸し切って、賑々しく開催されるわけではない。五反田にある美術館の一部屋に、一部の取引企業と取引銀行の幹部を招き、地味に執り行う予定だ。あくまで鉄治は表舞台には出ずに、各社の社長が挨拶をし、客をもてなす。元也の知る限り、鉄治のポストはずっと最高顧問で、今まで社長という肩書だったことはない。業界団体にも顔を出さず、経済界で鉄治の名を知っている者は限られていると思う。しかし、会社での最高会議である二月会の議長は鉄治だ。各社の代表取締役の印鑑も鉄治が保有し、契約書や稟議書にも鉄治が押印している。千年地所グループは、鉄治の会社であることに疑いの余地がなかった。

なぜ、鉄治がそのようなスタンスなのか、元也は不思議でならなかった。以前そのことについて、鉄治に質問したことがあったが、その時彼はこう言った。

「この国は、カネがある者には批判的なんだ。だから、表に出れば叩かれるだけだ」

もっともなことだった。高額所得というだけで税務署は目を光らせ、従業員は妬み、マスコミは記事にする。だから努めて表舞台には上がらず、裏で儲ける。どの会社が真岡家のものかがわからなければ、手が回ることもない。カネに関する帝王学を叩き込まれた元也だから、それは充分承知している。だから、マスコミに派手に取り上げられ、顔写真まで出回ったことは反省しなければならないが、レストランの話題作りには必要なこともある。その点は痛し痒しだった。

今回の式典の後に、千年地所グループの各社社長を集めた会議で、元也の二月会議長就任と鉄治の引退が表明されるが、そのことも、式典では公表されることはない。各社の運営はそれぞれの社長に委ねられ、グループ代表である元也は、欧州に活動拠点を移すことになる。彼の海外居住を、自らも海外に住む鉄治はいたく歓迎した。それが、蓄財のためにはベストの選択なのだと考えているのだ。身を粉にして働いても、税金で所得の半分以上がなくなってしまう国で、どうして頑張って利益を上げようと思えるのか。その税金で、多数の天下り官僚がのうのうと生活をしている。そんな国に何の未練も感じていない。元也の海外移住が落ち着いた段階で、千年地所グループの本社機能をスイスに移すことを、鉄治はすでに腹に決めていた。

正直言って、元也は千年地所の経営にはまったく関心がなかった。ただ、その資金力をうまく利用したいだけだ。それを鉄治が知ったら、杖が折れるほど机を叩きつけて怒りまくるに違いないが、元也がいなくても、会社運営ができるくらいに、すでに千年地所のオペレーションはしっかりと機能している。鉄治も元也の海外生活を許したのは、会社経営の安定に、それなりの自信があったからにほかならない。もちろん、面倒ではあるが、月に一度は日本に来て二月会に出席し、睨みを利かすことになる。緊急事態にはテレビ会議システムがあるから、即座に対応できる。海外に居ても何ら不自由はない。そのうちスイスに本社を移せば、そんな煩わしさもなくなる。

一〇〇周年式典の打ち合わせが終わった後、鉄治が唐突に言った。

「あの件はうまくいったな。だが、これを最後にくだらんギャンブルは止めろ。お前のせいで無駄な出費がかさむ」

「もうやりませんよ。でも、災い転じて福となすって言うじゃないですか」

元也の言葉に、鉄治は含み笑いを見せた。

「あんな方法があるとはな。お前の狡猾さは誰に似たんだ」

「それは最高顧問に決まってますよ。いや母ですかね」

鉄治は満足そうな笑みを見せる。

「会議はこれで終わる。元也はもういい。才田はそのまま残れ」

元也は、はいと言って席を立ち退席した。

自分に関係のない話とはいえ、鉄治と才田の密談は以前から気になっていた。しかし、あまり首を突っ込まないのが、鉄治との関係をうまく保つ秘訣だと思っている。いらぬ口を挟むと、息子にもおかまいなく杖が飛んでくるからだ。

ちょうど会議室を出たところで、クラッチバッグを置き忘れたのを思い出し、二人の話が終わったかどうか確かめようと、会議室のドアに近づいた。そこで、少し開いたドアの向こうから聞こえてきた、鉄治の声に動きを止めた。

「まだ吐かないのか？」

反射的に聞いてはいけないことだと感じた。

「新井組は何をやってる」

また何か企んでいるのか。鉄治の逆鱗に触れるのを恐れて、このまま会議室から離れようと考えたが、そう思ったそばから好奇心が湧き、本能的に聞き耳を立ててしまった。

「手を焼いているようですが、もう少しです。今日中には何とかなります」

才田は落ち着いた声で言った。

「頼んだぞ。早くしろと言っておけ」

「わかりました」

そこで才田が席を立つ音が聞こえた。元也は一〇秒待って、ドアを叩いた。

17

岸とレイラは、銀座アーバンホテルのロビーでコナーを待っていた。

竹ノ塚の駅に着いた際、コナーが見つかった旨を永友に連絡し、業務終了の報告をしたが、「まだ業務は終わっていない」と突っぱねられた。昨日、榊木一族火災事故とコナーとの関連について報告したことで、永友はレイラの身を案じている。コナーはどんな取材をしているのかを確認し、それが危険な取材であり、今も継続しているのなら、レイラをコナーと一緒に行動させてはならない、というのが彼の業務命令だった。何事につけても完璧主義の永友らしい気の回しようだ。

最初の業務内容と違うではないかと苦情を言ったが、「違ってはいない。俺はレイラを無事に帰国させろと言ったのだ」と反論され、「報酬は充分に支払っている」とダメ押しされた。下請け業者の辛いところだ。岸は従わざるを得なかった。

コナーはまだ姿を現していない。それほど広いスペースとは言えないこのホテルのロビーには、数人の客とスタッフがいるだけだ。コナーの姿を見失う恐れはないが、レイラは人の姿に敏感に視線を走らせ、ずっと落ち着きのない動きをしている。スマホをいじったり。貧乏ゆすりをしてみたり。遅いわねと独り言を言ってみたり。

そこに着信。江川からだ。彼に業務の中止を言うのを忘れていた。

「おい、千年地所の件、わかったぞ」

江川の叫び声のような大声。カネの交渉はレイラに聞かれたくない。岸は席を立ち、レセプション横の太い柱の陰に身を隠した。

「その件だが、もう調べなくてよくなった」

「何だと?」

「コナーから連絡があって、今、彼を銀座のホテルで待っているところだ」

岸はこれまでの話を、江川に簡単に説明した。

「何だよ。そりゃないぜ。こっちはもう費用が発生しているんだ」

案の定、散々文句を言った挙句、「近くにいるからそっちに行く。コナーがどんな取材をしているのか俺も聞きたい」と一方的に言って電話が切れた。カネの件もその時に話し合うことになったが、今度はコナーの取材内容をカネにしようと企んでいるようだ。勝手な奴だと呆れたが、それが彼らの習性なのだ。

三〇分待ったが、まだコナーは現れなかった。そこに、永友から電話が入る。気が急いているのか、状況確認の電話だった。またレセプション横の柱に移動し、まだコナーが現れていないことを告げて電話を切る。レイラのもとに戻ろうと、柱の陰からロビーを見た。

レイラがいない。どこに行った？

辺りを見回す。いた！　なぜあんなところに。見知らぬ二人の男に連れられて、エレベーターを待っている。あいつら、誰だ。

二人のうち年配に見える方は、黒い開襟シャツに口髭が目立つごつい顔。Vネックの白いTシャツ姿の若い方は、金髪の坊主頭に金色のピアスが光っている。銀座のビルを占拠している奴らと同じ世界の人間だ。心臓の鼓動が高鳴る。

地下へ向かうエレベーターが一階に止まり、扉が開く。駐車場に向かうつもりだ。

「レイラ！」

叫んだが遅かった。

エレベーターに突っ走り、ボタンを何度も押したが、なかなか来ない。くそ！　気持ちが先走り、階段を探そうとしたが、どこにあるのか見当がつかない。エレベーターの扉を蹴飛ばしたくなる気持ちをこらえ、ようやく止まったエレベーターに飛び込んで、地階に向かった。

扉が開く。地下駐車場を見回す。レイラの姿はどこにもない。遅かったか。

とその時、キーッという急ブレーキの音が響き渡った。

駐車場の出入り口付近だ。行ってみると、一台の黒いワンボックスカーと、白のセダンが鼻先を突き合わせた恰好で止まっている。

「おい、邪魔だ！　早くどかせ」

ワンボックスカーから、どすの利いた男の大声が聞こえた。が、セダンは動かない。エンジンがかからないのだ。

しかし、きっとあそこにレイラがいるはずだ。

ワンボックスカーにはスモークが張られていた。これでは中の様子がまったくわからない。

岸は彼らに気付かれないように、小走りにワンボックスカーに近づいた。

セダンの運転手が窓から顔を出す。江川だ。あいつだったのか。

「すみません。すぐに動かします」

「何やってんだ！」

後ろのドアが開き、男がのそりと外に出てきた。

金髪男だ。ちょうどその時、開いたドアの中から、レイラの顔がちらりと見えた。

「レイラ！」

岸が叫ぶ。

金髪男が振り向く。レイラと目が合う。

「岸さん！」

彼女は身体を外に出そうともがいた。だが、隣から伸びた太い手で腕を摑まれる。口髭男だ。

しかし、レイフの動きはすばやかった。左拳を振り上げると、いきなり顔面にパンチ。そして腕にがぶりと嚙み付く。たまらず男は腕を離す。その隙に彼女は車外に飛び出て、金髪男を振り切り、一目散に岸のもとへ走った。アメリカ女の底力は想像以上だ。

「何だ、てめえ！」

金髪男は蟹股（がにまた）で岸に詰め寄り、勝負を挑もうとファイティングポーズをとった。思わず、ごくりと唾を飲み込む。その構えと目の鋭さには、プロボクサー並みの凄みがある。

地下駐車場に、轟音がけたたましく鳴り響いたのはその時だった。金髪男は虚を突かれ、何事かと辺りを見回す。江川だ。セダンのクラクションを鳴らしている。

耳をつんざく鳴動は地階中に反響した。頭が破裂するほどのすさまじさだ。ホテルのスタッフらしい人影が、何事かと姿を現した。

ワンボックスカーがキーッという音を上げて発進。セダンの横っ腹を乱暴にこすりながら、脇をすり抜けて出口に向かう。それに気付いた金髪男は走る車に飛び乗り、地下駐車場から姿を消した。

助かった。岸の全身から力が抜ける。

クラクションが鳴りやみ、セダンから江川が出てきた。

「あいつら、ぶつけやがって」

車の側面辺りを心配そうに覗き込む江川に、「助かったよ。間一髪だった」と岸とレイラは礼を言う。

「俺もどうなることかと思ったよ。おそらく、あいつら新井組の連中だ」

「新井組？」

「ここはまずい。とにかく出よう」

急いで江川のセダンに乗り込み、尾行されていないことを確認して、まずはレイラのホテルに向かった。

「何がどうなっているのかわからないが、とにかく、あんたの身が危ない」

車中、運転席の江川は、助手席のレイラに言った。

「私？」

レイラはなぜ？　という表情で江川に顔を向ける。

岸も江川と同じことを考えていた。コナーの名を出しておびき寄せ、連れ去ろうとしたとしか考えられない。

「何だってあいつらに付いて行ったんだ？」

レイラはすまなそうな顔をして後ろを向き、「ごめんなさい」と頭を下げる。

「連れがいると言ったんだけど、コナーに頼まれて迎えに来たって言われて」

「だからって、勝手に付いてくことはないだろ」

「地下の駐車場にいるからすぐだって強く言われたのよ。岸さんの電話、いつ終わるかわからなかったし、後で岸さんの携帯に連絡すればいいと思って。でも車に乗せられるなんて思わなかったわ」

「まったく、しょうもない奴だ」

「私だって抵抗したのよ」

「もういい。今後は勝手に行動するな」

フンと鼻を鳴らし、レイラは窓の外に顔を向けた。

「さっき、新井組と言ったよな。そいつらは誰なんだ」

岸は、江川に話を振る。いったい、彼らはなぜレイラを？

「お前ら、銀座のビルを見たろ。あそこを占拠しているのは矢沢興業っていうヤクザだ。あそこは、再開発に絡む立退き問題でヤクザ同士の抗争に発展しているが、その相手が新井組なんだ」

「そいつらがなぜ？」

「あのビルは、銀座帝国ビルという会社が保有しているが、それはダミーで、実態は千年地所が持っている」

そうだったのか。レイラが岸に顔を向けた。彼女も同じことを考えているようだ。マーカーで印がつけられたすべての場所が、千年地所に関連していた。江川が話を続ける。

「つまりだ、新井組の雇い主が、千年地所ってわけなんだ」

なるほど、そういう構図か。

「お前からコナーが見つかったと聞いた後、すぐに奴の携帯に電話した。だが、電源が入っていなくて繋がらなかった。そんなことあるか。俺は嫌な予感がした。あのホテルの駐車場に着いたとき、ちょうど車に押し込まれているレイラを目撃した。見るからにヤクザだとわかる奴らにな」

仕事から解放された安堵感から、コナーに電話して確認することを忘れていた。俺のミスだ。裏に千年地所が控えているとすれば、やはり、コナーはあの火災事故を追っている。そして、何か重要な証拠を握っているのかもしれない。

「なぜレイラが狙われる？」

江川は首を大きく左右に振った。

「俺にもわからない。だが、コナーと関連しているのは確かだろう。奴の口を割らせるため、彼女を使おうとしたのかもしれない」

「やっぱり、彼は監禁されてるのね」

レイラは言葉に詰まり、泣きそうな顔になる。岸は江川に視線をやる。

「千年地所とはいったいどんな会社なんだ？」

「不動産関係を手広くやってる会社なんだが、その実態はよく掴めない。オーナーは真岡って奴だ」

未来美術館の理事長が、確か真岡という名だったのを思い出した。

「美術館の？」

「そうだ。真岡鉄治だ。表に出ることはめったにないから、その素性はあまり知られていない。その息子が元也。レストラン経営をしてるバカ息子だ。人気の局アナとの浮名が週刊誌に載ってたよ」

「じゃあ、彼らを張ればコナーが見つかるかも？」

自分が狙われていることなど、まったく気にも留めていない言動だ。

「どうかな。あいつらいつも新井組を使ってて、自分の手は汚さないからな」

「だったら新井組のアジトはどう？」

「あいつらはプロだ。そんな場所を簡単に見つけ出せるわけがないだろ」

江川は一蹴した。

「じゃあ、どうしろっていうのよ。コナーは今もきっと助けを求めて苦しんでるわ。早く見つけ出さなくちゃ、かわいそうじゃない」

レイラは悔しいだろうが、この状態ではどうにも手が出せない。

「火災事故の方はどうだ？」

岸は話を変えた。

「駄目だ。今のところ新聞記事ぐらいしかわからない。榊木源太郎についても同じだ。だが」

ルームミラーで岸を見て、「とっておきの情報を手に入れた」と鋭い眼差しを見せる。

「千年地所に警察のマネロン調査が入ってる」

「ＪＡＦＩＣか？」

日本におけるＦＩＵ（資金情報機関）の業務は、ここが担当することになっている。

「その通りだ。警察の捜査官が、千年地所に任意の調査に乗り出したという情報を得た。俺の仲間はそれを追っているんだ。だが、詳細は教えてくれなかった。ＪＡＦＩＣに探りを入れたがノーコメント。会社に接触したが、そんな事実はないと白を切ってるよ。コナーの失踪との関係はまったくわからないがな」

それが火災事故に関係があるとは思えない。あれは終戦直後に起こった事案であって、マネロンは現在の話だ。だが念のため、ＪＡＦＩＣに出向した際の同僚に連絡し、探りを入れてみた方がいいかもしれない。

それよりも、背後に暴力団がいるとわかった以上、レイラの身の安全を図らなければならない。終戦直後の事件を追ったところで、コナーを捜し出すのは困難だ。

「警察に行くぞ」

「え？」

レイラは顔を歪めた。

「私、日本の警察なんて信用していないわ。何にも助けてくれないんだから」

「偉そうな口を叩くな。とにかく行くんだ」

これ以上、彼女に付き合うのはごめんだ。カネは欲しいが、危ない目には遭いたくない。

顔を背け、彼女はそれに答えようとしなかった。ちょうどその時。

「あ、メール！」

レイラが、声を上げた。

「コナーからメールが来たわ！」

「何だと！」

「本当か！」

レイラは目で文章を追っている。

「貸せ！」

岸がレイラから携帯をもぎ取り、その英文メールを見た。

「おい！　何て書いてあるんだ」

江川が怒鳴る。

岸は声を出して読んだ。

「待ち合わせ場所に行けなくてすまなかった。終わると思っていたが、また重要な取材が入ってしまい、時間を作るのが難しくなった。あと二、三日すればきっと会えるから、心配いらない。それから、くれぐれも警察には言わないでくれ。騒がれたら取材の妨げになって、君に会えるのが遅くなってしまう。わかってくれるよね。またメールする。愛するレイラへ」

レイラに視線を戻すと、複雑な表情を浮かべながら岸を見つめていた。

18

病院の廊下を歩いていると、またあのヤクザのような男たちとすれ違った。彼らはじろっと碧を見やり、のさのさと歩き去る。ごつい身体に纏(まと)った真っ黒な開襟シャツと口髭が、いかにもあっちの人の風貌に見えるし、若い方の金髪男も、いきなり怒りだして辺り構わず破壊しそうな、歯止めのない怖さを持っている。いったい、彼らは何をしに来ているのだろう。安井とどう繋がっているのだろうか。気になるが、安井に訊いたところで無視されるのが落ちだ。きっと安井は話したくないのだと思う。何も触れずにいた方がいい。

病室に入ると、安井はいつものようにベッドに横たわっていた。

「今日も外は真夏日ですよ」

襟首の汗を拭い、碧は安井に言葉をかけた。

窓の外に向けた安井の視線の先には、建物の隙間から見える真っ青な空と、モクモクと湧き立つ入道雲があるはずだ。

「今週末にはアパートを取り壊すので、近々、最終確認で現場に行ってきます。何か用はありますか？」

「いや、何もない」喉に詰まった言葉を吐き出すように、彼は言った。以前よりも力のなくなった声だった。

「お母さんはどうだい？」

安井の目じりの皺が、微妙に震えているように見える。

母の病気が癌だと知って心細くなり、この前、安井に打ち明けた。自分のことのように心配してくれたが、彼だって病気を患っている。言ったことを後悔した。あまり彼を心配させるようなことは言わない方がいい。

「手術をすれば大丈夫そうです」

「そうか、大変だけど、頑張ってな」

「ええ、ありがとうございます」

母の病気のことは伝えたけれど、もちろん母の複雑な過去については何も話していない。彼から訊かれたこともないし、話そうと思ったこともない。そんなことを安井に話しても、どうなるものでもないことだし、彼とはまったく関係ないことだから。

ただ、自分でもよくわからないのだけれど、安井と母をなんとなく重ね合わせる時がある。それは安井が時折話してくれる昔話を聞く時。彼がまだ幼かった頃の話だ。

なぜそんな気持ちになるのか、自分でも不思議に思う。彼の話を聞いていると、母の生まれた当時や、祖父母の生きていた頃の情景が何となく目に浮かぶのだ。それに興味をそそられ、いつも耳を傾けていた。そしてそこに自分が引き寄せられていくのがわかる。もっとそのことを知りたいと思ってしまう。

いつしか碧も、その風景の中に足を踏み入れた感覚になっていた。そしてそこには、自分で勝手に創り上げた、若い頃の祖父母と幼い母の姿があり、楽しそうに笑顔を見せているのだ。平穏で屈託のない笑顔を。

安井はいつも目を閉じ、穏やかな顔つきで語っていた。まるで、子供がおとぎ話の世界に入り込むように。

「夏になると、神社のお祭りによく行ったものさ。浴衣の帯に団扇(うちわ)を挟んで、下駄を鳴らしてな。射的は誰よりも得意だったんだ」

「お祭りが好きだったんですね」

「ああ、両国の川開きにも毎年行っていたよ」

「川開き？」

「隅田川の花火だ。土手に座って、勢いよく上がる花火をずっと眺めてた。黄色のしだれ柳が夜空にパッと広がったかと思うと、すぐに消える。なんだか、夢の中にいるような気分だった」

「楽しそうですね」

「ああ、あの頃が懐かしいよ」

でもその後、安井の顔から、急に感情が削げ落ちたのを覚えている。碧の心の中にいる、幼い母の顔からも笑みが消えた。

「なくなっちまったんだ」

「何がですか？」

「花火大会も夏祭りも。何もかも――」

彼は唇を震わせながら小さな吐息を漏らした後、低い声で言った。「そのうち、川向こうの空一面に、工場の煙がモクモクと広がりだしたんだ。空には薄暗い膜が張り、川の水も真っ黒な泥のように濁っちまった。日本中で兵器を生産し始めたんだ」

その時、安井の顔が、まるで憑き物が落ちたようにおぞましく、鉛のように冷たい表情に変わった。

安井の話には長い空白がある。兵隊に行ったことやその後の生活振りについて、彼は決して語ろうとしなかった。彼との昔話は、いつもそこで止まってしまう。きっと悲しい出来事があったのだと思う。それが何なのか知りたいとは思わない。誰だって言いたくないことはある。

安井にもそういう過去があるんだろう。

ふと碧の脳裏に、さっきのあの男たちの顔が浮かんだ。

安井の言いたくないことって、まさか、人に隠さなければならない過去なのだろうか。あの男たちは、それに関係しているのだろうか。

19

「他に曲はないのか」

岸はカウンターに近づき、来店に気付いていない亜紀に声をかけた。

店にはミスマッチな、ヒップホップ系の曲が流れている。

客はゼロ。亜紀の他に、アルバイトと思われる女が一人、カウンターに座っている。

時刻は六時ちょうど。まだ石田は来ていないようだ。

江川からマネロン調査の件を聞いた岸は、ＪＡＦＩＣの同僚だった石田に電話した。彼は驚いた様子で否定したが、図星だと言っているようなものだった。彼らの調査がコナーと関わっているかどうかはわからない。だが少なくとも、千年地所に関する情報を持っているはずだ。

彼から情報を引き出そうと、会う約束を取り付けた。

場所は高田馬場にあるカフェバー、アバンギャルド。岸の馴染の店だ。

「何だ、来てたの？」

亜紀が顔を上げたのと同時に、手前に座っている女も岸に顔を向けた。

髪の毛をアップにし、黒のワンピースを着て、派手な水商売風のメイクをした女は、よく見るとレイラだった。

「何でここにいるんだ」

岸は顔をしかめた。

「どう、これだったらレイラかどうかわからないでしょ」亜紀が自慢げに微笑む。

「そういう問題じゃない。出歩くのは危険だと言っただろ」

「だって、家に一人でいても寂しくて」

レイラはカクテルグラスを口につける。

「ちゃんと尾行されていないかどうか気を付けながら来たから大丈夫よ」

岸が深いため息をつき、カウンターに座る。

「大人しくしてろ。出歩くんなら、警察に連れてくぞ」

「そんなことしたら、コナーに悪いわよ。ちゃんとメールも来たんだから」

メールを受けた当初は疑心暗鬼だったレイラは、次第に息を吹き返し、警察には行かないと言い張った。その後、彼からのメールは一切ないし、電話も通じない。間違いなく、何者かが岸たちの追跡をかく乱させ、あるいは警察への通報を遅らせるために、コナーを装ってメールしたのだ。しかし、信じたい一心のレイラを説得するのは不可能に近い。アメリカが正義の国だと信じている者に、イスラムの教えを説くようなものだった。

警察にも行かず、帰国もしない。これから何をやればいいのか悩んだ末、もう少し榊木一族の火災事故について調べることにした。そうしなければならない理由はどこにもなかったが、そうしなくていい理由も見つからなかった。要は、あれだけのカネをもらっておいて お前は何をやってたんだと、永友から非難されるのが嫌だったのだ。もちろん、報酬の減額を阻止するためでもある。石田に連絡したのは、彼から情報を引き出せないことを確認したかったという気持ちもあった。それさえわかれば、これ以上、コナーの足取りを調べることが不可能になる。

永友から、レイラの身の安全を第一に考えろと指示を受け、姪の草間亜紀に連絡することにした。

大学の授業をさぼり、ちょうど原宿で遊んでいた彼女にレイラを匿うよう依頼すると、岸の思った通り、好奇心旺盛な彼女は興味を示し、レイラを目白の自宅に連れ帰ってくれた。しかし、ここでブラブラしているとはどういうことだ。呑気にもほどがある。

「ビールくれ」

亜紀が、はいと返事をしながら生ビールをつぐ。

「レイラさんって、クォーターなんだって。だから日本語が上手なのね」

亜紀からそう言われて、彼女のことなど関心がなかったので、何も知らないことに気付いた。

「母方の祖母が日本人なの。父も母も仕事に忙しい人だから、東京で生まれて小学校までこっち。祖母の手で育てられたのよ」

だから東京の街にも馴染があったということか。

「お祖父さんは？」

亜紀が訊いた。

「アメリカで生まれ育って、その後は東京の大学で英語を教えていたの」

「まだ東京に？」

「いいえ、もう二人とも亡くなったわ。昔の友達とも連絡を取り合っていないから、東京には知り合いはいないの」

ふーん、と言いながら亜紀が曲を変えた。

「それからずっとNY（ニューヨーク）なの？」

「ええ、今は一人暮らしだけど、それまではずっとアッパーウェストよ」

「それどこら辺？」

「セントラルパークの西側。そうそう、ダコタハウスの近くよ」

店にはジョン・レノンのイマジンが流れていた。

「えー！　そうなんだ。一度行ってみたいわ。あの近くにストロベリーフィールズがあるのよね。いいなあ。かずちゃん、行ったことある？」

「いや、ない」

「でも、NYには仕事でよく行ってたでしょ」

「ジョン・レノンにもビートルズにも興味がない。第一、俺が生まれた時にはすでに解散していたんだ」

「でも、昔はよくローリングストーンズを聞いてたじゃない。彼らだって同じ時代でしょ」

「そうだったかな」

「そうだよ。サティスファクションは最高だなんて言ってたの、しっかり覚えてるわよ」

〝Paint It, Black〟も〝Sympathy for the Devil〟も最高だった。でも、もう昔のことだ。

「そんなこともあったかな」

「ふーん。意外だわ。岸さんってそんな趣味してたの」

「そうなのよ。ディープなとこもあるのよね」

亜紀がからかうように笑う。

「余計なことを言うな」

「それで、今どこに住んでるの？」

「アッパーイーストよ。まだ引っ越したばかりだけど」

「え、あのゴシップガールの？」

それが何なのか岸にはわからないが、どうせ、映画か海外ドラマなのだろう。

セレブの住む高級住宅地として有名なエリアだから、テレビにもよく取り上げられる。父親が世界有数のアカウンティングファームの幹部ともなると、彼女の住む場所もアッパークラスなのだ。

「そんな高級なとこじゃないわ。狭いアパートよ。一人暮らしだもの。岸さんってＮＹによく来ていたの？」

「よくではない」

話題を逸らすように、ゆっくりとビールを口に運ぶ。

「ロンドンよね。赴任していたのは。シンガポールにも住んでたわ」

代わりに亜紀が答えた。余計なことを言いやがって。

「そうなんだ。監査法人の時？」

「いや、違う」

またビールを飲む。タバコを吸いたくなったが、ここは分煙だ。カウンターでは吸えない。

テーブル席に移るタイミングを計る。

「投資ファンドにいたのよ。監査法人を辞めてね。それから出戻りで監査法人」

亜紀の奴。お喋りな女だ。

「投資ファンド？　どこ？」

ビールを飲み干し、お代わりを告げる。あまり話したくないが、そこまで突っ込まれれば仕方ない。「ＳＯＬ」と一言。

「ＳＯＬだったの。知っているわ。世界的に有名だもの。見かけによらないのね、岸さんって」

「どういう意味だ」

「確かＮＹにも会社があったよね。そこで何をやってたの？」

亜紀が岸の目の前にビールを置く。彼女と目が合った。何か言いたげな視線だ。

「ＳＯＬグループのＭ＆Ａコンサル会社で、企業買収を担当していた」

「だから、ロンドンにいたんだ。でも、あそこって、確か数年前に、シティの本社ビルで爆破事件があったよね」

思い出したくもない過去。予想はしていたが、その話題になるのだけは避けたかった。岸は無視を決め込み、ビールに口をつけた。

「レイラさん、何か飲む？」

気を逸らそうと思ったのか、亜紀がレイラに話しかける。彼女の顔に焦りが見えた。

「いえ、私はいらないわ」

「でも、いいじゃない。もう一杯」

「もう飲みすぎよ」

「じゃあ、何か食べる？　パスタでも作ろうか」

「いらないわ。さっき食べたばかりじゃない」

すぐに岸に顔を向け、

「大丈夫だったの、岸さん」

大丈夫なものか。あのせいで俺は散々な目に会った。だが俺はいい。つまらない人生でも、まだ命がある。

「何人も亡くなった大惨事だったって聞いているけど」

「もういい。悪いが、その話はよしてくれ」

「何かあったの？」

「うるさい。もういいって言っただろ」

岸は席を立ち、テーブル席に向かう。

「私、何か岸さんの気に障ること言った？　そんなにむきにならなくてもいいじゃない。変な人」

「レイラさん、曲、変えようか。何か好きなのある？」

亜紀がなだめようと必死だ。

そこに店のドアが開き、石田が顔を出した。ちょうどいいタイミングで来てくれた。

岸は、白人女性に驚いている石田の背中を押して、二人でテーブル席に移動する。

「御無沙汰しています」

石田と最後に会ったのは、岸が事務所を構えた半年前に、この店で飲んだ時だった。大きな案件が山場を迎えつつあるのだろうか、久々に会った石田の顔には、覇気が感じられる。

お互いに近況を語り合った後、「この店ってインターナショナルになりましたね」と、石田はカウンターのレイラに視線を移した。岸は無視し、単刀直入に本題に入る。

「千年地所に何があった？」

とたんに引き締まった顔つきに変わった石田は、「そんなことだろうと思いましたよ。でも、それは言えません」とはっきりと抵抗を示したが、そう来るだろうと思っていた。

「千年地所かどうかだけでも教えてくれ」

ビールを飲みながら、「まあ、そうです」と石田は呟く。

「海外送金か？」

マネーロンダリングの調査であれば、多額の送金が絡んでくるのが普通だ。

「どうでしょう」と石田ははぐらかしたが、そうに決まっている。

「相手国は？」

「そう突っ込まないでください。岸さんにも話せないのはわかってるでしょ。ノーコメントです」

岸は構わず続けた。

「銀行からの通報か？」

「もう勘弁してください。こればっかりは言えないんです。でも、もう調査は終了しました。問題なしです」

「問題なし？　本当か？」

「本当ですよ。まあ、オーナー経営者のご乱心ってとこです。会社を私物化している点は否めませんが、法律的には問題なく、立件は難しい。だから我々の出る幕ではないんです」

「真岡か？」

「ええ、まあ。でも、いったい岸さんは、なぜ千年地所を調べているんですか？」

探るように岸を見つめる石田に、コナー失踪から終戦直後に起きた火災事故に行き着き、そこから千年地所が浮上した経緯を説明した。

「岸さんの事務所って、そんな調査も引き受けるんですか？」

目を丸くした石田に、「カネのためだ」と面白くなさそうにぼやく。

「それは大変ですね」

石田は言葉だけの同情を表していた。

そこでカウンターのレイラに声をかけ、テーブル席に呼んで石田に紹介する。

「そういうことだったんですね」

石田は目を瞬く。

「火災事故について知っているのなら教えてほしい」

石田は沈黙を埋めるように、ゆっくりとビールグラスを手に取り、少し思案した後、フッとため息をついた。

「ええ、知ってます。一応、千年地所の過去はすべて調査しましたから。でも、火災事故と我々のマネロン調査とは何ら関係ありませんでした。コナーというアメリカ人についても、聞いたことはありません」

石田らはおそらく、千年地所とタックスヘイブン国間の多額の資金移動の情報を、銀行あるいは海外の金融当局の通報により把握し、マネーロンダリングの調査に入ったのではないだろうか。綺麗なカネの流れだと証明され、調査が終了したのなら、石田の言うようにコナーとは関係ないのかもしれない。

「榊木一族の火災事故が君たちの調査に関係がないのであれば、我々に協力してもらえないだろうか」

石田が言うように、捜査が本当に終了しているのであれば、岸が六九年前の事故について知ったところで、彼らには何ら支障はない。すでに時効が成立している事案など、彼らにとって何の関心もないはずだ。

「そんな昔の事案と、アメリカ人が関係しているとは思えませんね」

石田は、不思議そうな目を岸に向けた。

「少なくとも、コナーはその事案を追っていたと俺は考えている。だから、それがどのような内容だったのかを知れば、彼の失踪の手がかりになるはずだ」

「ちょっと待ってよ。メールが来たんだから、失踪じゃないわ」

レイラが強い口調で言う。岸は彼女を睨みつけた。

「あんなメールが信用できるか。こっちからかけてもまったく繋がらないんだぞ」

そう言われてぶすっと黙り込む彼女だが、本心は不安で仕方がないのだと思う。コナーに危険が迫っていると思いたくないのはわかる。しかし現実は違う。何らかの事件に巻き込まれていると考えざるを得ない。

「君は何者かに拉致されそうになったんだ。そんなことがあっても、あのメールを信用するのか。現実を見ろ！　あのメールはコナーのものじゃない」

顔を歪めながら悔しさをこらえているレイラの横で、腕を組んで考え込んでいた石田が、ようやく顔を上げた。

「わかりました」と不承不承言う。

「ですが、詳しい捜査資料は残っていませんでした。担当した刑事もすでに他界していますので、情報はありません」

「まったくないのか？」

「残念ですが」

とたんに気持ちが楽になった。椅子の背にもたれ、吐息を漏らす。これでコナーを追跡することが不可能となり、あとはコナーからの連絡を待つほかない。レイラが危険に晒されなければそれでいいんだ。石田をここに呼び出して、問い詰めた甲斐があった。ここまでやればレイラも諦めるだろうし、永友にもいい報告ができる。

と、その時、石田の呟きが耳に届く。

「でも、もしかしたら、関係者の中に事故の内容を知っている者がいるかもしれません」

「何？」

「直接関わっていなくても、何かしらの情報を持った者がいるはずです」

余計なことを言いやがって。安堵の吐息が、落胆の吐息に変わる。どうにか気持ちを切り替え、岸は背を起こした。

「捜すことは可能なのか？」

言葉を押し出すように言った。見えない力で、背中を押されているような感覚だった。

「やってみます。岸さんの頼みですから何とか」

その時、レイラの携帯が着信を告げ、周囲の皆の視線が彼女に集中する。もしかすると、コナーからの連絡かもしれない。だが、彼女の表情を見て、そうではないことがわかった。

彼女は不安げな表情で、受話器を取る。

「ハロー」

先方からの話に、小刻みに頷きながら聞いていた彼女は、「何ですって！　本当ですか？」と声を上げ、恐怖の表情を掌で隠した。

「今、日本にいます。……まだはっきりとはわかりません。……はい、わかりました」

英語での会話が終わって電話を切った後、岸をすがるように見た。

「どうしたんだ？」

「ニューヨーク警察からで、私の自宅が何者かに荒らされているって言うの」

「自宅が？」

「ええ、まだ現場検証しているところだから、詳しい情報が入ったら連絡が来ることになっているんだけど。でも何で私の自宅が」

レイラの顔が蒼白だったのは、思いがけない災難に動揺しているからだろうが、それを、コナーの失踪と関連付けているかどうかはわからない。しかし、岸の心の中では明白だった。

彼女は狙われている。

20

ベッドサイドテーブルのスウィッチをオンにして、遮光カーテンを開けた。高層ビル群の夜景を見た元也は、ぼんやりした頭で時計を見る。

夕暮れ時に、東京駅近くにあるホテルのスウィートルームに入り、女をむさぼり続けていたら、こんな時間になっていた。

萎えた後で見る女体ほど、鬱陶しいものはない。元也は気を紛らせようと、タバコを取り出し火をつけた。汗で肌に張り付いた乱れ髪や、ブランケットを抱えて横になっている疲れ切った女の顔も、うんざりだ。

「ねえ、何考えてるの？」

目を覚ました女の声に、

「夜景を見ていただけだ。何も考えていない」と答えながら、そろそろお前の身体も賞味期限だなと、心で呟く。

「喉が渇いちゃった。ねえ、シュワシュワ頼んでいい？」

「ああ、いいよ」

勝手に頼めばいい。ドンペリでも、クリュッグでも。

ホステスという種類の女とは、三回がいいところらしい。それ以上やっても何の楽しさも感じなくなる。しかも、やればやるほど態度がでかくなり、感情や嫉妬までぶつけてくる。

そもそもお前らは軽すぎるんだ。シャンパンやワインを惜しみなく開けて上顧客だと思わせ、そのうちホテルに行くことを条件に同伴でも誘えば、誰でも首を縦に振る。これで何人やったか数えきれない。

それもすべて、カネと見栄のためだ。自分の客の使いっぷりを他のホステスに見せびらかし、優越感に浸る。自分の誕生日に客から何本の花が贈られるか。何本のシャンパンが開くか。それがお前たちのくだらないプライドに直結する。そんなバカな女どもと、真剣に付き合っちゃいられない。

元也はベッドから出ると、バスルームに向かい、シャワーを浴びて身支度を整え始めた。

「ねえ、もう行っちゃうの?」

酒とタバコでかすれた、けだるい声が背中で聞こえた。

「なんでそう冷たいのよ」

「男はそう何回もできないんだ。子供じゃないんだからそんなことわかってんだろ」

虫唾が走るのを我慢して、できるだけ優しく言葉をかけ、女を残して部屋を出た。

「皆さんお集まりでございます」

「わかった。すぐに行くと伝えてくれ」

執事にそう言うと、元也は急いでドレッシングルームに入って着替えをし、リビングに向かった。

千年地所本館ビルの最上階フロアが元也の住居だ。かつては五反田の自宅に、鉄治と同居していたこともあるが、高校卒業と同時に、ここをペントハウスに改装し住みついた。帰国時には、鉄治も真知子もホテルに宿泊することになっているから、ここには来ない。だから、この一〇〇坪五ＬＤＫの広いスペースは元也が独占している。

廊下を通ってリビングに入ると、集まった若い男女全員の視線が元也に向けられ、シャンパングラスを高々と上げて、「もう始めてまーす」という甲高い声が飛んできた。

今日は、レストランの常連客である女優の仲介で、モデルを呼んでの三対三の合コンだ。店から料理人を呼びよせて、本格的なフレンチを調理させ、シャンパンやワインも揃えてある。自分以外の男は店のスタッフだから、合コンとは名ばかりで、元也の独擅場だった。

今を時めくグルメ界の貴公子であり、このビルのオーナーでもある元也を囲むように、三人の美女たちはソファーに座り、元也の話題に花を咲かせている。

「今度、五反田の美術館の隣に、モダンなレストランを作るんですよね」

ファッション誌の表紙にもなっている、有名モデルが言った。

「ああ、一軒家レストランにするつもりだ」

「えー、すごいですね」

「パリの店はどんな感じなんですか」

若手女優が興味深げに身を乗り出す。

「フレンチだけど、和食のテイストも取り入れた、いわばフュージョンだね。三つ星レストランから引き抜いたシェフだから、味には自信がある」

「いいなあ」

モデルが口を膨らませる。

元也はモデルに顔を向けて片眉を上げた。

「じゃあ、今度一緒に行こうか」

「え、ほんとですか」

大きな瞳が輝く。

「いいなあ、カリンちゃんだけ、私も行きたい！」

女優が演技力を発揮し、媚びるような声を出す。

「パリだけじゃつまらないから、南仏にも連れてってやるよ」

そこにシェフが、自らメインのロブスター料理を抱えて部屋に現れた。みんなが歓声を上げている中、携帯が着信を告げたのに気付き液晶表示を見る。リーからだ。元也はすぐに部屋を出て応答した。

「もしもし」

中国語訛りの沈んだ日本語はリーに間違いない。やっと来たか。

「明日の確認です。今よろしいでしょうか？」

「遅いぞ。こっちはずっと待ってたんだ」

「すみません。いろいろと手配をしていまして。早速ですがチケットは準備できていますので、いつもの便で。ＶＩＰルームも手配済みです」

「わかった」

リーはマカオのジャンケットだ。カジノで多額の賭け金を使うＶＩＰ客、いわゆるハイローラーの接客係。カジノ予約や航空券、宿泊ホテルの手配、送迎だけではなく、ゲーム中の食事の手配や換金の手伝い、さらに、夜の色事まで面倒を見てくれる。しかも、元也ほどのハイローラーは、それらすべてが無料だ。

ジャンケットは、マカオのヴェネチアンやウィンマカオといったカジノホテルと契約して、周辺国の富裕層への営業活動を行い、ジャンケットルームいわゆるＶＩＰルームをハイローラーに斡旋している。その賭け金の一定割合が、カジノからジャンケットに支払われる仕組みだ。

今やマカオのカジノ収入四兆円の三分の二が、このジャンケットの関わる収入と言われ、カジノ成長の原動力となっているが、海王集団（ネプチューングループ）のような香港証券市場のメインボードに上場している大企業は少なく、そのほとんどが小規模事業者で、二〇〇から三〇〇のジャンケットが存在するらしい。

「それよりも、カネの準備はできてるんだろうな」

「ええ、大丈夫です。銀行の手筈はすでに整っています」

その言葉を聞いて、元也は薄笑いを浮かべた。今回はカジノよりもそっちの方が重要だ。

「お前の働きで、うまく事が運んだ。約束通り取り分を支払うよ」

「ありがとうございます。では明日、その件も含め、よろしくお願いします」

「よろしくな」

電話を切り、トイレに向かったが、作業員が照明器具を修理していて、中に入れなかった。

ビル管理を担当している下請け会社の若手社員のようだ。その陰気な姿は、見ていて不快な気分になる。この手の奴らは、社会の底辺を這いずりまわって一生を送る。それは、生まれた時から決まっている運命だから変えようがない。そんな奴らが身近にいるだけで、不愉快だ。

「邪魔だ。どけ」

「すみません。すぐに終わります」

男が顔を向ける。ぼさぼさ頭に腫れぼったい瞼は、いかにも貧乏臭い。

「いいから、早く行け」

こいつ、どかないつもりか。俺を誰だと思ってんだ。それとも俺を知らないのか。

「でも、もう少しで終わりです。もしお急ぎなら別のトイレをご使用ください」

使用人のくせに口答えをしやがって、生意気な奴だ。それに、この物怖じしない態度が気に食わない。やはり、俺のことを知らないんだ。

「おい、お前。名前、何ていう？」

男は少し躊躇(ためら)っていたが、「斉藤といいます」と言い、視線を戻し、また作業を始めた。

「下の名前は？」

「碧です」

作業を続けながら彼は答えた。あとで下請けの社長に指摘すればいい。そうすれば俺のことがわかる。もう二度とでかい顔はできない。

「何やってるんですか、元也さん。早くしないとロブスターが冷めちゃいますよ」

女優が嬉々とした表情で声をかけてきた。

「ああ、トイレに行こうと思ったんだが」

そう言って、碧に視線を投げる。

女優は碧を見上げ、悪臭を放つ生ごみを見るような目つきをした。

「トイレ、向こうにもう一つありましたよね」

「ああ」

「みんなが待ってますから、行きましょ」

女優は元也の腕を取り、「早く」と急かす。

元也は男を一瞥した後、仕方なく別のトイレに向かった。

21

待ち合わせ場所の九段下駅近くのファミレスに着いたのは、約束の時刻から一時間ほど過ぎた頃だった。

「おい、遅いぞ」

ナーバスになっているのか、一平は碧の姿を見つけるなり食ってかかった。

「仕方ないだろ。今まで作業してたんだから」

「で、元也はどうだったんだ?」

一平が身を乗り出す。

最上階の元也の自宅フロアへは、テナント用とは違う場所にある特別なエレベーターが伸びている。だから、千年地所の才田の個室に忍び込むのに、元也の真夜中の行動など、さほど関係はなかった。

「パーティーの後、みんなで銀座に繰り出したみたいだ」

気が落ち着いたのか、一平はホッと一息つく。

元也の不正を暴くのは正当なことだと思う。だけど、内部告発となるとどうも気が引ける。もっと正々堂々と糺す方法がないのかと、一平に思い留まるよう説得したが、これしか方法がないと強く押し切られた。その上、「会社のためだ」と頼み込まれ、挙句には「会社が倒産したらお前のせいだ」と責任論まで出されて、仕方なく手助けすることになった。

本館ビルに戻って、表通りからビルを見上げると、開発部のフロア以外は真っ暗だった。さっきは業務部の一部も明るかったからちょっと心配になったが、これなら才田の部屋に忍び込むにはまったく問題がない。

二人はエレベーターに乗り、秘書室のあるフロアで降りた。シーンと静まり返ったフロアはエアコンが切れていて、ちょっと蒸し暑い。ジワリと汗が滲んだ。懐中電灯をつけて、恐る恐る進む。秘書室の鍵を開け、さらに才田の部屋の鍵を開ける。一平が中に入った。碧は入り口付近で、向こうに見えるエレベーターホールを見張っていた。

一〇分が経過した。まだだろうか。時折部屋の中を覗くが、一平は必死になって、書類のコピーを取っている。

「早くしてくれ」

　思わず言葉が出る。

「もうちょっとだ」と声が返ってくる。

　ドアを閉めて廊下に出る。

　その時、チンという音が聞こえた。エレベーターだ。

　まずい！　中で作業する一平に、誰かが来ると告げてドアを閉め、何事もないかのように、通路の奥にある配電盤の方へ歩を進めた。

「あれ、まだ残っていたんですか？」

　その声は、よく見かける警備員だ。いつも眠そうな目をしているが、意外と目ざとい中年男。碧は立ち止まり、振り返る。警備員は碧の姿を見て、不審そうな顔をしている。

「ええ、そうなんです。ちょっと調子が悪くて、明日までにどうしても直してくれって言われたんで」

　さも疲れているような表情で、碧は額の冷や汗を拭った。

　見覚えのある顔だと気付いたのか、ああというように頷いた警備員は、気だるそうな眼差しで碧の全身を舐め回す。少しの間があった。碧の背中を汗が流れる。警備員の顔が少し緩む。

「それはお疲れ様です。暑いのに大変ですね」

　助かった。体中が汗だらけだ。

「暗いから、照明を付けて作業したらどうですか？」

「ああ、そうですね。ありがとうございます」

警備員は近くにあった照明のスイッチを入れ、非常口扉を開けて階段に消えた。

碧は肩をぐるっと回し、すぐに秘書室に入る。

「行ったぞ。また来るかもしれないから、早くしてくれ」

机の陰から、一平のほっとした顔が現れる。

「思ったよりも書類がいっぱいあって、一人じゃ時間がかかるんだ。お前も手伝ってくれ」

とにかく、早く終わらせないとまずい。碧は「わかった」と言って一平を手伝い、書類のコピーを始めた。

パソコンのデータを記憶媒体に保存し、必要書類をすべてコピーして、気付かれないように元の場所に戻し終わった時、「何だこれ」と一平が呟いた。別の資料に目が留まったようだ。

「おい、もういいだろ。早くしろよ」

「もう一分待ってくれ」

一平がその資料をコピーし、元の場所へ収めると、二人は急いで部屋を後にした。

22

翌朝。香港経由でマカオに入った真岡元也は、ホテルグランドプリメーロ最上階のスウィートルームから、茹で上がる地上の景色を眺めていた。

下界には、まるで蒸し風呂の中に閉じ込められたような息苦しさが漂っている。肌に染み込むぬめっとした湿気と、突き刺すような暑さの中、大陸からの成り上がり中国人やポン引きに精を出す貧相な現地人が、ごった煮状態でうごめいている。

かつて、ポルトガルの植民地だったこの地域の犯罪率は、中国に返還されてから減少傾向だというが、地下に潜ったマフィアは今も暗躍し、ギャンブル依存症やカジノディーラーの腐敗は後を絶たず、その混沌とした状況は何も変わっていない。

カジノがなければこんなところに来ることもないだろうな。そうぼやきながらシャンパンを手に取った元也のもとに、ジャンケットのリーから、用意ができたとの知らせがあった。

カジノホールに向かった元也は、スカイタワーの上層階まで上り、いくつもの扉を通り抜け、VIPルームにたどり着く。

閉じられた遮光カーテンで眺望が断たれた広い空間を、煌(きら)びやかなシャンデリアがピンクゴールドに彩色し、アロマの甘い香りが、艶めかしい雰囲気を作っている。そのど真ん中に一つだけ置かれたカジノ用テーブルに、一人の男が座っていた。

「こちらが、趙(ちょう)さんです。今回の案件でお世話になったので、一度お引き合わせをと思いまして」

リーはその男を紹介した。

歳は五〇がらみ。風貌は中国系。えらが張り四角張った顔。白の麻シャツに黒の麻ジャケットを着こんだラフな格好をしている。カジノオーナーだけでなく、裏ビジネスを手掛けているだけあって、一重瞼の奥の眼光が、やけに威圧感を持っている。

「趙です。はじめまして」

元也は軽く挨拶し、握手を交わした。

「すべての取引は完了しました。またお役に立てる時があるかもしれません。その際にはよろしくお願いいします」

「よろしく」と、元也は形ばかりの言葉を返した。

その時扉が開き、二人の部下を引き連れて男が入ってきた。新井組若頭の高槻明夫だ。

「久しぶりですね。元也さん。いつもお父上にはお世話になっています」

「こちらこそ、ご無沙汰しています」

重苦しい気分を抑えて、挨拶を交わす。

シルクのダーク系のシャツと白いパンツ。薄い色の入ったサングラスに角刈りは、どこから見ても極道だ。和太鼓を打ったような低い声、眼球が突出した目つきには、以前と変わらぬ凄みがある。

いつからの付き合いかはわからないが、新井組へのこれまでの上納金は馬鹿にならないはずだ。土地売買に絡む裏金はもとより、建設工事のバックマージン。実体のないコンサルティング報酬。直接関わってはいないが、親父と才田の話を聞いていればわかる。今回の案件で支払う手切れ金も莫大だ。親父としては、俺への会社承継を機に、どうにか片を付けたいと思っているようだが、本当にこいつらは手を引いてくれるのだろうか。最後の一席と言われてこの部屋をアレンジしたはいいが、なぜか気にかかる。これからもよろしく、という意味ではないのか。

「今日は堅苦しい話は抜きです。早速、始めますか」

ジャンケットの合図で背後の扉が開くと、カジノのスタッフが数人現れ、ゲームの準備を始めた。


バカラを終え、リーの用意した別室で足裏マッサージを受けながら、今晩のディナーの予定をリーと話し合った。

「一つ訊きたいことがあるんですが」

一通り話し終えた後、彼は話題を変えた。

足裏の刺激に目を閉じたまま、「何だ?」と返す。

「あの美術館をやってる未来財団に最高顧問の保有株を寄付すれば、日本の相続税はまったくかからないんじゃないですか。なのに、どうしてそうしなかったんです?」

元也は、薄目を開けてリーを見た。南方系の血が混ざっているのか、色黒の肌と窪んだ目、芝居がかった口元の笑みは、卑しいハイエナのように見える。そんなことを聞き出して、こいつは何を企んでいるんだ。相続税対策の話題をネタに、他の顧客から儲けようって魂胆なのか。

「親父はな、人を信用していないんだ」

そう答えて、また目を閉じる。それだけ言えばこいつだったらわかるはずだ。

「なるほど。株を持っていないと心配なんですね」

「ああ、その通りだ」

自社株を公益法人に寄付して相続税を節税する方法は、すでに一般的に行われている。寄付してしまえば財産はなくなり、相続税がかからない。代わりに財団が千年地所の株主になるが、財団の理事長は鉄治だから、寄付した後も、千年地所に対する発言権は以前と変わらないのだ。

しかしその反面、公益法人の役員人事は、諮問機関である評議員会が決めるため、理事長である鉄治が自由に決めることはできない。その構成メンバーに、自分の言いなりになる人物を当てておけばいいのだが、そもそも、人を信用する意識に乏しい鉄治には、そのような希薄な支配権確保の考え方は持ち合わせていなかった。

「数年前に、財団役員の一人が意見の食い違いから反旗を翻し、反鉄治の票集めに動いたことがあったんだ。それを事前に知り、事なきを得たが、親父の方針は決定的となった」

「会社だったら、過半数の株を持っている株主が、役員人事を自由にできますが、公益法人は一人一票ですからね」

「ああ、だから財団は完璧じゃない」

「だったら、名義株はどうです？」

「そんなものとっくにやってるよ」

元也は目を開き、口の端を吊り上げた。

「自分の名を使われていることも知らない社員や元社員が大勢いる」

「そうなんですか」とリーは声をひそめる。

元也は手を伸ばし、「そこの水割りを取ってくれ」とリーに言うと、彼はテーブルのグラスを元也に渡す。

「真岡家が保有する千年地所グループの、本当の株式価値なんて税務署がわかりっこない。株主名簿に表面的に出ている親父の持株は、五分の一にも満たないんだ」

リーは目を見開いた。

元也は独り言のように呟く。

「本当の価値は一五〇〇億円はするはずだ」

「なるほど、それはすごい金額ですね」

「だが、これでもう相続税はゼロだ」

「完璧です。これでまったく税金はかかりません」

「お前のお蔭だよ。あのスキームなら誰にも見破られない」

自慢げに含み笑いを浮かべるリーを見て、元也は頼もしくもあり、アホらしくもあった。

六億ものカジノの借金を会社に肩代わりさせたことで鉄治に大目玉を喰らい、その埋め合わせもあって今回の案件をひねり出した。考え出したのも、取引の取りまとめをしたのもこいつだ。相続税対策だけじゃなく、会社から引き出したカネを使って、新井組との手切れも図るという一石二鳥のスキームに、鉄治は大いに喜んだ。だが、高槻に払うカネもべらぼうな金額だし、こいつに支払うコンサルタント料も馬鹿にならない。これじゃあまるで、脱税コンサルタントのために税制があるようなものだ。まあ、税金に比べりゃあ安いものだが。

そう考えているうちに、マッサージの心地よさが全身に広がり、元也は深い眠りについた。

23

打田孝雄(うちだたかお)の夢を見た。久しぶりだ。でも、今回はちょっと違う、不思議な夢だった。いや、嫌な夢だった。

ゆったりとした大きな川が、打田の背後に流れている。色づく青葉に囲まれた川辺のベンチに、彼は一人座っていた。気候は穏やかで、日差しは柔らかい。まるで、のどかな休日の昼下がりのようだ。するといつの間にか、そこに一人の女が現れ、打田の横に腰かけた。ゆづきだ。面識のない二人が一緒にいるなんて、考えられないことだ。だが夢の中では、二人がごく自然に、並んでベンチに座っている。いや、彼らだけではない。三人だ。ゆづきは幼い女の子を連れている。美南(みなみ)かもしれない。ぼんやりしていてはっきり見えないが、きっとそうだ。彼らは俺を見つめ、笑顔を見せる。俺は、それが当然のことのように、彼らに笑い返す。

すると突然、風が強まり、黒い雲がやって来て、辺りが真っ暗に変わる。背後の川が次第に荒れ狂い、とぐろを巻き上げ、竜巻のように上空に渦ができる。俺は恐ろしくなり、手で顔を覆った。叫び声を上げたくなった。いや、上げたかもしれない。だが声にならない。胸が苦しいだけだ。それは三人に襲い掛かり、一瞬にして、彼らを飲み込んだ、そして——。

そこで目が覚めた。疲れがどっと出た。身体が重く、気分が悪い。

どうしてこんな馬鹿げた夢を見たんだ。

あいつのことをまったく考えないわけではない。あいつと暮らした二年間。充実した日々というには安直すぎる。濃色の絵具で塗りつぶされたパステル画のように、どこか淡く、そして濃密な日々だった。会いたいと思うこともある。娘は、美南はどうしているのだろう。確か、一七歳。大きく成長しただろうか。

やめよう。そんなことよりも、俺には考えなければならないことがある。

タバコに火をつけ、大きく吹かす。どうも頭が回らない。ウィスキーボトルに手が伸びたが思いとどまり、台所に行って湯を沸かす。コーヒーフィルターをセットし、ミルで豆を挽き、コーヒーを淹れ、一口飲む。頭を切り替え、昨夜のことを思い返す。

NY警察からの電話。レイラの自宅への侵入。ホテルでの拉致未遂だけでなく、アメリカの自宅まで被害を受けた。ただ事ではない。犯人を駆り立てているものとはいったい何だ。レイラにまで危害を加えようとしているのか。いや、自宅が荒らされていたというのは、何かを探していたのではないだろうか。いずれにしても、彼女の身に危険が迫っていることに変わりはない。

岸は少し後悔した。この際コナーはどうでもいいのではないか。重要なのは、彼女を安全な場所に匿うことだ。はたして、石田に情報提供を依頼する必要があったのだろうか。

悩ましげに新しいタバコの封をむしり取った時、石田から連絡があった。

「岸さん、見つかりました。あの火災事故を担当していた刑事はすでに他界していますが、彼の下で、一緒に仕事をしていた部下が存命です」

聞きたくない情報をもらってしまったと言えば言いすぎかもしれないが、心底では、見つからなかったという連絡を期待していたのも事実だった。聞いてしまった以上やるしかない。

岸は重い腰を上げ、上野に向かった。


待ち合わせをしていた、上野駅と御徒町駅の間にある高架下付近の焼き鳥屋は、昼間にもかかわらず、数人の酔客がくだを巻きながら戯れていた。通りまで張り出したテントの下の、キャンプにも使えそうな簡易なテーブル席で、一人寡黙に酒を飲む老人の姿があった。顔中にできた皺のせいで老いぼれのようにも見えるが、隙のない顔つきには、元刑事の面影が残っている。

「あんた、ずいぶん昔のことを追ってるんだな」

開口一番、そんなことしてどうするんだとでも言いたげに、その岩田三郎という名の元刑事は、片方の目を細めて言った。

「俺が警察に入った時には、すでに捜査は終わっていた。だからよくは知らない。ただ、先輩刑事が諦めきれず独断でヤマを追っていたから、俺もちょっと手伝っただけだ」

そう言うと、彼はコップ酒のお代わりを店員に告げた。

「火災事故として処理されたんですよね？」

「ああ、そうだ」

「何が決め手で？」

岩田は飲み干したコップにまた口をつけ、最後の一滴を啜(すす)るように飲んだ。手元が震えているのは歳のせいか、それともアルコール依存症なのか。いずれにしろ、昼間っから酒とはいい身分だ。

「あの火災で助かった榊木の使用人が、そう証言したんだ」

「それは山澤のことですか?」

「確か、そんな名前だったな」

遠くを見つめた岩田は、「だが、先輩はそうは考えていなかった」と付け足した。

「どう考えていたんです?」

店員が運んできた酒を一口飲み、彼は岸の目を見つめた。

「殺しだ」

その声は、岸の腸にずしりと錨(いかり)を下ろした。やはりあれは殺人事件だ。コナーはそれを追っていた。

「ホシは?」

白目が目立つ斜視が、不気味に揺れた。

「秦だ」

「秦?」

聞いたことのない名だった。

「誰です?」

「榊木実業の専務で、管理部門を取り仕切っていた男だ」

彼はコップ酒を手に取って、ゆっくりと口に運ぶ。

「なぜ、彼が疑われたんです？」

「そもそもあそこは、榊木の別荘だったから大金があるわけがない。現場検証の結果、何も盗まれていないことがわかり、物取りの線は消えた。使用人の言うように、火の不始末だとしてもおかしくはなかったが、頭に引っかかったことがあった」

岩田は、肌色の半袖シャツの胸ポケットから、潰れかけたホープを取り出し、使い捨てライターでゆっくりと火をつける。その動きが、どうももったいぶっているように感じ、少し苛つく。

「あの火災で榊木一族全員が死んだ。その結果もっとも恩恵を受けたのは誰か。それは秦しかいない。榊木以外の親族も榊木実業の役員になっていたが、彼らは全員死に、秦にとって邪魔者は一人もいなくなったからだ。事実、奴は当然のように榊木実業の社長の座につき、すべてを手に入れたんだ」

そこで、元刑事は大きくタバコを吹かす。

「奴にはアリバイがあった。しかし、誰かにやらせれば犯行は可能だ。それに、秦には明確な動機もある。奴は以前からヤクザの賭場に出入りし、胴元に多額の借金があった。返済を迫られた秦は、ヤクザを使って犯行を企てたと睨んだんだ」

「使用人の供述はどうなるんです？」

「あいつは共犯だ」

「共犯？」

「そもそも、あいつは秦に拾われた男だ。戦後すぐに華族制度がなくなり、執事の職を失いかけた。それを助けたのが秦だ。だから、秦の子分も同然だった。それに、あいつは別荘内の配置もわかり、鍵も持っていた。臆病な奴だから、秦に脅されて手助けをさせられたんじゃないかと先輩は言ってたよ」

「秦が会社を乗っ取った、ということですか？」

岸の問いに、岩田はふーと長いため息をついた。

「しかし、秦は翌年、急死している」

「急死。死因はなんです？」

「交通事故だ」

疑念を抱いた岸を察したかのように、「真岡だよ。真岡が殺ったんだ」と吐き捨て、岩田はタバコを吹かした。

「千年地所の？」

「ああ、そうだ。奴はヤクザに片足を突っ込んでる男だ。後ろにはヤクザが控えてる」

真岡が犯行を企てたのか。きっとコナーはそれを調査しているのだろう。

「そこまで調査したのなら、なぜ、事件にならなかったんですか？」

「上から圧力がかかり、捜査は打ち切られたんだ」

岩田はタバコを灰皿に押しつけ、指が灰に埋もれるほどねじ込んだ。

「なぜです」

「そんなことわかるか」

乾いた目の奥が一瞬、怒りの色に変わったように見えた。それを隠すように、岩田はポケットからまたタバコを取り出し、口にくわえる。岸はライターの火をかざした。

「その圧力の元が何か、目星がついているんですよね」

元刑事は大きくタバコを吸い込む。

「蘇川組だ。秦の出入りしていたヤクザだよ」

訝しげな表情の岸に、じっくり耳を傾けろとでも言うかのように、岩田はタバコを差し伸べ、岸はそれを受け取り火をつける。

「俺の住んでいた東上野の一部の地区は、奇跡的に戦災を免れたんだが、周りは修羅場だった」

一五歳で終戦を迎え、その後、警察に入った彼の最初の勤務は、上野署の広小路交番だったという。

「今は綺麗な公園になっているが、終戦直後の上野公園は、それはもう酷いもんだった。焼け出された連中や復員兵が公園に溢れ、毎日のように餓死者が出た。不良どもの喧嘩や強盗は後を絶たず、夜になると、公園の一角には男娼窟までできて、手の付けられない無法地帯だったんだ」

彼は顔を上げると、山手線の音に耳を傾けるように高架線を見上げた。

「そのうち、このガード付近に物売りが集まり始め、バラックのマーケットが立ち並ぶと闇市ができた。ここでも、すりや恐喝は日常茶飯事。夜になると、男目当ての女どもがあちこちの路頭に立っていた。いつも腹をすかせ、今日をどう生きるかしか考えられなかった。明日のことなんて考える余裕なんかない。目の前にある欲望を、どう満たすかしかないんだ。それもこれも、日本が戦争に負けたんだからしょうがない。みんな生きるために精一杯だった」

コップ酒でのどを潤し、彼はため息をつく。

「しばらくして闇市を取り仕切っていた在日と、ヤクザの縄張り争いが始まった。ピストルの弾が飛んできたこともあった。犯罪は蔓延するばかりで警察は用をなさない。奴らを抑えるには、時として、敵対する相手と手を組むことだってあるんだ」

岩田はそこまで話すと、残りの酒を一気に飲み干し、店員にお代わりを告げた。岸は、どうでもいい思い出話に付き合わされている気分だったが、彼の言いたいことがようやくわかった。

彼は話を続ける。

「警察は、ヤクザを使って犯罪に手を染めた在日外国人を排除した。警察とヤクザは裏で繋がっていたんだ」

敗戦後、急速に弱体化し、治安を維持できなくなった警察組織は、在日外国人から報復の襲撃を受ける事態にまで発展し、その権力は地に落ちていた。彼らの不法行為に手を焼いた一部の警察は、巻き返しを図るヤクザを利用し、街に溢れる暴徒の鎮静化を図った。当時、新宿で勢力を拡大しつつあった蘇川組も、裏で警察と手を握り、荒れた街の秩序を守る役目を担っていたのだ。ヤクザに顔の利く秦は、蘇川組を利用して警察に働きかけ、捜査を打ち切りにさせたのだろう。

「そのヤクザは今も？」

「さあな、俺は引退した身だ。今はどうなっているのかわからない。ただ、まだ奴らが生き残ってるのなら、代替わりで新井組が島を引き継いでいるはずだ」

新井組——。江川の言っていた通り、千年地所と新井組は繋がっている。

「真岡も蘇川組なんですか？」

「あいつは企業舎弟のようなものだった。ヤクザの資金獲得のために活動していた構成員だ。結局は、秦も真岡にやられ、会社は真岡のものになった。その向こうには、蘇川組が目を光らせている」

秦と真岡は榊木実業を乗っ取るために、全員が別荘に集まる好機を狙い、榊木一族を皆殺しにした。秦はその後、榊木実業の社長に就き、会社を自分のものにしたが、それも真岡が裏で操っていた。

この岩田の推理は理にかない、彼の考える事件の構図は納得できるものだった。しかし、本当にそうだろうか。

この筋書きには、一つ大事なことが欠落している。それは、榊木実業の株だ。会社を乗っ取るためには、会社の株を自分のものにしなければならない。社長の選任も解任も、大多数の株を保有する大株主が決めるのだ。

榊木実業の株主は誰だったのか。当然、榊木源太郎がそのほとんどを保有していたのだろう。では秦や真岡は、どうやってその株を我が物にしたのか。所有者が死亡すればその相続人が株を引き継ぐ。しかし、相続人全員が同時に死亡している状況で、彼らはいったいどのように取得したというのだ。だが、その件について、岩田は何も知らされていなかった。

念のためルイスについて尋ねたが、彼は知らないと答えただけだった。

「先輩に頼まれて、調査を手伝ったときにメモした関係者リストだ」

最後に彼は、取ってつけたようにズボンのポケットから紙切れを出して、岸に差し出した。手帳の一部を破り取ったとみられる皺だらけの紙片には、数人の名前が書かれていた。


岩田と別れ、上野駅構内のカフェでコーヒーを飲みながら、彼からもらった紙片を眺めていた時、携帯に江川から連絡が入った。

「面白いものが手に入ったぜ」

「どうした？」

「千年地所の社員から、とっておきの内部資料を得た」

「内部資料？」

「ああ、だがその前に、今日発売の夕刊トーキョーは見たか？」

「いや、見ていない」

「元也の記事が出た。俺の仲間が追っていたネタだ。あいつ、マカオのカジノで六億円の損を出したんだ」

「六億？」

耳を疑った。

「よくもまあ、派手にやってくれるよ。しかも、その六億円は自分のカネじゃない。千年地所のグループ会社に負担させていたんだ」

石田たちが調査をしていたのは、このことかもしれない。会社のカネを勝手に流用するのは犯罪だが、法的に何ら問題なく調査は終了したと、石田は言っていた。犯罪収益に絡んだ送金ではないし、会社内部の決裁手続きもしっかりとやっていたのだろう。あるいは、すでに返済が済んでいるのかもしれない。ワイドショーネタにはなるだろうが、そんなもの何の役にも立たない。

「今日受け取った内部情報は桁が違う。他にもいろいろありそうだ」

江川は相当意気込んでいるが、その情報が今後の調査の進展に役立つかどうかはわからない。だが、聞くだけ聞いてみるか。どこでどう繋がらないとも限らない。

「わかった。今晩、アバンギャルドで話を聞きたい」

一瞬の間があり、「それでだ」と江川は話を区切る。

「情報元がカネを要求している」

「またか」

「今度は領収証を持ってこいと言っておいた。とにかく用意してくれ」

「まあ、いいだろう」と仕方なく言い、岸は電話を切った。支払う価値があるかどうかは見てから決めればいい。なければ値切るだけだ。それにこれ以上、コナーに関わるべきかどうかも考えなければならない。

すぐに駅の売店で新聞を購入して、元也の記事を探す。社会面に彼の顔写真を見つけた。グルメ界の貴公子、真岡元也氏がカジノで六億円の損失、という見出しが躍っている記事の内容は、電話での江川の話とほぼ同じだった。

その損失を会社が補てんしていることについて、警察が調査を進めていると結ばれているが、調査終了とまでは言及していなかった。

岸は新聞をゴミ箱に投げ捨て、元刑事の証言に頭を切り替えた。

彼の話で、あの火災が殺人事件である可能性が高まった。コナーはその事実を知り、真岡とトラブルになった。その背後にはヤクザが控えている。これだけで警察は動くだろうか。いや、彼らは何もしないだろう。ならば、俺は何をすればいい？

岸は、メモに書かれた関係者を睨みつけながら考え込む。これ以上、コナーを追うことに意味があるのだろうか。しかし、最悪の事態を想定した場合、コナーの身に危険が迫っていることを知りながら、何もしなかったとなれば責任問題になりかねない。俺はそのとばっちりを受ける。だが、このリストの関係者が生きているかどうかもわからないし、生きていたとしても、証言が得られるとも限らない。

深いため息をつき、頭を掻き毟る。

このメモを渡された以上、握りつぶすわけにはいかないだろう。

岸は携帯を手に取った。コナーの追跡調査はこれを最後に止めるとしよう。そう心に言い聞かせ、一件一件電話をしていく。

すでに七〇年が経過していることから、そのほとんどが他界していたが、終戦当時、事務員として働いていたという女性に連絡が取れ、江東区の木場に向かった。

こぢんまりとした木造二階建ての狭苦しい畳敷きの居間は、効きの悪いエアコンのせいで戸外のように暑かった。首が回るたびにカタッと音を立てながら、扇風機が生暖かい風を送り出している。

八八歳の高齢だが、記憶力には自信があるという老女は、遠い過去の記憶を昨日のことのように鮮明に覚えていた。特に、榊木に対する思いには特別なものがあるらしく、彼のことになると、彼女の口は一段と滑らかになった。

「榊木社長は、社員みんなを自分の家族みたいに大切に思ってくれていました。本当に素晴らしい人でした。終戦直後の暗く荒んだ状況の中でも、希望を捨てるな。絶対に日本は良くなる。だから頑張ろうって、みんなを励ましていたんです」

敗戦の苦しみや悲しみを、仕事に打ち込むことで紛らわしていたのではないかと老女は語った。

「私、お給料計算の担当だったからわかるんです。戦争が終わってしばらくは、会社の売上なんてまったくなかったんです。なのに、私たちは全員首にもならず、毎月ちゃんとお給料をもらうことができました。その間、社長は一銭ももらわず、それどころか、自分のお金を会社に入れていました。関連会社もいっぱいあって、その一番上の神様みたいな存在でしたが、誰よりも早く出社し、誰よりも遅くまで会社に残って陣頭指揮を執っていて。その姿を見ているだけで、みんな頑張らなくちゃっていう気持ちになったのを、今でもはっきりと覚えています。戦後の暗い時代でしたが、充実した毎日を送ることができたのは、榊木社長のお蔭です。今でも社長には感謝しています」

榊木という人物は、創業した父の後を継ぎ、それまでの家内工業的規模から新興財閥と言われるまでに成長させた、有能な経営者だと宮田から聞いていた。その陰には、安い賃金で労働者をめいっぱい働かせて暴利を貪る、前近代的な経営者像を思い描いていたが、それは間違いだったようだ。

それまで、しっかりとした口調で話していた彼女の顔が曇ったのは、秦と真岡の話に移った時だった。彼女は、苦々しい表情を浮かべた。

「秦は、専務として管理部を担当していました。榊木社長は、彼の数字に強いところを買っていたようでしたが、何を考えているのかわからないところがあって、みんなからはあまり好かれていませんでした。案の定、秦が社長になるととたんに威張りだして、自分に批判的な幹部を、一方的に辞めさせたんです。それまで会社のために頑張ってきた社員の首を、あんな簡単に切るなんて、私、信じられませんでした。業績だってだいぶ良くなってきたのに」

前社長である榊木を慕っている幹部たちを、独裁者が反体制派を追放するように、次々と粛清していったという。

「秦は榊木社長に不満を持っていたんですよ」と彼女は振り返る。

「先妻に先立たれて子供がいなかったので、会社の後継ぎとして養子を迎えたこともあったんですけど、戦死してしまって。終戦の一年ぐらい前だったと思います。榊木社長のすごく悲しんでいる姿は見るに忍びなかったです。社員みんなが落ち込んでいました。榊木社長ももう五〇の後半でしたから、商工省の役人上がりを会社の後継ぎにするとか、同業に身売りするとか、いろいろな噂が立ちました。でも榊木社長の本音は誰にもわかりませんでした。秦は、会社を大きくしたのは自分だと思っていたんでしょう。だから自分を後継者に指名してくれない榊木社長に不満を持っていたんじゃないかと思います。フィリピン支社に長く赴任していただけあって英語にたけて、経理にも詳しかったんで、秦が会社の発展に貢献したことは事実ですけど、榊木社長の偉大さには到底及びません。社員皆がそう思っていました」

「真岡はどうだったんです？」

彼女は思い出すのも嫌だというように、さらに暗い表情になった。

「それが一年くらいして、秦が交通事故で亡くなり、真岡が社長になったんですが、なぜあの人が社長なのか、みんな首を傾げていました。会社によく出入りしていて、秦と親密な関係だったのは知っていますが、社員じゃなかったんですよ。私、給与担当でしたからそれは確かです。当時の幹部の人たちが決めたんでしょうが、なぜなのかはまったくわかりませんでした。

強面だったから、強引に社長になったんじゃないかって噂もありました。それにあの人、癇癪（かんしゃく）持ちなんです。気に入らないことがあると、社員を殴ったり蹴飛ばしたり、ガラスの灰皿を投げつけて、社員が大けがをしたこともありました。ぶるぶる震えるんです、怒りだすととたんに。そうなるともう手が付けられなくて、私、怖くて、会社を辞めました」

　わざと足を折って徴兵を免れたという噂まであるほど放埒（ほうらつ）な人間で、社長になってからも、しばしば傷害事件を起こしていたという。

　人を恐怖に陥れるやり方は、彼のいた世界の常識的なやり方だったのだろう。暴力沙汰まで起こす経営者は今では考えられない。すぐにパワハラで訴えられ、ブラック企業としてネットを賑わす。しかし、まだ労働者階級の権利も希薄だった当時では、そのような軍国主義的な人事管理が行われていたことも、事実なのかもしれない。

　真岡の経歴について彼女に尋ねたが、榊木実業に現れる以前の彼の素性は、まったく知らないようだった。

　元刑事から受け取ったメモ書きを取り出し、彼女に見せて反応を見た。すると、ある部分で視線が止まった。垂れ落ちた瞼の下で目を丸くしている。

「この人、お妾さんだったんですか？　私、知りませんでした」

　彼女の皺が寄った指先は、舞子という名前を指していた。元刑事が書き留めたのだろう妾という文字が、その名の横に記載されている。

「どんな方でした？」

「終戦の年の春頃からうちの会社の仕事をしていたようですが、仕事では関わりがなかったので、あまりよくは知りません。見た目は細面の美人さんで、肌が透き通るように白くて素敵な方でした。榊木社長との間にお嬢さんが生まれたばかりだったのに、残念なことです」

メモ書きの舞子の名前の下に、志保、長女と記されている。

「生まれたばかりだったんですか？」

「ええ、確か終戦の年の秋頃だったと思います。戦争が終わってすぐの頃に、お腹が大きい姿をお見かけしたのを覚えていますから。でも、結婚していなかったなんて」

またその紙を睨みつけるように見て、首を左右に振った。

もしやと思い、岸は宮田から預かった白黒写真を取り出し、彼女に見せた。彼女の目が見開かれ、「この方です」と榊木源太郎の隣に立つ若い女性を指した。宮田が、榊木の妻だと言っていた女性だ。

「この方もあの火災で？」

「ええ、そうです。母娘ともに。本当に可哀想なことをしました」

「舞子さんは何歳ぐらいだったんですか？」

「私よりも少し上だったので、二十歳ぐらいだったと思います。年齢よりもずっとしっかりした感じの人でした。でもなぜ、籍を入れなかったんでしょう。榊木社長は独身だったのに」

彼女はまた首を傾げ、口を尖らせながら考えていた。歳の差から見て、さしずめ芸者を身請けし、会社で面倒を見ていたのだろうと考えてしまうのは、さもしい性分だからだろうか。だが金持ちなら、そんなことはよくあることだ。籍を入れなかったのは世間体を考えてのことだろう。

「何か事情でもあったんですかね？」と適当に質問を投げかけた岸に、老女は唇を強く結んで、何かを推し量っているような視線を向けた。

「あの頃は、女はみんな男と結婚しなけりゃあ生きていけない時代だったんですよ。今と違って、働き口もあまりありませんでしたから」

そう言って、ため息をつく。

「だから、戦争で夫を亡くした子持ちなんかは大変だった。結婚するには子供が邪魔ですからね。実家に預けられればいいけど、できなけりゃあ、どっかに捨てるしかない。そんなご時世だったんです」

女性が活躍している現代とは異なり、ようやく女性に選挙権が与えられた頃のことである。法律的な権利もさることながら、社会の隅々まで女性蔑視や偏見が根を張っていたことを考えれば、結婚は生きるための必須条件だったのだろう。まして、敗戦後のどん底の中、女一人で生きていくことは容易ではなかったはずだ。

「舞子さんの身寄りは？」

「さあ、そういうことはまったく」

老女はすまなそうに首を傾げた。

「でも、残念なことです。まだ乳飲み子だったんですよ」と志保という名の幼児のことを憐れむように俯いたが、ふと顔を上げ、「そういえば、思い出しました」と彼女は口をぽかんと開けながら岸を見た。

「ちょっと怖い話なんですが」

「何ですか？」

「遺体が一つ、見つからなかったんです」

聞き間違いかと思い、岸は首を傾げながら、老女の皺だらけの顔を見た。

「そう聞いてます。本当なんですよ。嘘なんか言ってやしません。大人の遺体は見つかったのに、赤ちゃんが見つからなかったって聞きました。あの山の中ですから、獣がさらっていったんじゃないかって、みんな怖がっていたんです」

岸が眉を顰める。

「本当なんです」

老女は何回も同じ言葉を繰り返した。

岸はそれに大きな意味があるとは思えなかったが、老女と別れた後、元刑事に確認しようと自宅に電話をした。しかし、彼はまだ御徒町の焼き鳥屋から帰っていないようだった。

その後岸は、榊木実業の元社員の男に会って話を聞いたが、ほぼ同じ内容の繰り返しに終わった。

24

「連絡は来たか？」

アバンギャルドに着いた岸は、カウンターにいたレイラに尋ねた。

彼女は、寂しそうな表情でゆっくりと首を振る。

相変わらず、彼女はコナーからの連絡を待っている。気疲れしているのだろう、どこかふさぎ込んでいるように見える。

「どうだったの？」

カウンターの中から、開店の準備をしている亜紀が言った。マスターの姿はなく、亜紀が一人で店番をしているようだ。客は一人もいなかった。

「特にめぼしい情報はない」

「そう」

「ビールくれ」

カウンターに腰かけ、今日一日の出来事を思い返す。あの火災の真相はわかったが、コナーの居所に繋がるものは何もなかった。

「千年地所の真岡っていう人が関係しているんでしょ？　なんなら直接訊けばどう？」

そう言って、亜紀がビールを置く。能天気な奴め。そんなことは百も承知だ。

「そんな簡単な話じゃない。ヤクザが絡んでいるんだぞ」

こんな遠回りをしているよりも、奴を吊し上げた方が手っ取り早いのはわかっている。だが、それには相応の代償を覚悟しなければならない。相手の後ろにはヤクザが控えている。俺は一介のコンサルタントだ。ヤクザと戦う術など持ち合わせていない。

「じゃあ、やっぱり、コナーからの連絡を待つしかないのね」

亜紀はレイラに顔を向けた。レイラは心配そうにカクテルを口に運んでいる。

とりあえず、このままレイラの身を確保さえしていれば、たとえコナーが見つからなくても、当面の目的は達せられる。問題なく報酬が手に入る。レイラに危害が及ばなければそれでいい。

そう割り切ったものの、なぜか、あの火災とコナーの関係について思い巡らせてしまう。

岸はビールを一口飲み、今日の出来事を反芻する。

ルイスはあの火災について、秦と真岡の仕組んだ犯行であることの証拠を握っていたのではないかと岸は考えたが、そうであったとしても、もう時効が成立している。今更そんな事件を暴いても、真岡を追い詰めることはできない。

では、なぜコナーが失踪し、新井組と真岡が動いたのか。それは、その火災事故に隠された何らかの真実が明るみに出た場合、今でもなお、真岡にとって致命傷となる何かが、そこにあるからにほかならない。ではその真実とは何か。六九年前の火災が、現在にまで影響を及ぼすこととはいったい何だ。

そこで岸の推理は大きな壁にぶつかり、考えの方向を変えた。

今日の調査の中で、ただ一つ、気になることがあった。

それは元刑事の証言だった。

岸がようやく繋がった彼への電話で、見つからなかった遺体について問うと、彼はこう言った。

「その通りだ。使用人の証言では遺体は九体あるはずだが、八体しか確認できなかった。だが、まだ乳飲み子で骨だってやわくて細い。現場での確認が不充分だったのかもしれない。それに、その志保という赤子は榊木の籍には入っていなかった。要するに私生児だ」

そして彼はこうも言った。

「火災があった同じ日に、生後数か月ぐらいの女の赤ん坊が、湯河原の寺に捨てられていたことがわかった。だが、身元のわかるものは何一つ身に着けておらず、その子供の名前も住所も生年月日も特定できなかった。榊木の関係者に会わせたが、身近にいた者はすべて焼け死に、その赤子が志保かどうかわかる者もいなかった。生き残った山澤も、子供は焼け死んだと証言した」

湯河原という言葉を聞いた瞬間、岸の脳裏にコナーとの接点が思い浮かんだ。もしかしたら、コナーはこの子供のことを調べていたのではないかと。

「では、その子はどうしたんです」

「そんなことは俺の知ったことじゃない。いずれにしろ、捜査には関係ないことだ」と言い切った。それもその通りだ。榊木の娘である志保がこの世に生きていたとしても、認知をしていない以上、法律的には榊木とは赤の他人なのだ。榊木には妻子はいない。あの火災で一族がすべて死に、相続人は一人も残らなかった。では、榊木の保有株はどうなったのだ。改めてそれが気になってしまう。相続人が誰もいない場合、遺産はいったい誰のものになるのだろうか。これについては後で、弁護士に確認するしかない。それに、舞子が入籍しなかったのが家柄の問題だとしても、子がいなければ認知してもよさそうなものだ。なぜそうしなかったのか。榊木にその意思がなかったのだろうか。他に特別な事情があったのか。今となっては、死んだ者の心情を推し量ることはできないし、想像すること自体、意味のないことのように思う。すでに榊木実業は千年地所に代わり、真岡がオーナーとして相当の年月が経過しているのだから。と、そこまで考えて、岸の思考は止まった。頭の中に、残像のような何かが揺らめいたからだった。

ちょうどその時、ドアが開く音が聞こえ、江川が一人の青年を連れて店に現れた。セルの黒縁メガネをかけた気の弱そうな風貌は、カネを要求するような男には見えないが、人は見かけで判断できない。腰の低い男に限って、裏で不正に手を染めている例はよくある。

江川がその男を新谷一平と紹介した後、カウンターにレイラを残してテーブル席に移動すると、早速、口火を切った。

「これから話すことは、夕刊トーキョーの六億円なんてもんじゃない。ビッグニュースだからな」

期待を持たせた口ぶりだが、大げさに言っているとしか思えなかった。ものになるかどうかは聞いてみなければわからない。

江川は一平から提供された資料のうち、あるものを取り出す。銀行の送金関連書類の束だった。

「一か月前に退職した上司からの情報で、警察が、真岡鉄治の預金関連を調査していることを知り、新谷君と友人が、真岡の番頭である秘書室長の保管資料を調べた」

「ＪＡＦＩＣのことか？」

「ああ、そうだ。だが、六億円の件だけじゃない。別の件も調べていたんだ」

「別の件？」

一平が江川の後を引き継いだ。

「元上司は、それに関して警察の事情聴取を受けたというんです」

そう言うと、書類の中から数枚の書面を取り出し、テーブルに置いた。

「これらの銀行送金依頼書によると、千年地所の関連会社名義の東南銀行半蔵門支店の口座から、マカオのバンコ・パシフィコ・アジア銀行の口座に、総額三〇〇億円が送金されているんです」

「三〇〇億円！」

莫大な金額だ。しかも送金先がバンコ・パシフィコ・アジア銀行。不正取引の臭いを感じる。岸の記憶では、以前からＪＡＦＩＣが目をつけていた銀行だ。

「送金先は誰なんだ」

「カジノだよ」

「え？」

一平が一枚の書面を差し出す。

「バンコ・パシフィコ・アジア銀行のカジノ運営会社の口座へ送金しているんです」

「何だって！」

すぐに今日の夕刊紙の記事が頭に浮かんだ。

「まさか、カジノの借金の返済？」

「そうとしか考えられない。六億どころかその五〇倍の金額だ。あの記事は氷山の一角だった」

「元也なのか？」

「いや、鉄治だ」

「何？　だが、彼はかなりの高齢だったよな」

「もう九〇を超えてるよ」

「そんな老いぼれが、本当にそんな額の勝負にでるのか？」

「親子ともども博打が大好きなんです。それに、鉄治はぜんぜんもうろくしていません」

「じゃあ、誰かにカモられたのかもな」

「そんなことはわかりませんが、とにかくこれを見てください」

一平が言い、資料を差し出す。

岸はそれを手に取り、内容を確認した。それはカジノが発行した証明書だった。いわゆる借用証書と同等のようなものだ。貸主がカジノ、借主は真岡鉄治とあり、金額欄には香港ドルで約二〇億ドル。日本円で三〇〇億円相当の額が記載されている。

「鉄治がカジノで損した三〇〇億円を、千年地所のグループ会社が肩代わりして返済したのは明らかです」

確かに彼の言うとおりだ。

石田たちはこれを追っていたのだろう。おそらく東南銀行からの通報でこれを知り、それが脱税やマネーロンダリングに絡む不正な送金目的かどうかを調べていた。

石田が、不正は認められず調査は終了すると言っていたのは、単に借金を肩代わりした取引に過ぎず、そこに法的な問題は何もなかったということだ。しかし、三〇〇億円もの大きな損失を出した例など聞いたことがない。しかもあの銀行の絡む取引だ。何か裏があるようにも思う。

「これは原本の写しなのか？」

「いえ、メール添付のＰＤＦです」

「メール文はコピーしなかったのか？」

「あります」

一平は、ポケットを探ってＵＳＢメモリーを取り出した。

岸はそれを受け取り、ジャケットのポケットに入れる。

「何かわかったら教えろよ」

物欲しそうにポケットを見つめる江川に、「わかった」と岸は頷く。

だがこれを調べても、コナーの追い求めているものに結びつく端緒にはならないのではないか。コナーはルイスから何かを引き継ぎ、それを基に千年地所を取材していた。少なくとも、これまでの調査ではそう考えることができる。そしてそれは、榊木一族の焼死に関連することであり、それが原因で、真岡から依頼を受けた新井組は、コナーを拘束しているのではないか。とっくにこの世を去っているルイスが、カジノ賭博の借金について知る由もない。コナーの摑んだものがルイスが遺したものであるなら、カジノの損失とコナーは関わっていない。江川は、これをネタにジャーナリストとしての本業を追求するのだろうが、これがコナーを捜し出す手立てにはならないのではないか。そう感じながら手に取った資料は、岸にとって興味深いものだった。

千年地所グループ全社の株主名簿だ。

榊木が榊木実業のオーナーであることは、関係者の証言から明らかだ。そうなると、一族が亡くなった後を引き継いだ秦、そして真岡は、榊木が保有していたであろう榊木実業――現千年地所の持株をどう処置したのか。

この疑問が、コナー失踪に結びつくかどうかはわからない。しかし、公認会計士であり、M&Aコンサルタントの経歴を持つ岸にとって、一族焼死とオーナーチェンジが、どうしてもすんなりと腹に落ちてこなかった。それは、会社支配権の確立にどうしても欠かすことのできない株を、相続人ではない彼らが、どのように手に入れたのかに帰趨する。それを解き明かすためには、まず、グループ全体の資本構造を整理する必要があった。

そう考えながら、各社の株主名簿を眺めた岸は、誤って飲み込んだ異物が、せり上がってくる気分に陥った。

グループ会社数が多く、それらがかなり複雑な株式の持ち合いをしているため、これを見ただけでは、グループの全容がまったくわからなかったのだ。

しかも、これでは真岡の持株が少なすぎて、彼にはオーナーと言えるほどの支配権がない。会社を牛耳るためには、発行済み株式の五〇%超を持つ必要があるが、千年地所グループの頂点に位置づけられているであろう千年地所の株主状況を見ても、真岡は全体の二〇%しか持っておらず、その他は、未来美術館を運営する未来財団と、複数の個人株主と、法人株主だった。

また、ざっと見る限り、千年地所のグループ会社の株式は、グループ会社間の株の持ち合いと、複数の個人株主で占められていて、真岡は一株も持っていない。

「この未来財団は真岡が支配しているのか？」

「ええ、理事長が真岡ですし、理事の三分の二が真岡に近い人物で占められていますので、千年地所と一体と考えていいです」

財団の事務局に顔の利く一平は、内部事情も知っているようだった。

「この個人株主は？」

「まったくわかりません。うちはグループ会社も含めて配当金を払っていないし、株主総会も開いたことがないと思いますので、株主との接触もないと、総務から聞いたことがあります」

「株主総会を開かないってどういうことだ？」

江川が喰らいつく。

「非上場のオーナー会社ならよくあることだ。議事録だけで済ませても、文句を言う者はいない」

「だが、千年には株主が大勢いるじゃないか」

「もしかすると、そこに大きな問題があるかもしれない」

「というと？」

「配当金もなく、株主総会も開いていないとすると、この人たちが本当に株主として認識しているかどうか」

「どういうことだ」

「名前だけの株主。つまり、他に本当の株主が存在している可能性がある」

「名義株か？」

「そうだ」

岸は、得体の知れない胸騒ぎを覚えた。もしこれが名義株なら、ここに何か秘密が隠されているのではないか。胡散臭さがプンプン匂ってくる。だが、個人情報となると容易に入手できるものではない。それに、これだけの人数を一人一人潰していくには相当の時間がいる。ここまで深入りする必要はないのかもしれない。

「あの——約束の情報料ですが」

一平の物欲しそうな声が聞こえた。

顔に似合わず、欲の皮が厚いと見える。だがどうしよう。こんなものに満額支払う価値があるか。ＵＳＢに何か端緒があるかもしれないが、それも期待できるかどうかわからない。今のところコナーの情報に繋がるものは何もない。満額は出しすぎだ。だが少し気になることがある。株主だ。それがどうも引っかかる。このまま見過ごしていいのだろうか。そうか。こいつがいるじゃないか。目の前にちょうどいい奴がいる。

「君に言われた通り、カネは用意した。だが、俺にとって、ここにある資料に価値はない」

「え！」

表情が急に暗くなる。

「だから、カネを支払うわけにはいかない」

「でも、三〇〇億円ですよ。何か不正をやってるに決まってます。これが明るみに出れば大変なことになる」

「俺にとっては何の役にも立たない」

「そんな！　それじゃあ話が違う」

「悪く思わんでくれ。これもビジネスだ」

眉を寄せて江川を見る一平に、彼は知らないといった顔つきで、肩をすくめた。

そこで岸は、何気なく言う。

「ただし、俺の頼みを引き受けてくれるなら、支払ってあげてもいい」

一平の肩がぴくっと反応した。

「何ですか？」

身構える彼の目の前に、株主名簿を滑らせる。

「この個人株主全員の現況を、明日までに調査してくれ」

「え！　明日まで」

一平の表情がとたんに渋くなる。

「それは無茶です。一〇〇人近くいるんですよ。それを明日までなんて、できるわけがない」

「できなければ、払わないだけだ」

「うっ」という声を発し、顔を歪めながら考えている。岸はタバコを取り出し、急かすように、テーブルの上でトントンと叩く。

一平は俯いたままだ。

「俺は忙しいんだ。悪いが、この資料は持って帰ってくれ」

「わかりました。やります」

顔を上げ、重い口調で一平は言った。思った通り、こいつはカネのためなら乗ってくる。

「期限は明日までだぞ」

「わかってます」

「まずは半額だ。明日残りを渡す」

岸が現金を渡すと、彼はそれをバッグに押し込み、紙の束を取り出して、それを岸に差し出す。

「これ、領収書です」

上目づかいに見ながらちょこんと頭を下げた。

ちょっと高い買い物だったが、仕方ない。その分、江川にも負担させればいい。どうせこいつはこの内部資料を記事にする。支払わなければ情報を渡さないだけだ。そう思いながら、表紙に一〇〇万円と書かれた束をざっと捲った。

「おい、これ！」

そう叫んだ時にはもう遅かった。すでに一平は店を出たところだ。

岸は頭を抱える。すべてがキャバクラの領収証だ。こんなものを俺の会社の経費にしろっていうのか。

「おい、今日はどうだったんだ？」

どうにか気を取り直して江川に顔を向ける。

「所詮、六九年も前の話だからな。そうは進展しないよ」

憮然と答え、元刑事、元従業員の語った内容について説明した。

「要するに、あの火災は秦と真岡の犯行だったってわけか」

「元刑事はそう言っていたが、証拠がない。それに、それがわかったところでなんにもならない」

江川もそれに頷く。

そして同じ日、湯河原の寺に捨てられた赤子の話を江川に伝えた。

「どうする？」と江川が岸の目を覗き込む。

「湯河原はコナーも口にしていた。子供を追っていたのかもしれないぜ」

岸も同じことを考えている。その寺を捜し出し、コナーの足取りを追求するかどうかを。すでに今日終日動き回り、できる限りのことはやったはずだ。それに、湯河原の寺というだけでは情報が少なすぎる。この真夏日の中、一軒一軒をしらみつぶしに捜し歩くことなど、考えただけで気が重い。

明日までに、あの若者が株主の状況を確認してくれる。今後のことを考えるのはそれからでいい。

「そこまでは必要ないだろ」

「そうだよな」

江川は頷き、予定があるからと急いで店を去った。

岸はカウンターに戻り、亜紀にビールを注文した。待っていたように、レイラが声をかける。

「どうだったの？」

「まだ何も進展していない」

「そう」

寂しそうに言い、カクテルに口をつけた。

「そういえば、この前、変なこと言っちゃってごめんなさい」

「何のことだ」

「ロンドンの爆破事件のこと。亜紀ちゃんが教えてくれたの。大切な友人を亡くしたんですってね」

「ああ、あのことか。もういいよ」

「でも、私、何も知らないのに余計なこと言っちゃって」

彼女はすまなそうに頭を下げた。岸は視線を逸らせ、ビールに口をつける。

どうせこいつには、俺の気持ちがわかりっこない。腸を抉(えぐ)られるような怒りも、凍り付くような恐怖も不安も、どうしようもない虚しさも。俺を奈落の底に突き落とし、地の果てに葬ったあの事件。あの時から、俺を取り巻くあらゆる存在が一変した。すべて、あの事件が引き金だった。

当時、岸はロンドンのシティに本社のあるＳＯＬインベストメントに勤務し、ＳＯＬが主導するＭ＆Ａファンドの大型買収を手掛けていた。それは、日本を代表する自動車メーカーをカネの力で蹂躙(じゅうりん)するような、まさに敵対的買収だった。強引なファンドのやり方に世論は批判を強め、結果として買収は不成功に終わったが、その過程でインサイダー取引が発覚。あろうことか同僚である打田が内部情報を漏らしたのではないかと疑われた。さらに打田と親しかった岸にも捜査の手が伸び、厳しい取り調べを受けた。

大学の時からの親友である打田の人となりは、岸には充分わかっている。投資に失敗して生活苦に喘いでいた岸に、打田はカネの工面をし、仕事を与え、再建を後押ししてくれた。岸の転落人生は打田に救われたと言っていい。正義感の塊のような打田がインサイダー取引を犯すはずがないじゃないか。だが、ロンドン捜査当局は打田を犯人と決めつけていた。暴力的で抑圧的な取り調べが連日続き、打田は精神的に追い込まれていた。それは岸も同様だった。

　俺はインサイダーには何ら関わっていない。天地神明に誓って清廉潔白だ。そう何度も訴えた。しかし、奴らは岸を疑い、罵倒し、脅し、無礼で屈辱的な扱いをした。それは白人による差別的な扱いだった。奴らから受けた仕打ちは、一生忘れることはないだろう。その時、岸は思った。彼らにとってこの世界に存在するのは、白人とそれ以外の二種類の人種だけなのだ。そして俺は、奴らの下僕にすぎないのだと。

　そんな折、シティのＳＯＬ本社ビルが何者かに爆破され、多数の死傷者を出す大惨事が起こった。ちょうどそこに居合わせた打田は即死。岸は間一髪で難を逃れた。紙一重の差だった。正面玄関で打田と別れた数十秒後に起こった惨劇。忽然と目の前に現れた地獄絵図は、今も脳裏に焼き付いている。

　ばらばらになった手、足、胴体、そして肉の塊と化した打田の顔。誰なのかさえわからない、滅茶苦茶に潰れた顔だった。

　追い討ちをかけたのはマスコミの報道だ。重要参考人の死でインサイダー事件の真相は闇に消えたが、それは闇の力による口封じではないかと、一斉に報じたのだ。

　社会からバッシングを受けた。自分の築き上げたものが一気に崩れ去り、何を信じていいのか、誰を信頼していいのか、まったくわからなくなった。自分の存在すら疑わしい。岸は出口の見えない暗がりに迷い込んでしまった。

その後、別件の捜査で事件の真相が明らかになるのだが、打田を死に至らしめた真実と打田の苦悩を知った岸は、自分の無力を悔い、自らに憤りを覚え、責任を痛感した。

あの時、打田の窮地に気付いていたら、奴を死から救えたはずじゃないのか。今度は俺が奴を助ける番だった。親友が苦しみ喘いでいるにもかかわらず、奴のために何もしてやれなかったばかりか、それを感じ取ることすらできなかった。なぜそれができなかったのか。あの頃俺は、カネを稼ぐことしか頭になかったからだ。目の前にある買収案件を成功させ、億のカネを手に入れることしか考えていなかったからだ。

気分がむしゃくしゃし、喉がカラカラに干上がる感覚になる。ビールを一気に飲み干すが後味が悪く、気分が晴れない。

会話が途切れ、重い空気が漂う。


バイトが終わり、店を後にする亜紀とレイラを見届けて、岸は自宅まで徒歩で帰った。もうすぐ日付が変わる時刻だというのに、もやっとした空気が肌にまとわりつく嫌な夜だった。

高田馬場駅を背に早稲田通りをシチズン方向に歩き、小滝橋の交差点を渡って山手通りが見える頃になると、酔いはなくなったが、疲労が全身を襲った。

ようやく自室にたどり着き、電気をつけてエアコンのスウィッチを入れた。転がっているウイスキーボトルを足でのけ、ベッドに寄りかかり煙草に火をつける。

パソコンを開き、メールをチェックする。何件かの受信があった。やっつけなければならない仕事のメールばかりだ。

一通り返信し終わった後、ポケットに入れたＵＳＢを取り出してパソコンに挿入し、才田のメールをチェックする。

真岡家の番頭だけあって、千年地所社員とのやり取りだけでなく、真岡とのメールも多数あるが、コナーの情報に結びつくものは何もない。外部関係者とのメールも多数ある。銀行、証券会社などは、日本国内だけでなく、シンガポールや香港、マカオ、イギリス、フランス、スイスなどからの英文メールもある。特に現地の会計事務所や、コンサルタントと思われる人物とのやり取りが多い。やはり、どれもコナーとの関連はなさそうだ。

とその時、新たなメールが届いた。見慣れないアドレスだ。

いったん中断し、受信トレイのアドレスを再度見る。藤原ゆづきからだった。ワシントンＤＣから？　あいつからメールとはどういう風の吹き回しだ。それになぜ俺のアドレスを知ってる？　永友か。

重い気分と、はやる気持ちが一気に押し寄せる。気持ちを落ち着かせ、メールを読んだ。

ご無沙汰しています。元気ですか？　この前会ったのは、いつだったかしら。あなたのことだから、マイペースでやっているとは思うけれど。

私は相変わらず、同じオフィスで働いています。

永友さんから連絡いってるわよね。娘が知らせたみたいで。本当はメールを送るつもりではなかったけれど、永友さんに迷惑はかけたくなかったし、そのことで、少し話しておかなければと思ったの。

美南はあなたに会いたがっているわ。今秋からもう大学だから、彼女も大人よ。彼女の意思に任せようと思ってる。だから、あなた次第。

私はというと、正直言って複雑。でも、会ってほしくないなんて言わないわ。もうずいぶん昔の話だもの。

私のことは気にしないでね。連絡先を書いておくから、もしその気になったら連絡頂戴。

ただ、それだけ。そのことを伝えたくて。

東京はかなり暑い日が続いているみたいね。こっちも夏日が続いているけど、東京よりはましだと思う。

それでは、身体に気を付けて。

しばらくメール文を眺めていた。こっちも複雑な気分だ。娘に会いたくないとは思っていないが、会って何の話をする？　今更会ったって、どうなるものでもない。長い間、ずっと会わずに来たんだ。あの時からずっと会っていない。俺には娘はいないと言い聞かせてきた。なのに、今になって会ってもいいと言われたって、どんな面して会えるんだ。

喉の奥が、またアルコールを欲してきた。

立ち上がり、流し台に溜まった食器の中からグラスを取り出してさっとすすぎ、また元の場所に腰を下ろす。

もう考えるのはやめよう。そんなことを考えている場合ではない。目先の仕事をやっつけなければならない。

足元のウィスキーボトルを手に取り、グラスに半分ほど注ぐ。ストレートで一口、ゴクリと飲む。食道から胃の底にかけて、消毒されたような感触が広がり、妙に頭が冴えた。

藤原ゆづきの幻覚を振り払おうと、意識して頭を切り替え、今日のアバンギャルドでのやり取りを思い出す。だが、まだむしゃくしゃして気分が晴れない。残りを一気に飲む。

にわかに、千年地所の株主状況を知ってどうなる、という考えが脳裏を巡る。

余計なことに足を突っ込み過ぎている。レイラの早期帰国が直接的に課せられた仕事だ。これは明確に、業務範囲を逸脱している。知らぬ間に、くだらない探究心が湧き起こってしまった。株主のことなんてどうでもいいじゃないか。あんな無駄な出費をする必要などなかったんだ。

その時、携帯が着信を告げた。液晶表示はレイラの名を示していた。

「もしもし、岸さん！」

息遣いが荒く、緊迫した声音だ。何か起こったのだろうか。

「何だ？」

「コナーが、大変なの」

泣いているのか、声が震えている。

「落ち着け！　何があった。コナーがどうしたんだ」

応答がない。

「レイラ、大丈夫？　ちょっと貸して」

亜紀の声が漏れ聞こえる。

少しの間。

「かずちゃん、私よ」

亜紀の声がした。

「何があった？」

「今、レイラの携帯に蒲田（かまた）警察から電話があって、コナーによく似た遺体が発見されたって言うの」

「何だと！」

心臓に強い圧迫を受けた。

「それで、至急、遺体の身元を確認してくれないかって」

「わかった。すぐに行く」

饐（す）えた臭いと冷気に満ちた遺体安置所には、目を覆いたくなるような無残な死体が横たわっていた。

なんてことだ。これじゃあ人間の顔じゃない。
でこぼこに腫れ上がり、いびつに変形した土色の顔は、まるで腐った深海魚だ。死因は脳挫傷だというが、全身に打撲痕と内出血が無数にあり、その残虐性は想像を絶する。こんな姿になるまで、よく生きていたものだ。これでは腕のタトゥがなければコナーかどうか判別できなかったろう。

思わず、胃の中の物が逆流しそうになり、腹に力を入れる。次の瞬間、岸の目にコナーの絶叫する姿が浮かんだ。苦しみに悶える身体。死にたくないと泣き叫ぶ声。恐怖に怯える目。痙攣する手足。ひん曲がる顔。開けっ放しの口。そこから垂れる涎。血。反吐。

あの時と同じじゃないか。何も変わっちゃいない。同じことの繰り返しだ。俺は何をやってたんだ。また一人の男を見殺しにしてしまった。

いたたまれず、握った拳を部屋の壁めがけて叩きつけた。怒りはなくなるどころか、壁に跳ね返って倍増した。

レイラは死体に泣き崩れ、号泣していた。悲しみの涙が部屋中に溢れようとしている。コナーは死んだ。岸はただ、自分の無力を恥じるしかなかった。一人の男だけでなく、レイラの一生も台無しにしたのだ。彼女はこれから、この悪夢を引きずって生きていくのだろう。俺がそうであるように、苦悶しながら、ずっとコナーの幻影とともに生きていくに違いない。俺は彼女に何ができるというんだ。どうあがいたって、コナーは生き返らない。

唸るように嗚咽するレイラが、岸に顔を向ける。涙で腫れた目を見開き、歯を食いしばって岸を睨みつけている。

「私、コナーをこんな目に遭わせた人たちを絶対許さない」

「すまなかった。もう少ししっかりと捜査していれば、こんなことには」

「いいえ、岸さんのせいじゃない。できる限りのことはやってくれたし、情報がない中、一所懸命捜してくれた。私、感謝しています」

岸はうなだれ、熱くなる目頭を押さえた。悔しさが胸を締め付け、怒りが全身を引き裂く。

俺のせいだ。もっと真正面からぶつかっていれば、殺されずに済んだんだ。真岡や新井組が関与していたのはわかっていた。無理にでもレイラを警察に連れて行き、拉致の事実を訴え、奴らへの捜査を強く要請すべきだった。これまでの情報を提示すれば、警察もその気になったかもしれない。もしそれが駄目なら、新井組の動きをつぶさに尾行すればコナーに行き着いたのだ。俺は今まで何をやってたんだ。カネが欲しかっただけじゃないか。手を抜いていたんじゃないのか。助けることができたはずだ。俺がコナーを見殺しにしたんだ。

握りしめた拳が震えている。全身が燃えるように熱い。今にも溢れ出る涙を何とかこらえた。

そして、レイラの瞳を見つめて言った。

「俺の手で必ず犯人を捕まえてやる」

25

レイラを亜紀の自宅に送った後、自宅に帰り、ウィスキーを喉に流し込む。やっと酔いが回ってくると、多少は頭がまともに働いた。アルコール依存症に繋がる道に、足を踏みいれてしまったのかもしれない。いやすでに、アルコールの底なし沼に、どっぷり浸っているのだろう。たぶんそうだ。それならばそれでいい。さらに深淵を覗いてやるだけだ。

岸は警察署での刑事の話を反芻する。

通報は匿名だった。若い男の声で、人が死んでいると一一〇番通報してきたという。

岸はこれまでの経緯を担当刑事に説明し、新井組と真岡が犯行に関わっている可能性があることを訴えたが、現場には複数の血痕や指紋が残されており、現在調査を進めていると繰り返すだけで、刑事は言葉を濁した。

レイラへ送られたコナーのメールから、発信者位置情報の特定ができないか確認をしてもらうことになっているが、犯人が偽装したのなら、それは期待できない。

岸が強く訴えたからか、警察は新井組を捜査対象として考えているようだが、その先の真岡へ繋がる保証は何もない。ヤクザの絡んだ組織犯罪は、得てしてチンピラ一人を逮捕して幕引きとなるからだ。この事件が、六九年前の榊木一族焼死という謎めいた事件に起因するとすれば、警察では手も足も出ないだろう。すでに時効が成立し、いったん事故として処理された事案が、今になって事件だとわかれば、警察の威信に関わる問題となる。組織の哲学は、いつだって個人を抹殺して成り立っている。警察組織に雁字搦めの刑事たちに、無用な期待をしない方がいい。

しかも、コナーがこの一族焼死について取材していたと担当刑事に告げたとたん、ジャーナリストがカネ欲しさに、週刊誌ネタを探しているとしか思っていないような、にべもない態度に変わった。それならばそれでいい。俺一人で充分だ。

岸は、元刑事から受け取ったメモ書きを、睨みつけるように見た。榊木一族焼死に絡む関係者が、汚い字で走り書きされたリストには、連絡がつかずにバツ印がついた人物が多くいた。その中に、気になっている男が一人いる。この男は、重要参考人の一人で、先輩刑事も足取りを追っていたようだが、直接関わっていないのでその素性は知らないと、元刑事は言っていた。その横に、蘇川組と記載されていることからヤクザの一味であり、犯行に関わった可能性がある。

岸は携帯を手に取り、石田に連絡した。彼はまだ、オフィスで仕事をしている最中のようだった。

「岸さん、まずいことになりましたね」

コナー殺害の情報はすでに入っているようだが、彼らの部署とは関係ないはずだ。だが、岸の行動が気になるらしい。

「もう所轄には行かれたんですか」

「ああ。担当刑事には、榊木一族焼死の件も話した」

「で、どうでした？」

「期待薄だ」

「そうですか。まあ、七〇年近く前の話ですからね」

「君に頼みがある」

少しの沈黙。

「コナーの関係だったらお断りします。殺人事件が起きたんですよ。動かれると捜査の妨げになります」

岸の予想通りの答えが返ってきた。殺人事件とは関係ない部隊とはいえ、警察組織に身を置く人間としては、そう簡単にはいかないのだろう。それも無理はない。だが、そうやすやすとは引き下がれない。岸は構わず話を続けた。

「犯歴データを調べてもらいたい」

元刑事のリストに載っているこの男は、暴力団の構成員だ。警察の暴力団リスト、あるいは前科・前歴者データから身元がわかるのではないかと、石田に調査を依頼した。

「それはできません。もうすでに、事件が発生しています。所轄が捜査を進めている以上、勝手に情報を流せないのは岸さんだってわかっているでしょう」

そう拒否されることはわかっていた。しかし警察の捜査には期待できない。

「千年地所の内部情報を入手した」

一瞬の間。

「何ですって？」

石田のくぐもった声が聞こえる。

「君たちの追っていた三〇〇億円に関する内部情報だ」

「どういう意味ですか？」

「しらばっくれても無駄だ。マカオへ送金した三〇〇億円だよ」

「なぜそれを？」

石田が言葉に詰まる。俺の読み通りだ。

「どうするんだ？」

「でもあれは、すでにけりがついている案件です」

「そうかな。だったらなぜ、三〇〇億円の匿名口座が、マカオの銀行に眠っているんだ？」

「え！　匿名口座？」

「千年地所の才田のメールアドレスに、その口座履歴の書面があった」

「才田の？」

石田が絶句した。

それは、一平が持ってきたUSBの中にあった。才田のメールをチェックした際に見つけた銀行口座の取引履歴だ。気にはなったが、コナーには関連がないものなので、さっと目を通しただけだった。だが石田たちの捜査にとって、それは喉から手が出るほど欲しい物証のはずだ。

そのメールの送信元は特定できないが、ドメインは.mo。マカオだ。メールには本文はなく、添付ファイルのみ。それを開くと、銀行口座の取引履歴が記載された英文の書面があった。そこには銀行名の記載はないが、送信国はマカオ。何となく想像はできる。おまけに宛名はナンバー。つまり匿名口座だ。取引履歴は入金一回のみ。金額は、なんと三〇〇億円。

「それがなぜ、才田のアドレスに送られてきたのか、その経緯は俺にはわからない。だが、様々な想像を掻き立てるには充分だ。それを突き止めるのは、君の仕事だ」

唸り声がした後、観念したように石田は言った。

「それを見せてください。今どこにいるんですか?」

「男の情報と引き換えだ。明日までに用意してくれ」

26

マカオの朝には、宴の後の静けさと締まりのない気だるさが漂っていた。

道端には、野良犬が食い散らかした生ごみが散乱し、酔っ払いが転がっている。その雑然とした風景をベンツの後部座席から眺めながら、汚ねえ街だ、と元也はぼやく。これからはモナコのカジノだな。こっちにはもう用はない。

商業ビルや官庁の立ち並ぶ街に入ると、その一角でベンツは止まる。目の前にあるのは、バンコ・パシフィコ・アジア銀行本店。

アタッシェケースを持って車から降りた元也は、開いたばかりの銀行に足を運んだ。

銀行を後にし、グランドプリメーロのスウィートルームに戻った真岡元也は、アタッシェケースをテーブルに置き、ベージュの麻ジャケットを脱いで椅子の背に投げ掛けた。

一息つこうと、クーラーからキンキンに冷えたシャンパンを取り出し、火照った身体をクールダウンしているところに、部屋の呼び鈴が鳴る。時計の針は、ちょうどリーが来る時刻を指していた。

「入れ」

リーはリビングに進み、テーブルの上に置かれたアタッシェケースを見つけると、元也に言った。

「大丈夫でしたか？」

「ああ、問題ない。お前が紹介してくれただけあって、支店長が迎えてくれたよ」

「そうですか、それは良かった。あそこは融通が利きますし、支店長は顔馴染でして。今度、一緒にお食事でもいかがですか」

「ああ、わかった」

適当に生返事を返し、元也はアタッシェケースを開いた。目の前に現金の山が現れる。元也はそれを舐めるように見つめた。

日本円で五千万円、香港ドルで五千万円相当、合計一億円の札束だ。

「失礼します」

リーはそう言って、そのうち日本円一〇〇〇万円の束を取り出しテーブルに積んだ。

「かさばりますので、あとは明日、運び屋に持たせます。香港ドルは私の報酬として頂戴しますので、金額を確認してください」

すぐに一〇〇〇万円を摑み上げて、バッグの中へ放り込んだ元也は、香港ドルを念入りに数え、「大丈夫だ」とリーに頷いた。

「当分、日本への持ち込みは控えてください。本当はこんな危ないことはやりたくないんです。次回からはもっと頭を使ったやり方にします」

「心配いらない。すでにマネロン調査は終わっているんだ。それにもう日本に行くのも月に一度だ」

元也はくどい奴だなと苛つく。

リーへの報酬支払にかこつけて、日本で遊ぶためのカネを引き出しただけなのに、いちいち文句を言われたんじゃあ誰のカネかわからない。

カジノの賞金証明書だ。

「それから、これ」

背広の内ポケットから封筒を取り出したリーは、そこから一枚の紙を出して、元也に渡した。

「悪いな」

元也は、金額欄に一〇〇〇万円とあるのを確かめ、丁寧に封筒に入れると、バッグにしまった。

カジノで儲けたカネだと言えば、税関でとやかく言われることはない。もちろんリーが偽造したものだ。ジャンケットはカジノと裏で繋がっているから何でもできると、リーは言っている。今まで、これで問題になったことは一度もない。

「運び屋はいつ？」

「明日の夕刻には」

「へまはやるなよ」

「心配はいりません。万一のことがあっても元也さんの名前は一切、表に出ませんから」

「頼んだぞ」

元也は念押しし、含み笑いを浮かべた。

「ところで、日本で元也さんの記事が出ました。帰国時はずいぶんと騒がしいかもしれませんよ」と白い歯を見せる。

「そんなことはどうでもいいことだ。勝手に騒がしておけばいい」

その件はすでに才田から聞いている。だが、あれが知れたところで、大勢に何ら影響はない。これですべてが終わる。完璧な幕切れだ。そう心の中で呟き、残りのシャンパンをゆっくり飲み干した。

27

うだるような暑さの中、岸は東京駅のホームで列車が来るのを待っていた。

朝一番で、湯河原から真鶴（まなづる）に散在するすべての寺に片っ端から電話をかけ、終戦直後の捨て子の情報を調べたが、回答保留や不在だったりで確認が取れていない寺を除き、すべてが空振りに終わった。そこで、取る物もとりあえず現地に向かうことにしたのだ。

車中、すっきりしない頭の中を整理しようと、これまでに判明した事実を思い返した。

石田は、千年地所のグループ会社からバンコ・パシフィコ・アジア銀行に送金された三〇〇億円の取引を調査したが、問題なしとして終了した。そのカネは、真岡鉄治がカジノで損をして、カジノ運営会社から借りた金の返済に使われたものとされているが、事実はどうかわからない。

岸は前職の時シンガポールに居住し、マカオのカジノへも頻繁に足を運んでいたから、その特殊な資金取引の実態を知っていた。

ハイローラーと呼ばれるカジノのＶＩＰ客は、あらかじめある程度の資金をフロント・マネーとして預託することで、現金を用意する必要がなく、賭けを行うことができる。さらにハイローラーには、クレジット・ライン（信用供与枠）が設定され、チップ（賭けに用いるコインでありカジノにおける通貨）を無担保で融資する制度がある。この制度を使ってゲームに勝てば返済できるが、負ければカジノ運営会社に借入金が残る。

そもそもカジノは、ＦＡＴＦ（アルシュ・サミット経済宣言を受けて設立された政府間での金融活動作業部会）の勧告の中で、疑似金融機関とみなされ、金融機関並みの規制の対象とされているため、各国金融当局の監視下に置かれている。ＶＩＰ客の個人情報や賭け金行動の把握、マネーロンダリング防止のための報告義務や、場内の金銭取引の監視体制などが徹底されているはずなのだが、マカオに限っては別格。まさに金融犯罪の温床なのだ。

才田のメールアドレスに送られた三〇〇億円の口座情報は、千年地所を巡るマネーロンダリングを立証する証拠となりうると岸は見ている。だが、具体的な取引実態はわからない。

一方、コナーは六九年前に起こった事案を追っていた。少なくとも真岡鉄治の関わるマカオの資金取引には関係ないと思われる。

終戦直後という異質な時代。それは岸にとって大きな障壁だった。そんな大昔の日本人が何を思い、どのような暮らしぶりだったのか。そんなものへの関心も想像力も、岸は持ち合わせていない。それに、もしそこに何かを見つけ出すことができたとしても、それはきっと限りなく摑みどころのない残滓(ざんし)のようなものではないだろうか。それによってもたらされるものに意味があるのかどうか、岸にはまったくわからなかった。


背後に山を抱える湯河原駅は、鳥が翼を広げたような扇状地のちょうど首の辺りにある。駅前を県道75号線が東西に延び、東に進めば海へ繫がり、西を向けば、重なり合う山々が見える。岸はまだ連絡が取れない先を一軒一軒くまなく回ったが、海沿いの地域にはそれらしい寺はなく、千歳川に沿って山側に移動していくことにした。

すると、川から少し上った山間にある小さな寺で、捨て子を拾ったという住職にたどり着くことができた。

「父から聞いています。終戦の翌年、山門の下に赤子が捨てられていたと」

銀髪の坊主頭に銀縁メガネをかけた住職は、岸の質問に、柔和な表情で答えた。

岸は、すぐにコナーの写真を取り出し、住職に差し出す。

「その赤子を捜して、コナーというアメリカ人がこちらを訪ねて来ませんでしたか？」

「外国人がお見えになったことはありませんが」

そう呟きながら写真を受け取った住職は、一目見ただけで首を振った。

湯河原の名をコナーは口にした。ここに来れば、何かの手がかりが摑めるかもしれないと期待を抱いていたが、駄目だった。

彼は、ここに来る前に事件に巻き込まれたのだろうか。いずれにしろ、コナーの足取りをこれ以上追うことができない。しかし、ここで諦めるわけにはいかない。

「赤子が置き去りにされた日、熱海で火災があり、ある一家が焼死しています。そのことはご存じですか？」

住職は少し訝しげな表情をした。

「ええ、そのようなことがあったと、父から聞いたことがあります。でも、どうしてそんなことを？」

岸は、宮田から預かった写真を見せ、そこに写る赤子が火災で亡くなった赤子であると説明し、この子のことを調べていると告げた。

「そのことでここにいらしたんですか」

「警察が調べていたと聞いていますが？」

「ええ、結局のところわからずじまいだったと、父は言っていました。熱海はここから一〇キロもありますし、どう考えても、火災と捨て子が関係あるとは思えません」

しかし、一〇キロしか離れていないとも言える。誰かがここまで連れてくることは可能だ。

「当時のことを教えていただけますか？」

彼は頷き、昔を思い返すように、視線を遠くに運ばせた。山々から聞こえる蝉時雨が、夏の暑さを幾分和らげていた。

「父の話では、朝方赤ん坊の泣き声が聞こえたので山門に近づくと、柱の脇に赤子が置き去りにされていたそうです。捨て子なら、名前や生年月日ぐらいはどこかに残しておくだろうと、くるまれていた布や衣服を調べたのですが、そのようなものは何一つ見当たらず、仕方なく、捨てられた日を生年月日に、名前をきく乃と名付けました。ちょうど山門の横に、野菊が白い綺麗な花を咲かせていたからだそうです。当時、父は二〇代の半ばで未婚でしたから、存命だった私の祖父である先々代の籍に入れました。ですから、戸籍上では私の叔母という間柄です。でも一〇歳違いの歳の離れた姉のような存在でした」

住職は、ときおり小刻みに頷きながら語った。

「その子は、こちらで育てられたのですか？」

「ええ、そうです。きく乃さんは地元の中学を卒業すると、川崎にある工場に住み込みで働きに出ました。それからは、たまにしか顔を合わすことはなくて、先代が亡くなってからは一度も会っていません」

「ご自分が捨て子であることを、きく乃さんはご存じなんでしょうか？」

「知っています。兄妹で歳がずいぶん離れていることを考えれば、誰だっておかしいと思うでしょう。そのことは、父が包み隠さず話したと言っていました」

そこで住職は少し視線を落とし、一呼吸置いてから、また話し始める。

「きく乃さんは大変気配りのできる、心優しい方でした。ですから、私たちに気兼ねして、高校へも進学せずに働きに出て行かれたのだと思います」

「きく乃さんは、熱海の火災事故について知っているんですか？」

住職は、ゆっくりと首を振った。

「知らないと思います。少なくとも、父は伝えていません。父は、自分の本当の妹のようにきく乃さんを可愛がっていましたから、心無い周囲の噂が、彼女を苦しめるのではないかと心配し、打ち明けなかったのです」

「今、どこにお住まいに？」

住職は言葉に詰まる。教えていいものかどうか迷っているのだ。

「あなたは、きく乃さんに会ってどうしようというのですか？」

眉を顰めて、岸を見つめた。

「私はただ、コナーというアメリカ人の情報を得たいだけです。彼は、熱海で死んだとされている赤子を捜している。だから、きく乃さんに接触していたのかもしれない」

彼が昨日、死体となって発見されたことは、あえて伏せた。すでに事件に発展しているとわかれば、それに巻き込まれたくないと思うかもしれないからだ。しかし、彼はまだ躊躇していた。

「私は怪しいものではありません」

そう言って、岸は公認会計士事務所の名刺を出し、「警察庁の石田という警察官に、訊いてもらってもいい」と付け加えると、ようやく信用したらしく、彼は、「わかりました」と言って奥に下がり、しばらくして年賀状を持ってきた。そこには、東京都大田区の住所が記載されていた。

彼女の住所をメモし、住職に礼を言って別れた岸は、湯河原駅へ向かう途中、これからどう行動すべきか頭の中を整理していた。今更会ったところで、当時赤子だった彼女に尋ねることなどないのではないか。コナーはここには来ていない。何らかの情報を得て、きく乃の居所を知った可能性も否定できないが、それは限りなくゼロに近い。コナーはきく乃のもとへ行ってはいない。

だが、住職の知らない何かがあるかもしれない。ここまで来たのだから彼女に会っておくべきではないか。目の前にあることを、一つ一つこなしていくしかない。

そう思い立ち、岸は列車に乗った。

京浜急行の雑色(ぞうしき)駅から、北東へ五分ほど歩いたところに、きく乃の家はあった。大通りの騒がしさとは対照的に、人の影も車の音もない寂れた場所に立つ、古びた二階建ての賃貸アパートだった。一階奥まで進んでいくと、突き当りの錆びついたポストに彼女の名前が書かれていた。しかし、西日の当たる窓の中には人の気配が感じられず、ドアをいくら叩いてみても何の応答もない。表札には確かに彼女の名がある。外出しているのだろうか。

その時、隣室のドアが開く音が聞こえた。中年の女が、怪訝な顔で岸を見ている。

「すみません。きく乃さんはお留守でしょうか？」

「あんた誰だい？」

女は不審者を見る目つきで、岸を探るように見た。

「湯河原の住職にここを訊いてきました。怪しい者ではありません」

岸がそう言うと、彼女はきく乃の出自を知っているのか表情を緩め、「きく乃さんだったら、すぐそこの病院に入院してるよ」と教えてくれた。

岸は礼を言い、病院に急いだ。


病院の談話室で彼女を待つ間、まずどこから話を始めればいいのか思案した。自分の出生の状況がわからないのだから、それについて彼女に訊いても意味がない。念のため、コナーについて確認した方がいいだろう。何らかのきっかけで、彼女に接触をしていた可能性もある。きく乃は、熱海の火災事故について知らされていないと住職は言っていたが、そのことは伝えざるを得ない。そうしなければ、前には進まない。

談話室に現れた彼女は、ゆっくりとお辞儀をして席に着いた。その姿を見て、岸は以前、どこかで見かけたことがあるような漠然とした印象を受けた。

顔色が冴えず、疲れた表情の彼女だが、目鼻立ちがしっかりとした容貌には、若い頃の美しさが偲ばれる。その好印象が、デジャブに結びついているのだろうか。いや、ただそれだけではない。何かが岸の脳裏を刺激していた。

「どういったご用件でしょうか」

柔和な瓜実顔には、優しさと芯の強さが同居しているように見える。岸に対して、寛容と警戒の入り混じった表情を表した。

岸はまず、きく乃の居所を湯河原の住職から教えてもらったと告げ、熱海の火災事故について言及した。すでに、そのことを承知しているかのように、彼女は表情を変えずに、黙って岸の話を聞いていた。その火災事故を追って、当時の関係者の話を聞き、現場で赤子の遺体が発見されていないこと、当日、赤子が置き去りにされた事実があることを突き止め、ここにたどり着いたと説明した。

きく乃は岸から視線を逸らせ、何かを思うように、ぼんやりとした目つきで遠くを見つめていたが、岸が話し終えた時、おもむろに口を開いた。

「出生に関することは、もう忘れることにしています。そのことをお訊きになりたいのであれば、すみませんが、お引き取りください」と丁寧に頭を下げた。その表情には何か信念のようなものが垣間見える。自分の過去を穿り返されたくないという気持ちは岸にも充分わかったが、しかし、ここで引き下がるわけにはいかない。

「火災事故についてご存じなんですね？」

岸が言うと、彼女は少し躊躇った後、「ええ、知っています」と小さな声で答えた。

「どこでそれを？」

彼女はそれには答えず、また軽くお辞儀をして立ち上がり、部屋の出口の方に向きを変える。ここで逃すわけにはいかない。

「私は、あるアメリカ人を追ってここまで来たのです」

彼女の背中にそう言った時、彼女の足が止まった。

「コナー・ガルシアというジャーナリストです。歳は四〇。ニューヨークから来日し、榊木一族の火災事故について調べていました」

彼女は振り返り、岸のいるテーブルに数歩近づいて、喉に引っかかった何かを吐き出すように呟く。

「コナー・ガルシア?」

「そうです。コナー・ガルシアです。彼は、父親であるルイス・ガルシアから何かを引き継ぎ、それを確かめるために来日しました。そして昨晩、何者かに殺され、死体で発見されたのです」

彼女の目が大きく見開かれ、息が荒くなるのがわかった。

彼女は何かを知っている。

呼吸を整えるように息を吐き出した彼女は、岸の目をしっかりと見据えた。

「ルイスさんにお会いしたことがあります」

その柔らかくか細い声は、鋼の刃となって岸の胸を突き刺した。

「ルイスと——いつ?」

「あれは、もう二〇年ぐらい前になると思います。突然、私の自宅に現れたのです」

「どうして彼が？」

「私を捜していたと言っていました」

山澤に会いに来たルイスは、彼女の自宅にも赴いていた。

「なぜ、あなたを？」

「遺品を渡すためにです」

「遺品？」

きく乃は元の席に腰を下ろし、一つ大きく深呼吸すると、ルイスが彼女のもとに現れた時のことを話し出した。

ルイスは終戦直後、貿易関係の仕事で来日し、五反田の邸宅に住んでいたことから、桂川家そして榊木家と親交を持つに至った。その後、桂川篤久を引き取る際に、一族すべてが亡くなったため、処分する予定であった榊木家の遺品を、親子のように親交のあった篤久が保存することとなり、ルイスが米国に持参した。桂川篤久が亡くなり、彼から預かった桂川家や榊木家の遺品を整理していたところ、関係者の私物が見つかって、それをきく乃のもとへ届けに来てくれたのだという。

「彼はそのために来日したのですか？」

「そのようにおっしゃっていました」

「その私物とは何です？」

岸の問いかけに、少し間を置き、

「日記とアルバムです」と彼女は答えた。

「日記？」

「はい」

彼女は俯き、囁くように言う。

「舞子という方が、書かれたものだそうです」

「舞子さんがあなたの母だというのですね」

遠くを見つめたまま、彼女は頷く。

ルイスがなぜそんなことを知っていたのだ。警察の捜査では判明しなかったはずなのに。

「どうしてそれがわかったのか、ルイスは何か言っていましたか？」

「会社の元社員から聞いたと言っていました」

「あなたが住んでいる場所も、その方から？」

きく乃はゆっくりと頷いた。そして、その元社員の名前は聞いていないと、首を振った。岸の頭の中には、はっきりと山澤の名が浮かんでいる。ルイスは山澤と会っていたのだ。そして山澤からそのことを聞いた。

ではなぜ、山澤がきく乃の存在を認識し、そして居所まで知っていたのか。元刑事が言ったように、おそらく山澤は、あの火災に隠された何らかの事件に関与していたのだ。そして、その後のきく乃の生活を監視していた。

「熱海にいたはずのあなたが、どうして湯河原の寺に預けられたのか、その経緯について、何か聞いていますか?」

「いいえ、何も。それについてはわからないと言っていました」

すでに多くの関係者が他界している今、その真相を解明するのは困難なことかもしれない。ここまでたどり着くことができたものの、その先へは進めない。真っ暗な闇が、目の前に横たわっている。

それにしても、ルイスの行動には謎がある。彼は山澤からきく乃の居所を聞き、遺品を届けに来たと言った。

しかし、本当にそうなのだろうか。

赤子は死んだと、山澤は証言した。乳児の遺骨が未発見であったとはいえ、湯河原の捨て子は舞子の子ではないと結論づけられたのだ。ルイスが、それについて追跡する動機が見当たらない。

また、山澤が事件に関与していたのなら、なぜ、子供の存在をルイスに打ち明けたのか。

彼の本当の来日目的は、きく乃が聞かされた事情とは違っているように思う。

考えられることは、ルイスが別の理由で山澤に会ったということ。そしてそこで初めて、きく乃の存在を知った。別の理由とは何だったのか。その直後に、山澤が失踪していることを考え合わせると、それは、榊木一族の焼死と関連する何かだと考えられる。

そしてもう一つは、ルイスは初めから、きく乃の存在を知っていた。そしてそのことを隠すために、元社員から聞いたと嘘をついた。火災の裏の事情を訊かれたくなかったからだ。ルイスは、山澤に会っていない可能性もある。しかし、山澤の失踪がルイスの来日と関係があるという前提に立てば、やはり二人は会っていたと考えるべきだろう。では、何のために山澤と会ったのだろうか。ある事実の真相を追及するためなのか。あるいは、危害を加えるためか。

この二つの推理のどちらをとっても、ルイスは、火災を巡る何らかの事件に関与していた、あるいは、その真相を知っていたとみていい。

そして、コナーはそれにどう関わっていたのか。

コナーが山澤に接触を試みたのは、山澤が知っている何かを聞き出すためであり、それは、ルイスが山澤と会ったことと関係があると考えるべきだろう。榊木一族の焼死に関して、少なくともコナーは、何かの端緒を握っていた。それはたぶん、ルイスに関わる何かであり、それを確かめるために、彼は来日したのだ。

考えれば考えるほど、あの火災は事故ではないと、岸は確信に近いものを感じる。

あれは殺人事件だ。元刑事が言ったように、榊木実業を乗っ取るために仕組まれたものに違いない。

きく乃は視線を落とし、テーブルの端を見つめている。

その物静かな面立ちを見て、ふと、思い出したことがあった。宮田から預かった白黒写真だ。

それを取り出して、テーブルに置き、そこに写った色あせた人々の姿に見入った岸は、榊木源太郎の横に控えめに立つ若い女性に目が留まった。きく乃の若い頃を彷彿とさせる、柔らかな面立ちがそこにある。

「ルイスさんが持ってきてくれたアルバムの中にも、それと同じ写真がありました」

その写真を見て、きく乃は言う。

「この赤ん坊を抱いている人が、お母さんの舞子さんですね」

「ええ、その子が私です。名は志保というそうです」

きく乃は、何とも言えない切なそうな表情を浮かべる。

「父親のことは何か？」

「榊木源太郎という人が父親で、舞子さんとともに熱海の別荘で亡くなられたと聞きました」

彼女は、自分が私生児だということを承知していた。今はその現実を、自分の中で消化させているような、無色透明の受け答えをしているように見える。でも、誰も彼女の心の内に踏み込むことはできない。

「そのアルバムと日記はどこに？」

彼女は首を振り、「さあ、ずいぶん古いことなので、たぶん家にあると思いますが」と、顔を背ける。触れてほしくないという顔つきだ。

「その日記にどのような内容が？」

きく乃は少し考えていたが、しばらくして顔を上げ、ふっと息を吐いた。

「母の戦時中の記録でした」

岸は、先を促そうと黙って身を乗り出したが、それ以上、きく乃の口が開くことはなかった。

彼女はそれを見せたくないようだ。だがそこに、何か手がかりになるものがあるかもしれない。今はそれに託すことしか、先に進む術がない。どうしたら、彼女をその気にさせることができるのか。岸は、心の奥底にあるものを正直に口に出した。

「私は、コナーを助けることができなかった。私が彼を見殺しにしたのです。だから私は、彼を殺した犯人を突き止めなければならない。どうしてもこの手で、犯人を捕まえなければなりません。そしてその犯人は、あなたの両親の死にも関わっている可能性がある」

強く結んだ唇が、開かれることはなかった。

「お願いです。力を貸してください」

きく乃は顔を上げ、岸に視線を移す。その瞳には、ゆるぎない意志が感じられた。

「あれは戦時中の日記です。あなたの捜していることとは関係がありません。もう遠い過去のことです。私にとっては、会ったこともない両親のことですから、できることなら忘れてしまいたいと思っています。お力になれず申し訳ありませんが、お引き取りください」

岸はそれ以上言葉を重ねることができなかった。

28

碧は、安井が住んでいたアパートの前にいた。

今日がこの中に入る最後の日だ。できればこのまま遺してもらいたいと思っていたから、何となく胸にこみ上げるものを感じる。

戦前にできた木造二階建ては、所々ガタが来てどこか満身創痍の老人のように見えるけど、使いようによってはまだまだ現役でも通用する。こんなに長い間持ちこたえたのだから、気骨な老人だ。

最初にここに来たのは、高校を卒業してすぐの頃だった。

自宅から近かったこともあり、たまに散歩がてらここに来て、この古い家屋を眺めていた。

正面には石柱の門が二本ぽつんと立っている。そこだけお寺のように見えて、妙に趣がある。災禍から奇跡的に免れた、遺跡のようでもあった。

以前は誰かの住まいだった建物を、賃貸用住宅に改修して使っていると聞いている。石柱に刻まれた文字が擦り減っていて読めないところに、その名残がある。

敷地のあちらこちらに、大きな切り株が土中に埋もれているのが見える。今は生身の木造家屋が、むき出しの状態で人目に晒されているが、石塀の内側には大木が植えられ、庭には草花が色鮮やかな花を咲かせていたのだと思う。そんな昔の光景が目に浮かぶようだ。

石柱の門を通って、自然石の小道を進むと、すぐに格子戸がある。

玄関横の壁に貼り付けられた金属製のプレートが、何とも言えない存在感を醸し出している。隅のところが錆びつき、色もあせているけれど、碧が働く管理業者名と、社員の募集広告の文字はあの頃のままだ。

職を追われ、途方に暮れたあの時、碧は何かに引きつけられるようにここに足を運んだ。ここにこれがあったことはずっと前からわかっていたけれど、気に留めたことはなかった。そう考えると、何かの巡りあわせのように感じてしまう。

解錠し戸を開くと、誰も住んでいないからか、かびの臭いが漂っていた。共同玄関の一畳ほどのたたきの隅にゴミが溜まり、下駄箱には埃が積もっている。夏なのに少しひんやりとしているのは、日当たりが悪いせいだ。空気が籠っていて、ちょっと息苦しい。

持ってきたスリッパに履き替え、廊下に出た。薄暗い通路が延びている。

最初にここに来た頃はほとんどの部屋が埋まっていたから、テレビやラジカセの音、人の話し声が、どこからともなく耳に届いていた。でも、今はもう何もない。人の姿も物音も、何もかもがなくなり、しんと静まり返っている。

一階の道路に面する一番西側の角部屋が、安井の部屋だった。

廊下を進んでいくと、なぜか胸がドキドキしてきた。耳鳴りのような微かな音が聞こえたようにも感じる。安井の部屋から、詩吟が聞こえてきそうな気がして、ふと立ち止まる。でも気のせいだ。そんなことありっこない。

安井の部屋のドアは建付けが悪く、ぐっと力を入れて戸を開ける。部屋には、六畳一間のがらんとした空間があり、澱んだ空気に満ちていた。

中に入って窓を開けた。夏の生暖かい外気がそれと混ざり合い、じめっとして肌にまとわりつく。

部屋は整然としていて、小さな丸いちゃぶ台と、安物の収納家具が一つあるだけだ。そこには鍋が一つと包丁と茶碗と湯呑みしか置いてなかった。

何十年もの人生を積み重ね、本当にこれだけしかないのだろうかと不思議に思うほど、安井は質素な生活を続けていた。彼がよく、「いつ死んでもいい身だ」と言っていたのを思い出した。

押入れのふすまを開けた。暗い空間がぽっかりと口を開け、かび臭さが広がった。そこには布団と衣類が数点あるだけだった。それ以外は何もない。いや、よく見ると、一番奥に何かが見える。思いっきり手を伸ばして取り出すと、小箱だった。二〇センチ角ぐらいの、たぶん無垢材でできたもので、しっかりとした造りだけど、どうみても年代もののように見える。

窓際の明るい場所に持ってきて蓋を開けた。折りたたまれた何かが現れた。それは、ものすごく汚い布きれだった。もとは真っ白だったように思うけど、今は汗のシミや埃で、黄ばんだり黒ずんだりしている。ちょっと迷ったけれど、手に取って広げてみた。赤い糸で縫い付けられた結び目が、布地を埋め尽くすようにいくつもあった。一番上の部分に、武運長久と黒字で書かれている。いったい、これは何だろう。箱の中にはこれだけしかなかったから、たぶん大切なものに違いない。他のものといったら、生活に最低限必要なものばかりなのに、これはまったく違うものだ。何か昔の思い出のようなものかもしれない。もしかして、戦争に関係しているものだろうか。

碧はそれを箱にしまい、その他のものと一緒にワゴン車に載せて、安井の病院に向かった。

病室に入った碧は、まず安井の顔を窺った。顔色があまり良くない。疲れが出ているのかもしれない。

「明日は、いよいよアパートの取り壊しです。さっき、最後の確認をしてきました。荷物は、うちの倉庫に保管しますのでご心配なく」

安井は軽く頷く。

ベッドの脇の、折りたたみ椅子に腰かけた時、安井のかすれた声がした。

「飲食店はどうなったんだい？」

台湾料理店のマスターから誘われている話をしたことがあった。未練はあるが、マスターには断るつもりでいる。

「断ろうと思っているんです」

その理由を、安井はわかっているはずだ。

「後悔するぞ」

「そんなことないです」と言ってはみたが、強がりだ。言いながら、心の中で悔しさが渦を巻く。

借金のこともあるが、それよりも母のことの方が気がかりだった。また失敗したら、母がどんなに心配するかわからない。安井もそのことはよくわかっている。

それ以上何も言わず、安井はぼんやりとした視線を窓に移した。

隣のベッドから、携帯テレビの音声が漏れ聞こえた。七〇年目の夏、と題する報道をしているようだった。

「今年で七〇年目だそうですね」

自然な流れで口にした言葉だったが、言ってみて、少し後悔した。

安井は、またあの暗鬱な沈んだ目をして、手元に視線を落とす。きっと、戦争の話題になったからだ。そこに何か隠然たるものがあるのだろう。それをあえて詮索しようとは思わない。少なくとも、今まではそう考えていた。でも、今日は聞いてみたい。何となく、そんな気持ちになった。

「安井さんは兵隊に行ったんですよね」

何も答えが返ってこないのはいつもと同じだ。戦争のことになると、彼は、口を固く閉ざす。

「話を聞かせてくれませんか？」

碧はそれとなく言った。安井の容態が不安だった。声に力がなく、全身の肉も削げ落ち、身体が一段と小さくなっている。もう彼の話を聞けなくなるかもしれない。

「あんな馬鹿げたことはない」

感情の抜けた声で、安井は言う。

「日本中が狂っていたんだ。もう二度とごめんだな」

今まであまり語らなかった彼が、何を思ったのか、心の内に秘めた悔しさのようなものを吐露した。

「僕たちは、良い時代に生まれたのだと思います。日本は七〇年も戦争がないんですから。あの時代に生まれた人たちは、運が悪かったとしか言いようがない」

彼はゆっくりと頷いた。

「そうだな。あんな時代に生まれていなければよかった」

でも、またそこで話が途切れ、口を閉ざしてしまう。

「安井さんの部屋の、押入れの奥にあった小箱の中身、ちょっと、見ちゃったんですが、あれ何ですか？」

安井が首を傾げ、考えている。

「かなり古くて、黄ばんだ布きれです。赤い糸の結び目がいっぱいあるやつ」

安井の動きが止まったように見えた。何か思い出したんだ。表情が強張ったように思う。勝手に見たのがいけなかったのか。

その時、突然安井は痰を絡ませ、咳き込んだ。

「安井さん！　大丈夫ですか」

苦しそうに身体を丸め、顔を歪めながら悶（もだ）えている。どうしよう。看護師を呼んだ方がいいだろうか。とっさに碧は背中をさすった。小さくて骨ばった背中だ。今にも折れそうで、なんだか怖い。そうこうしているうちに、次第に咳は収まってきた。呼吸が何とか整い、表情に落ち着きが戻った。碧はひとまずほっとして、額の汗を拭う。

彼は肩で息をしながら、首をしきりに振り、ぼそりと言った。

「因果応報なんだ」

意味が飲み込めず、彼の顔を覗き込む。

「自分のしでかしたことは、いつか必ず自分に返ってくる。戦争だって同じさ。運が悪いなど と、片付けることはできないんだ」

そう言うと、彼は目を閉じた。

「戦争なんて、誰も避けようがない」

碧は感情を抑えきれず、突き放した口調で言った。碧の脳裏に、母の姿が浮かぶ。母の不運は避けようがない。あんな境遇になったのは戦争のせいだ。どうすることもできない母にとっては、運が悪かったと諦めるしかないじゃないか。

安井は目を開ける。

「そうだろうか」

かすれた声が、碧の耳にかろうじて届く。

「だってそうじゃないですか？　一部の政治家や軍人が勝手に決めて、それに従えと国民に強制する。どうしようもないですよ」

安井は、俯いたまま何も言わなかった。そのうちゆっくりと、顔をもたげる。

「赤紙が届いた時、お国のために頑張ってこいと皆から激励された。兵隊に行きたくないなんて、口が裂けても言えなかった。戦地で人を殺せと命令された時も、俺は嫌だとは言えなかった。だが、もしあの時、どんなに卑怯者と罵られても、俺には人殺しなんてできないと叫んでいたら、きっと、俺への報いは違ったものになっていたんだ」

彼の目が潤んでいるように見える。悔しさからだろうか。深い悲しみからだろうか。彼の表情を見て、なぜ彼が戦争のことを語らないのか、その理由が、何となくわかったような気がする。

　碧はふと、言葉を漏らす。

「僕の母親は、戦争孤児なんです」

　安井の視線が、碧の目に注がれる。静けさが時を埋めた。その静寂は、かなり長い時間に感じられた。

　しばらくして、安井は息を吐き出すように言った。

「お母さんのことを聞かせてくれないか」

　碧は、彼にすべてを話した。

29

　岸が、石田の指定した霞が関付近のビルの地下にある喫茶店に着くと、落ち着きなく周囲を窺う石田の姿があった。席に着くなり、岸は男のことを尋ねた。

「わかったか」

「そっちが先です。本当に持ってるんでしょうね」

「当たり前だ」

　口座情報の書面を取り出した岸は、それを石田に手渡す。目で追う石田の表情が、一瞬にして強張ったのがわかった。

「本当に、これが才田のアドレスにあったんですか？」

「くどい」

「じゃあ、どうしてこれを岸さんが持っているんです？」

「内部協力者だ。情報元は言えない」

うーんと唸り、書面を睨みつける。

「どこの銀行なんでしょう？」

「さあな」

顔を上げ、岸を覗き込む。

「これだけですか？」

岸は何も言わずに、ＵＳＢを石田の目に留まる位置に掲げたが、すぐに引っ込めた。

「それに何かが記録されているんですね」

「君たちの捜査は不完全だったようだな」

石田が渋面を作り、言葉を飲み込む。

「鉄治の作った三〇〇億円のカジノの借金を、千年地所のグループ会社が返済した。その一連の資金の流れがマネーロンダリングに該当するかどうかを、君たちは追っていた。そして問題なしと結論づけた。だが、事実はもっと複雑だったようだ」

石田は声を絞り出す。

「そのＵＳＢのデータを見せてください」

「わかった」

「今すぐに、オフィスからパソコンを持ってきます」

立ち上がろうとした石田を、岸は制す。

「まずは、男の身元を教えてくれ」

彼は、疑わしげな眼差しを岸に向けた。

「大丈夫だ。俺を信用しろ」

岸が答えると、彼は低い声で言う。

「あの男は、蘇川組とは関係ありませんでした」

「関係ない？　どんな奴だ」

「ちょっと厄介な人物です」

石田は、岸に身を寄せる。

「彼は左翼活動家です。一時、公安がマークしていましたが、今は、その方面との関わりもないようです」

ではなぜ、蘇川組と書いてあったのだ。

「生きているのか？」

「ええ、生きています」

彼は前科者で、現在八九歳という高齢だった。そこに行き着くまでの半生は、息をひそめたものだったに違いない。今も社会主義思想を信奉しているのだろうか。あるいは、拝金主義に走ったこの世の中に埋もれ、心ならずも、生きるための現実的思想に、その考え方を転換させているのだろうか。

ある意味、まったく正反対の思想と思われる蘇川組と記載されていたのはなぜなのか。あの事件の後に、彼の意識に大きな変革があったのかもしれないが、そんなことはどうでもいいことだ。いずれにしろ危険人物であることに変わりはない。得体の知れない奴だ。何かを知っているかもしれない。

石田のパソコンにデータをコピーし終えた後、彼から教えられた住所に向かった。奇しくもそこは、きく乃の自宅のある場所からほど近い位置にあった。

その家屋を見た瞬間、本当に、ここに人が住んでいるのかと不安を覚えた。

見るからに崩れ落ちそうな木造二階建てアパートの壁面は、風雨に晒されて変色している。木枠のガラス窓には埃がこびりつき、共同玄関の引き戸は開かなかった。駄目だ。人っ子一人いやしない。

岸は途方に暮れ、何かめぼしいものはないかと辺りを見回す。壁に貼られた、金属製の広告板に書かれた不動産管理会社の名称に目が留まった。もしかして。

メモを取り出し、社名と電話番号を確認する。やはりそうだ。この物件を管理しているのは斉藤碧の会社だ。偶然にしては出来すぎていないだろうかと思いながら、会社に電話をした。

借り主の親族だと嘘をつき、居場所を教えてほしいと告げると、かなり待たされた挙句、事務の女性から折り返し電話をするという回答を得た。間違いなく、居場所を知っているんだ。

岸はすかさず、斉藤碧の知り合いだと告げる。電話口の女性はその名を聞いて急に態度を軟化させ、また少し待たされた後、近くの病院に入院していると教えてくれた。


総合病院という名称にしては、やけに小規模な病院だった。

受付で名前を告げ、男の病室を聞く。エレベーターで三階に上がり、廊下を進んで突き当り。部屋の入り口に書かれた『安井定吉』という患者名を確かめる。

病室に入り安井のベッドに近づくと、息をしていないかのように、ぐったりと仰向けに横たわる彼の姿があった。

「安井定吉さんですね?」

話しかけると、彼の視線がゆっくりと岸に振れる。頬がこけ、目が窪み、かろうじて息をしているとしか思えない様子だ。

「訊きたいことがあります」

反応の薄い定吉だったが、岸は構わず、六九年前の火災について話した。しかし、どれほど話しかけても彼は何も答えず、深い湖の底に沈んだ岩のように、彼の言葉は永遠に浮かんでこないようだった。

「今日は体調が思わしくないのかしらね」

中年の女性看護師が顔を見せた。

「安井さんについて、お尋ねしたいことがあるのですが」

忙しそうに仕事をしている看護師を無理に廊下まで連れて行き、話を聞いた。

肝臓を患い救急入院したが、体調が思わしくなく、あまり会話もしなくなったと看護師は言う。

「身寄りは？」

口をつぐんでいるのは体調の悪化が原因ではない。彼は意識して、沈黙を続けている。

「ないはずです。時々お知り合いが見舞いに来ていますけど」

「それはどういった方です？」

「斉藤碧さんっていう方はよく来ますよ。そういえば、さっきまでいましたけど、もう帰られたのかしら」

「斉藤碧？」

「ええ、管理会社の」

「管理会社が何の用です？」

「さあ？　先月、救急入院した時も彼が付き添っていたようですから、きっと親しい仲じゃないんですか？　ちらっと見ちゃったんですけど、この前なんか、お守りを渡していましたから」

あの崩れかけたアパートには住人がいなかった。たぶん近いうちに取り壊す予定なのだろう。

管理会社が立退きの面倒まで見ているとすれば、なんとおせっかいな業者だろうか。

その管理会社が千年地所の専任であれば、あの物件も同社が保有しているのかもしれない。

そこにこの男が住んでいるのは、千年地所と何か関係があるのだろうか。

「その人以外に誰か？」

「他にもいらしてましたね」

その知り合いのことを聞き出そうとしたが、看護師は忙しそうに、隣の病室に消えてしまった。

彼の固く閉ざされた口が気にかかる。何かを知っているという感触はあったが、彼の口が開かなければどうしようもない。いずれにしろ今日はこれまでだ。出直すしかない。

元刑事から受け取った関係者リストの、最後の頼みの綱が彼だった。しかしそれは、今にも切れそうな、細い糸のように頼りないものだった。


ひとまず高田馬場の事務所に戻り、千年地所グループ全社の株主名簿を取り出した。

昨夜、新谷一平に個人株主の調査を依頼し、今夜、その報告を受ける予定になっているため、それまでに、株主名簿をもとにグループ会社の資本関係図を仕上げ、絡み合った糸を解いておく必要がある。会社の株は複数の個人に保有されているほか、グループ会社がお互いの発行株式を持ち合う構造になっている。その全容を整理し、資本関係図にまとめ上げるには相応の時間が必要だった。

ようやく書き終えたグループ会社資本の全体像を見つめ、岸は絶句した。言葉が見つからないとはこういうことだ。これじゃあまったくわからない。株主間の持ち合いが複雑すぎて、千年グループの支配者が誰なのか、読み解くことができなかった。こんな難解なパズルのような関係図は、これまで見たことがない。

すでに、一平との約束の時間が訪れようとしている。とりあえず考えることは止め、急いでアバンギャルドに向かった。

まだ早い時間帯のせいもあり、店には客がいなかった。

カウンターには、ぐったりと両肘をつき、テーブルに視線を落とすレイラがいる。カウンター内では、洗い物をしている亜紀の悲哀に満ちた姿があった。店内に流れる〝La strada〟の悲しげな旋律が、二人の心の内を映し出しているように思える。

岸の姿に気付き、亜紀が曇った表情を向けた。カウンターに腰かけ、抜け殻のようなレイラに声をかけると、彼女はゆっくりと顔を上げる。彼女の瞳は、涙で充血していた。

最悪の結果を招いた責任は自分にある。そう考えると、彼女にかける言葉が見つからなかった。

犯人が捕まっても、レイラの気が収まるわけではないだろうが、自分が彼女のためにできることはそれぐらいしかない。必ず犯人を見つけ出してやる。

岸は、今日一日の調査内容をレイラに話し、蒲田警察での状況を訊いた。

「捜査の内容なんて、何も教えてくれない。コナーの家族のことやアメリカでの仕事の関係、なぜ日本に来たのかをいろいろ訊かれただけ」

すでにマスコミは騒ぎ、アメリカでテレビ報道もされた。コナーの叔母夫婦は今日の夜、成田に到着する予定であり、着いたらすぐに連絡が来ると、警察から知らされたという。

「私も、岸さんと一緒に犯人を捜したい」

レイラの声が震えている。

「何を言っているんだ。君は何者かに連れ去られるところだったんだぞ」

「私は平気よ。岸さん、警察が六九年も前の事件に興味を持っていると思う？　もうとっくに時効になったものを今更捜査なんてしない。だから、岸さんと私でそれを調べるしかないのよ」

「君は駄目だ。危険すぎる」

岸が強く拒否すると、レイラはもどかしさに耐えるように、歯を食いしばった。

「それよりも、なぜ、君が狙われたのかを考えてほしい。君はコナーから何かを聞いていないか？」

「よくわからないわ。ずっと考えていたんだけど、まだ頭の中が混乱していて考えがまとまらないの」

その時、ドアが開き、一平が現れた。

「すみません、遅れちゃって」

ビールを注文し、カウンターに腰かけたのと同時に、「で、どうだった？」と、岸は待ちきれずに訊いた。

一平は額の汗を拭い、息を切らしながら答える。

「九〇人の株主のうち、現役社員が三〇人。彼らはすべて元役員で、今は顧問職ですが、真岡と通じている可能性を考えて連絡を避け、その他の株主に連絡をしました。そのうち、本人と話せたのはわずか一三人。全員が千年地所の元社員です。そして彼ら全員が、自分が株主であることついては、よく覚えていないと言っています」

「覚えていない？」

それは消極的に、株主であることを否定していると聞こえなくもない。

「かなりのご高齢ということもあると思います。ただ、僕が株主名簿に載っていることを話したとたん、口を閉ざすんです。しつこく聞くと、結局はよく覚えていないということに」

そう言って、ビールジョッキを口に運ぶ。

「何か込み入った事情がありそうだな」

「ええ、そんな感じでした」

「あとの者は？」

「やはり千年地所の元社員ですが」

そこで、一平の目に力が入った。

「ほとんどの株主は、他界しています」

「何！　死んでる？」

聞き間違いかと思った。

「そうなんです。株主は死者だったんです。それも彼らの相続人は、亡くなった者が株を持っていたことを知りませんでした」

なんてことだ。そんなことがあっていいのか。死人を株主にするなんて滅茶苦茶だ。

「岸さん、これってどういうことなんでしょうか？」

「どうもこうもない。それは名義株だ」

「えっ！　だって、もう亡くなっているんですよ」

「そんなこと、ばれなければどうでもいいと思ってるんだ。半ば強制的に、社員に承諾させていたのかもしれないが、知らないうちに名前を使われていた可能性もある。社員が亡くなった後は、そのままほったらかしにしていたんだ」

「ちょっと待ってよ。いったい何のことを言ってるの」

レイラが声を張り上げ、岸と一平の会話に割って入った。

「そんなに勝手に株主を変えられるわけないじゃないの」

「いや、それが簡単にできるんだ」

「え？」

レイラの眉間に深い皺が寄る。

「この前行った法務局に登録されているんじゃないの？」

「あれは不動産の登記情報だ。株主名簿を登録する公的な機関は日本にはない」

目を点にするレイラに、言葉はなかった。

「だから、会社が管理する株主名簿だけが決め手になる」

「そんな。だったら、オーナーが勝手に誰かの名前に書き換えても、誰もチェックする人がいないの？」

「そんな機関はない。あるとすれば、オーナーが死んだ後の、相続税の税務調査ぐらいだ」

だが、調査対象となる者はごく一部。ほとんどの会社はノーチェックと言っていい。

以前は、株券を保有する者が株主としての証だったが、法律が改正された現在では、原則株券は発行されない。上場会社であれば、信託銀行などが株主名簿を管理しているが、非上場会社では、会社自身で管理している。つまり、会社が作成する株主名簿が拠りどころとなる。

レイラは頭を左右に振りながら、絶句した。

「でも、なぜそんなことを？」

一平が言った。

「そうよね、何の得になるっていうの。それに、そんな名義株なんて聞いたこともないわ」

「いや、程度の差はあれ、こういう例はよく見かける」

「本当？」

レイラが疑念の目を向ける。

「ああ本当だ。俺は以前、企業の資産査定や企業買収のコンサル業務をやっていた。そこでしばしば、真正な株主の確定で悩まされたことがあった。もし株主名簿に虚偽記載があり、その偽りの株主との間で売買契約が結ばれてしまうと、真正な株主から、売買無効の訴えを起こされるリスクがあるからだ。特に社歴の長い会社にあっては、株主名簿に名義人が潜んでいることが多いのも実情だ」

レイラが口をぽかんと開けている。

「様々な目的が考えられる。マネーロンダリング、脱税、金融詐欺。これほど多くの株主を偽るのだから、非合法なことをやっているのは間違いない。それもかなり大規模に」

「つまり、それは組織犯罪ということですか？」

一平の顔から血の気が引いた。カジノの借金返済どころか、自分の会社が、陰で途方もない犯罪グループを形成しているのではないかと考えているのだ。

「これを見ろ」

岸は、自らが作成した資本関係図を差し出した。レイラと一平が覗き込む。

「何よ、これ。矢印がいっぱいあってよくわからないわ」

「資本関係図だ。この矢印の方向は、株の所有を表している」

「こんな複雑なもの、岸さんが作ったの？」

「ああ、そうだ」

レイラと一平は目を丸くしている。岸は図を指し示す。

「現在、七〇社近くある千年地所グループは、この資本関係図を見る限り、千年地所が、全グループ企業の株式を支配する頂点にあるわけではない。千年地所グループと呼称されてはいるが、第三者である個人株主が存在することで、完全な一〇〇％支配の関係じゃないんだ。個人株主が筆頭株主の場合や、資本の結びつきが希薄なグループ企業、あるいは、複雑な株式持ち合いのために、支配関係が解明できない会社もある。つまり、誰がオーナーなのかがわからない」

「じゃあ、これら名義株の所有者は、いったい誰なんでしょう」

一平が興奮して言う。

「考えられるのは、千年地所あるいは他の千年地所支配下の会社、または真岡一族、それともまったくの第三者だ。その行方しだいで、千年地所のオーナーがガラッと変わる」

肝心の千年地所の発行株式は、わずか二〇％を真岡が、同じく二〇％を未来財団が、残り六〇％をグループ企業と個人株主が保有している構図となっているが、そのグループ企業の株主もまた、他のグループ企業なのである。名義株の帰属は、この複雑な支配構造を解き明かすためにも必要であることは言うまでもなかった。

「どうしたらいいの、岸さん？」

岸は唸る。こんな大がかりな事例は見たことがない。ふとある人物の顔を思い出した。奴に訊けば、何かわかるかもしれない。

岸は携帯を手に取ると、企業の資本政策に詳しい元同僚の税理士に連絡をし、これから向かうと告げた。ひたすら、金儲け主義に徹している欲深い男だったから、夜遅くの、カネにもならない急な依頼に嫌味を言われたが、頭の中を整理しないことには、明日に繋がらない。

一人で向かおうと席を立った岸に、レイラが同行すると言い張った。説得したが、頑として聞き入れず、仕方なく彼女を引き連れて、神谷町に向かった。

「俺の都合も考えろ」

東京タワーのネオンが望める役員応接室に通されると、脇田隆之は、脂ぎった仏頂面で岸を迎えた。

企業の財務戦略や事業承継など資本政策全般を専門的に扱い、監査法人勤務時には、その知識と深い読みに、岸はずいぶんと助けられた。組織に不向きな彼は、退職後、自らが設立した税理士法人の代表社員となり、精力的に事業を展開している。

「また肥えたな」

「大きなお世話だ」

夜の部の営業活動が祟ったのか、ぼってりと出た腹をさすりながら、彼は革張りのソファーに腰を埋めた。内臓はおそらく、フォアグラ状態だろう。

「何の用だ」

「世間話だ」

不審な目を向ける脇田にレイラを紹介すると、岸もソファーに座り、眉を顰める脇田の目の前に、資本関係図を滑らせた。

「これが世間話なのか」

脇田は文句を言いながらそれを手に取り、見た瞬間、「何だこれは」と、臭い息とともに言葉を吐く。

「あるグループ会社の資本関係図だ。そのうち、真岡という人物以外の個人株主は名義株だが、誰が実質株主かはわからない」

「それで？」

脇田は冷めた表情を作った。

「俺は、こんな複雑な株の持ち合い構造を見たことがない。お前なら、これを見て何か閃くことがあるかもしれないと思ってな」

脇田は、資料を見つめながらしばらく考えていたが、視線を下げたまま首を捻り、「なんでこんなぐちゃぐちゃな持ち合いをしてるんだ」とぼやいた後、岸を見上げるように見つめた。

「この名義株が誰のものなのかがわからなければ、答えようがない」

たぶん、そう来るだろうと踏んでいた岸は、「真岡のものならどうだ？」と返した。

脇田はまた関係図とにらめっこした後、「相続対策かな」と、自信なげに呟いた。

「それが順当か」

脇田は資料をテーブルに放り投げ、ソファーにのけ反った。

「この真岡は何歳だ？」

「九〇歳を超えていると思う」

「じゃあ、決まりだ」と一言発し、立ち上がる。

「それって、どういうこと？」

レイラが首を傾げている。

「相続税を免れるために、自分の保有財産を隠そうと他人名義にするんだ」

岸はそう説明すると、レイラはすぐに納得した。

「この複雑な持ち合いはどう解釈すればいい？」

重厚な役員用デスクの後ろに回り込んだ脇田は、木製サイドボードからスコッチウィスキーを取り出し、三つのグラスに注ぎ込んだ。

「まあ飲め」

レイラが、真剣なまなざしを脇田に送りながら立ち上がり、グラスを岸に渡す。

脇田はデスクの角に腰を載せ、グラスを揺らしながら言った。

「よくわからない。というか明確な意思が感じられない。もしかすると、意図的に行われたのではなく、買取の請求があった時々に、資金に余裕がある会社が取得した結果として、そのような複雑な形になったのかもしれない。しかし、これが意図的に行われたものであれば、かなりの頭脳派の仕業だ」

ウィスキーを喉でころがし、また話し始める。

「財産は、個人が保有するのではなく、会社に保有させるのが相続対策の常套手段だ。その意味においては、会社に保有させて株式の持ち合いを進めるのは効果的と言える」

「それ、どういうこと？」

レイラが岸の顔を窺った。

「日本の相続税は個人に課税されるものだから、個人は財産を直接持たず、会社に持たせる。そうすれば相続税が安くなる。そうだよな、脇田」と、岸はその道の専門家に話を振った。

「そうだ。概念的には、会社の株を持っていれば、会社の保有財産の価値がその会社の株式評価に反映されるから、個人で持っていても、法人に持たせても、価値は変わらないはずだが、相続税の財産評価は、そういう単純計算ではないんだ。つまり株の評価は、いくらその会社が一〇〇億円の価値のある株や不動産を所有していても、一億円の評価の場合だってある」

レイラが、信じられないといった顔つきで、目を細めた。

「だから、個人所有を極力少なくして、会社に財産を持たせる。それが相続対策の極意だ。自宅も会社に買わせ、社宅として極端に安く借り受ければ、相続税の節税だけじゃなく、修繕費や固定資産税や減価償却費だって会社の経費になり、個人所得税の節税になる。政商と呼ばれた小佐野賢治や、西武グループの堤康次郎も、同じことをやって節税していたのは、有名な話だ」

脇田は、ウィスキーを片手にソファーの脇に立ち、講演でもしているように、財団法人についてもこう指摘した。

「財団を支配できるのは内部組織である理事会だ。その構成員である理事を親族だけで固めるのは、監督官庁から許可されていないが、絶対服従する者を理事に据え、自らが理事長になれば、その財団を牛耳ることができる。しかも、財団は株を発行していないから、いくら財産を持っていようが、理事に相続税はかからない。このようにすれば、二〇％しか株を持っていなくても、全グループ会社の支配権は確保できる」

「トリックね」

レイラが頭を振る。

「まったくナンセンスだわ。でもなぜ、そんなことまでして税金逃れをするの？」

岸は、もっともな質問だと思いながら言った。

「日本では相続税がバカ高いんだ。最高税率が五五%だからな」

「え！　そんなに。だったら、いっそのこと海外に出ればいいじゃない」

「そんな簡単な話じゃない」

今度は脇田が答える。

「海外移住する場合、出国時に特別な税金がかかる。それに、五年以上海外に住んでいないと相続税が非課税にならない」

「じゃあ、みんなどうやって相続税を払っているの？」

「だから相続対策をしているんだ。何もしなければ、後継者は会社から借金をして支払うことだってある」

その返済が終わる頃、自身の相続が発生する。見方を変えれば、相続税を支払うために、後継者は会社経営を維持しているのだと、聞いたことがある。

「そんなことまでして、なぜ子供に会社を継がせようとするの？」

最も基本的で単純な命題だが、合理的な答えの見出せない質問だった。

岸も脇田も答えに窮した。

「相続税で大変だったら、いっそのこと株なんて売却して、現金をあげればいいんだわ。その方がずっとハッピーでしょ」

「いや、経済的な観点から言えば、それはそれほどハッピーなことではないんだ」

脇田が答える。

「株を売れば、譲渡益に対して約二〇％の所得税などがかかり、残りの約八〇％に、五五％の相続税がかかる。つまり、手元には三六％の現金しか残らない」

そう説明し終わると、レイラはそれ以上反論してこなかった。彼女は心の中で、可哀想な国民だと感じているのかもしれない。

「とにかく、税金対策が重要なんだ」

脇田はグラスを片手に、ソファーに座る。

脇田の言うように、株式の複雑な持ち合い、そして元社員の名義株は、真岡の究極の相続対策となっていることに間違いないようだ。

やはり真岡が実質的な株主なのか。

「名義株が真岡のものであることを証明するには、どうすればいい？」

岸が脇田に問うと、「名義人を問い詰めて、吐かせるしかないな」とうそぶく。

「その本人が、すでに死んでいるとしたら」

「何？」

脇田はグラスを唇につけたまま、動きを止めた。瞑目して、しばらく黙っていたが、「それじゃあ、真岡本人に訊くしかないだろ」と、急に投げやりな言い方に変わり、最後の一口を飲み干すと、約束があるからと急いで事務所を出てしまった。

これ以上、そんな胡散臭い話に付き合ってはいられないということだろうが、無報酬では付き合いきれない、という意味も含まれていることは確かだった。

30

羽田空港。

キャセイパシフィック最終便の到着ロビーでは、多くの報道関係者が真岡元也の帰国を待ちわびていた。

ゲートを出た瞬間、おびただしい数のフラッシュに迎えられた元也は、濃いサングラスの下に隠れた切れ長の瞳を、忌々しげに細めた。

こんなにいるとは思っていなかった。うんざりだ。明日の夜には日本とおさらばするこの時期にばれるとは、タイミングが悪いとしか言いようがない。

しかしこの際、大々的にカジノの借金報道を垂れ流せばいい。考えようによっては、それも大歓迎だ。そうすればそれが既成事実となり、裏に隠された真実など、気付く者はいなくなる。

博打で大損した哀れな男を演じ、精一杯、みじめな面を見せるのがいいだろうか。それとも逆に、はした金だと言わんばかりに、胸を張って取材に応える方がいいか。元也はいろいろと思案した末、普段通り何食わぬ顔で、取材陣の群れを通り過ぎることにした。

会社からの借金はすべて法律に則って処理され、法的な問題は一切ない。すでに警察の調査は終わっているんだ。何も心配はいらない。しかし、国税の調査はこれからだ。思わぬところで墓穴を掘らぬよう、ポーカーフェイスに徹した方がいい。

といっても、明日の夜には日本を出国しモナコに移住する。もう日本の税務署は追ってこない。明日までの辛抱だ。

記者たちの呼びかけにも応じず、群集をかき分けるように進み、出迎えの運転手を見つけると、車に乗り込んだ。

「銀座に頼む」

とりあえず、つまらないことは忘れてホステスでもからかいに行こう。元也は革張りのリアシートに腰を埋め、ほっと一息ついた。

31

脇田の事務所を後にした岸とレイラは、タクシーでアバンギャルドに向かっていた。

結局のところ、名義株が誰のものなのかがわからなければ、先に進まないことがわかっただけだった。真岡であることはまず間違いないが、死人に口なし。これではどうすることもできない。岸はどん詰まりのもどかしさを感じていた。

レイラはずっと黙ったまま、窓外の暗い景色を眺めている。彼女は何を考えているのだろう。袋小路に入り込んでしまったこの状況を歯痒く思っているのか。コナーの死を悼み、犯人への憎悪を募らせているのか。きっと、様々な思いが錯綜していることだろう。心の中の整理箱に種々雑多なものが散乱し、選り分けることができず戸惑っているのかもしれない。

車は右手に真っ暗な皇居を望みながら、内堀通りを北へ進んでいる。

三宅坂の三叉路を過ぎたところで千年地所本館ビルをかすめ、半蔵門を左折して少し行った辺りで、隣からレイラの声が聞こえた。

「岸さん、付き合っている人いるの？」

思いがけない問いかけに言葉を詰まらせていると、彼女は独り言のように話し続けた。

「私たち、ＮＹに戻ったら一緒に住もうって話していたのよ。パパには反対されてたけど、ゆくゆくは結婚したいなって思ってた。彼もそのつもりだったの」

彼女の顔を見る。車内は暗くてよく見えないが、声が悲しそうだ。愛する男を失ったんだ。無理はない。返す言葉が見つからない。

「二人で暮らす家も見つけてたの。職場にはちょっと遠くなるけど、周りには自然がいっぱいあって、環境が抜群だった。南側には大きな窓があって、リビングが広くて、とっても素敵な部屋だったの。犬も飼おうって言ってたのよ。でも、もう――」

言葉が途切れる。すすり泣いているようだ。

「昔、付き合っていた女がいたんだ」

自然と言葉が出る。レイラの視線を感じる。

「そうなの。いつ頃のこと？」

「もう、ずいぶん昔だ。俺が二〇代の頃」

「結婚は?」

少し躊躇いながら答えた。

「考えていなかった」

「そうなんだ。相手の方は?」

「さあな」

「どういう人だったの?」

難しい質問だ。首を傾げた。

「じゃあ、どこで知り合ったの?」

「グループ会社のコンサルティングファーム」

「それ、もしかしてベイリーインターナショナル?」

「ああ、その日本法人」

「プロフェッショナル?」

「そうだ」

「じゃあ、世界中を飛び回っていた女性だったのね。今もそこに?」

「今は違う」

「なぜ結婚を考えなかったの?」

「なぜだろうな」

結婚して、平凡な家庭を作ろうなんて、これっぽっちも考えていなかった。子供なんていらなかった。彼女も同じだと思っていた。少なくとも俺はそう思っていた。

妊娠したと聞いた時、俺は迷わず堕ろせと言った。だが、彼女の答えは違っていた。勝手にシングルマザーとなった彼女は、さっさとアメリカに渡り、美南を女手一つで育て上げた。

三年が経った頃、出張でアメリカに行ったついでに、ゆづきと会ったことがある。その時の心境など、もう覚えていない。あまり考えもせず連絡し、彼女もそれに応じた。肌寒い時期のセントラルパーク。地面には雪が残っていた。一人彼女を待っていると、真っ白なコートを来たゆづきが現れた。彼女の脇には、頬を赤くした幼い美南がいた。真っ赤なダッフルコートと真っ赤な毛糸の帽子。今でも俺の目に、鮮やかな色を残している。もちろん、俺は父親として会ったのではない。ママの昔のお友達。

もう、彼女は忘れているだろう。

その時初めて、娘の人生のことを考えた。父親のいない人生。自分の言った言葉を恨めしく思った。なんてことを言ってしまったんだと、俺は後悔した。だが、もう遅い。いつも気付くのが遅いんだ。

俺には、美南に会う資格なんてない。救いようのない、屑野郎だ。

岸は窓外を眺めた。車は明治通りに入っていた。左手にラブホテル街が見える。街のネオンが残像を残して通り過ぎていく。真っ赤な残像が、目に焼き付いている。

その時、レイラの携帯に着信があった。

彼女の話の内容から、コナーの叔母夫婦が成田に着いた知らせのようだった。

信号待ちで止まった車窓に、ざわついた夜の新宿の景色が映る。ゆづきの姿が目に浮かぶ。

あれから一五年。一度も会っていない。あっという間だ。いろんな女が俺の前を通り過ぎた。だが、あいつとは縁が切れないようだ。今更、愛なんてものがあるわけじゃない。そんなもの、とうに忘れている。ただ、言葉では表せない何かが、今も二人を結びつけている。それが美南なのか。俺にはわからない。

肩を抱き合った男女が見える。手を繋ぎ、見つめ合うゲイもいた。そのうち彼らは、ホテル街の暗がりに消えていく。その時。

「何ですって！」

彼女の顔を見た。派手なネオンの灯りで、彼女の顔が浮かんでいる。

「それ、本当？……いったい、ルイスって何をしていた人なの？」

一通りの話を終え、電話を切った彼女の顔には、恐怖の色が浮かんでいた。

「何があったんだ？」

すがりつくような眼差しを岸に向け、茫然自失の表情で、彼女は言った。

「ルイスは、二〇年前に殺されていたの」

「えっ！」

「日本から帰国した直後によ」

どういうことだ。一瞬、思考が止まる。次第に近づく救急車のサイレンの音で、岸はかろうじて我に返る。

「なぜルイスが？」

「自宅に押し入った強盗に殺害されたらしいわ。親子で殺人事件なんて、偶然とは思えないって、叔母さんも怖がってた」

「犯人は？」

「見つかってないみたい」

「強盗なんかじゃない。ルイスは口封じのため殺されたんだ」

「ええ、私もそう思う」

そしてコナーも。同じ犯人に殺された。ルイスのもたらした何かがコナーに引き継がれ、それが引き金となった。その何かは、親子二人の命を奪った。

ルイスは、いったい何をもたらしたのか。

「ルイスについて、叔母さんが気になることを言っていたの」

青い瞳にヘッドライトが反射し、不気味に揺れた。

「貿易会社の支社長という肩書の他に、プロテスタント系宗教団体の会員として、日本で普及活動をしていたことがあるみたい」

「何だ、それは？」

「それがグノーシス会という組織なの」

「何だって！　あの団体か」

コナーの地図に示された三つの場所のうち、芝大門のビルがその会の所有だ。レイラもそれに気付いていると、目で合図をした。

不動産登記情報では、一九四九年に榊木実業からビルを取得した団体だったが、ＨＰの情報しか持ち合わせていない。

「その宗教団体とはいったい何だ？」

「わからないわ。調べてみないと」


アバンギャルドの店内には、カウンターに一人とテーブル席に一組の客がいて、マスターと亜紀の他に、アルバイト女性が一人増えていた。

マスターに挨拶し、店のパソコンを借りて、テーブル席に陣取ったレイラは、グノーシス会のＨＰを開き、目を皿のようにして調べている。その横で、岸が静かに見守っていると、突然彼女が呟いた。

「この名前、どこかで聞いたことあるような気がする」

「何だ？」

「このグレン・Ａ・ムーアっていう人物」

パソコン画面には、初代代表と記されていた。

レイラが即座にキーボードを叩き、関連する情報を調べ始める。手持ち無沙汰の岸は、カウンターに移動し、亜紀にズブロッカを注文して、今日までに起こった様々な出来事を頭の中で整理していた。

　しばらくして、「わかった！」というレイラの声が聞こえた。すぐにテーブル席に移動すると、レイラの目が何かに取りつかれたように怯えていた。

「第二次大戦で、欧州戦線を指揮した米陸軍の元帥よ」

　それを聞いた岸の胸が、異様にざわついた。

　軍人が代表を務める宗教団体。その会員であるルイスが、GHQが接収した桂川家の敷地に居住。そして榊木実業との不動産取引。それらの事実を重ね合わせると、GHQと榊木実業とグノーシス会との間に、特別な関係が浮かび上がる。貿易会社の日本支社長という仮面の下で、ルイスは、その三者を繋ぎ合わせる役柄を演じていたのではないだろうか。

「ルイスがあの屋敷に住んでいた理由が、これでわかった。グレン・A・ムーアの口利きだったんだ」

　軍関係の仕事をしていたからではなく、宗教団体の幹部が軍人だったから、あそこに住めたのだ。

「私、なんだか怖くなってきた。これってGHQが絡んでいるってことでしょ。もしかしたら、かなり大掛かりな裏取引があったんじゃないかしら」

「裏取引？　日本史の研究家として、何か思い当たることでもあるのか？」

　レイラが、鬼気迫る形相で岸を見つめた。

「終戦直後の日本を想像してみて。絶望感や虚無感が蔓延し、人々は想像を絶する苦しみを味わっていたはずよ。そんな精神的空白を埋めるには、宗教が欠かせない。事実、全国で新興宗教が生まれたわ。それを『神々のラッシュ・アワー』って呼んでいたの」

「『神々のラッシュ・アワー』？」

「ええ、でもそれらは、ＧＨＱが仕組んだものなの」

「どういうことだ？」

「戦後すぐに、彼らは政府に『神道指令』を出し、国家神道を廃止して、信教の自由を確立させた。これを受けて、昭和天皇が詔書を発布し、自ら現人神（あらひとがみ）であることを否定したの。それがいわゆる『人間宣言』。これらは、天皇を神とする日本国民の精神を改造するために、ＧＨＱが画策したものなの」

「日本人のイデオロギーまでも奪い取ろうとしたわけだな。どん底にいる国民を手玉に取るには、絶好のチャンスってわけか」

レイラは岸の言葉を受け流し、話を続けた。

「日本が、二度と軍国主義に走らないように、あらゆることをしたの。カトリックも積極的に日本の要人にアプローチして、昭和天皇をカトリックに改宗させようとまでした。思想教育よ。天皇は神ではない、人間なんだ。天皇陛下万歳って、自らの命を犠牲にすることなんてナンセンスだってね。マッカーサーもカトリックの普及には賛同したようだけど、フリーメイソンも同じように、天皇を会員にしようと働きかけたらしいわ」

フリーメイソン？　と岸は心で呟いた。

フリーメイソンとは、自由・友愛・平等を理念とする友愛結社で、特定の宗教組織との関係はないと聞いている。その起源は中世ヨーロッパの石工組合とされているが、近代になって、イギリスを中心に貴族や知識人たちの組織として世界に広まり、その会員には、世界的な著名人が名を連ねている。欧州では、作家のヴィクトル・ユーゴーや科学者のアイザック・ニュートン、ロスチャイルド、イギリス首相のウィンストン・チャーチル。アメリカでは、ジョージ・ワシントン、ルーズベルト、トルーマンといった歴代大統領の多くが会員だった。

「彼らが日本に関係しているのか」

「大ありよ。マッカーサーをはじめ、ＧＨＱの幹部の多くが会員だったんだから」

「マッカーサーが？」

「ええ。そうよ。彼は来日する前、フィリピンのマニラで司令官をやっていた時に、フリーメイソンに加入しているの。その他には、財閥解体や財産税を担当した、経済科学局の二代目局長ウィリアム・フレデリック・マーカット。Ｍ資金のＭは、彼の頭文字をとったことで有名よ」

Ｍ資金——岸もその名を聞いたことがある。ＧＨＱが占領下で没収した日本の財産を、極秘に運用していると噂になった秘密資金だ。それをネタに、戦後の日本で様々な詐欺事件が起きたことは、経済人なら誰もが知っている。

「それから、新憲法制定や公職追放を担当した民政局長であり、マッカーサーの分身とも呼ばれたコートニー・ホイットニー。極端な反共産主義者で、『赤狩りのウィロビー』と恐れられた参謀第二部（G2）部長のチャールズ・ウィロビー。彼は、キャノン機関というG2直轄の秘密諜報機関を設置して、右翼や旧軍人を使って反共工作活動を推し進めた、いわば寝業師なの。後に、CIAにも関わってるわ。初代国鉄総裁が通勤途中に失踪し、翌日死体となって発見された、下山事件への関与も疑われたのよ。彼ら以外にも、GHQにフリーメイソンはいっぱいいたわ」

日本の占領政策の要のポジションにフリーメイソンが存在し、事実、彼らが戦後の日本の改革を推し進めた。そこに、様々な謎や憶測が生じ、実際に起きた事件との関係が噂されるまで、日本社会に入り込んでいたことになる。

「フリーメイソンが、日本で活動していたとは知らなかったな」

「戦前から活動をしていたわ。だけど、その会員はすべて白人だったから、日本社会には入り込んでいなかったんじゃないかな。真珠湾攻撃後に、国内のメイソン資産が日本政府に押収されて全滅したんだけど、戦後になって、丸の内の三菱商事ビルに拠点を置くと、彼らは普及活動を活発化するの」

まさにGHQの本部であり、マッカーサーの執務室があった第一生命ビルと目と鼻の先の、しかも、一等地のオフィスビルにフリーメイソンの拠点があったとは意外だった。

「フリーメイソンがGHQを支配していたことはわかった。それが、ルイスとどう関係があるんだ」

彼女の歴史講義に付き合っている場合ではなかった。

「ルイスが、グノーシス会という宗教団体の拠点を作るため、ＧＨＱに入り込み、機密情報を入手することができたとすれば、それを使って、榊木実業と何らかの裏取引をしていたと考えることができるんじゃないかしら」

岸の頭にも、同じような推理が働いたのは事実だった。

「情報漏えいの見返りに、あの芝大門のビルの寄付を受けるとか」

「ええ、そうよ。似た例はあるわ。フリーメイソンの日本本部は、現在、東京タワーの近くにあるんだけど、そこはかつて、日本海軍の親睦団体『水交社』が保有していた本部ビルで、山本五十六元帥の国葬の列がそこから出発したくらい、海軍にとっては大切な場所だったの。でも、空襲で焼け残ったこのビルを終戦後、米軍が接収してサロンや宿泊施設に使用し、接収解除後も返還されなかった。代わりに優先的に払い下げを受けたのが、フリーメイソンだったの」

それを聞いて、岸の全身に鳥肌が立った。

終戦後の混乱期には、それまでの既成勢力は崩壊し、新たな枠組みが生まれる。滅びゆく者たちから、濡れ手で粟を摑み取るように、有利な条件で不動産を手に入れる者もあれば、それに便乗して、利益をむさぼる輩もいた。

日本国のあらゆる政策をＧＨＱが決めていた占領下、彼らが政府に圧力をかければ、どんなことでも従わざるを得ない。それだけ強権であり、重要な政策の情報が集まっていた。その機密情報を手に入れることができれば、彼女の言うように、何らかの裏取引があった可能性は否定できない。

その時、ある考えが閃いた。そうか！　そうだったんだ。

騙し絵に描かれていたものの正体が、やっとわかった。

あの複雑な株の持ち合い、そして元社員の名義になっている株。その名義株の実質的な所有者は真岡ではなく、榊木だ。

そう考えると、いくつかのビーズに一本の糸を通すように、一連の出来事をひと繋がりにできる。

そのすべてが、財閥を乗っ取るために巧妙に仕組まれた罠であり、それにまんまと騙されたのが、榊木源太郎だった。

「財産税と財閥解体の情報が、事前に漏れたのかもしれない」

そう言った岸に、レイラも頷いた。

名義株や株式持ち合いを使って財産を隠し、財産税や財閥指定を回避した。千年地所（当時の榊木実業）の名義株と複雑な資本構造は、事前に知らされていたGHQの経済政策に対抗するための、完璧な策だったのだ。そしてその情報は、ルイスによってもたらされ、その見返りに不動産を取得した。もしかすると、あの芝大門のビルはごく一部であり、さらに多額の寄付を手にしていたのかもしれない。GHQの幹部に、賄賂が贈られていた可能性もある。

重要情報を知った秦は、榊木源太郎をそそのかし、彼の株の名義を元社員や関連会社に変えた後、彼を殺害し、そして株の名義の一部を自分に変えることで、会社を乗っ取った。

ではなぜ、ルイスは殺されたんだ。

彼は来日した直後に殺害されている。来日の時、何かが起こり、それが原因で殺害されたと考えられる。桂川篤久の死により遺品を整理し、それを遺族のもとへ届けるのが来日目的だときく乃は聞いている。桂川篤久の死とルイスの殺害に繋がりがあるのか。あるいはその遺品の中に、何か重要な物があったのか。

いずれにしろ、ルイスの来日が引き金になり、その時、何かが起きた。そして、その犯罪行為を何らかのきっかけで知り、真岡ら関係者を追っていたコナーは、口封じのために殺害された。

しかしここで、岸の推理は分厚い膜に阻まれる。駄目だ。これ以上、先が読めない。霧は少し晴れたものの、向こうの景色はうっすらとしか見えない。手を伸ばしてもどうしても届かない場所にあるものの存在に、岸は悔しさを感じざるを得なかった。

ルイスもコナーもすでにこの世にはいない。真岡が黒幕であることを証明するものは、何もない。六九年もの長い歳月は、事実を風化させ、破壊し、そして跡形もなく消し去ってしまった。

自分一人の調査ではどうしても限界がある。新井組への警察の捜査に期待するほかないのかもしれない。

32

遮光カーテンの隙間から、夏の強い日差しが差し込んでいる。外はすでに猛暑だ。何も考えずカーテンを開ける。瞬間、強い光が押し寄せる。眩しさで、思わず顔を背けた。

窓を開けると、もわっとした空気が入り込む。八月の湿った熱風と山手通りの騒音。一羽のハトが、光化学スモッグの中に飛び立つ。ハトは平和の象徴というが、ベランダには平和はない。ただ、糞の山があるだけだ。いったい俺の平和はどこにある？　吐き気を催したので窓を閉め、窓外を見つめながら途方に暮れた。これから何をやればいいんだ。

ゆづきのことが、頭の片隅に残っている。連絡をすべきかどうか、決めかねている。このまま何もせず、時が過ぎ去っていくのだろう。俺のことだ。たぶんそうなる。

ぼんやりとした意識の中で思い出したことは、ルイスが帰国直後に殺害されたことだった。きっときく乃はそのことを知らないでいる。

ベッドに腰掛けてタバコに火をつけ、きく乃のことを考える。

彼女への訪問がルイスの来日目的なら、もう一度彼女に会い、ルイス殺害の事実をしっかりと伝えるべきだろうか。だが、彼女にとってそれにどんな意味があるのだろう。彼女は自分の過去を忘れたがっている。ルイスなどどうでもいいのではないだろうか。しかし、きく乃に会ったことが彼の死と関わっているのなら、彼女に知らせるべきではないか。ルイスだけではない。コナーも死んでいる。おそらく山澤も。

岸はそう思い立ち、彼女のもとへ向かうことにした。

きく乃は退院し、自宅に戻っていた。

ドアチェーンをつけたまま顔をのぞかせた彼女は、「何の用ですか」と露骨に嫌な顔をした。また過去を掘り返しに来たと思っているんだ。そう思われても仕方ない。でも、これだけは彼女に伝えなければ。

「ルイスさんのことで、お伝えしなければならないことがあります」

応答がなかったが、何も言わず待っていると、ようやくドアチェーンが外れ、扉が開いた。できるだけ冷静に岸は言った。

「ルイスさんは、あなたに会った一か月後、アメリカの自宅で、何者かに殺されました」

そう言った瞬間、きく乃の表情が強張り、落ち窪んだ眼の奥に、驚きと不安の色が宿った。きっと、ルイスの来訪と彼の死を、心のどこかで結びつけているに違いない。

「なぜ、そのようなことに?」

「わかりません。警察は、自宅に押し入った強盗に殺されたのだと結論づけているようですが、私にはそうは思えない」

そう言って、岸はきく乃の目を見つめると、一瞬、顔を背けた彼女だったが、「話を聞かせてください」と、岸を部屋に迎え入れた。

台所の他に二間しかない狭いアパートは、小ざっぱりとした清潔感があり、彼女の几帳面な性格を表しているようだった。

ちゃぶ台の前に腰を下ろした岸は、きく乃が淹れてくれたお茶を一口啜り、早速、話し始めた。

終戦直後に来日したルイスの目的が、グノーシス会という宗教団体の日本での基盤作りであり、榊木実業と何らかの不正な取引が存在した可能性があること。彼が殺されたのは、その不正に絡む何かが原因であり、それが、彼の来日時に露呈したのではないかという岸の考えを、きく乃に語った。

ちゃぶ台の一点を見つめながら、静かに聞いていたきく乃は、岸が話し終えると立ち上がり、ふすまの向こう側の部屋に姿を消すと、しばらくして、古ぼけたノートを一冊持ってきた。

形が崩れ、皺が寄った単行本サイズのノートの表紙に、高坂舞子と記されていた。

「これが、ルイスさんの持ってこられた日記です。役に立つかどうかはわかりませんが、これを私のために届けてくださったことが、彼の不幸に繋がったのなら、私は何と申し上げていいのか」

きく乃は悲しそうな表情を浮かべ、口を掌で押さえた。

岸は礼を言い、色あせた表紙をゆっくりと開く。空襲で焼けた痕だろうか、黒く汚れた部分や、字がかすれて読みづらい箇所があるが、そこには繊細な、そしてしっかりとした意思が滲み出るような、流麗な文字が書かれていた。

七〇年の月日を積み重ねた言葉は、風化されることなく岸の目に映る。戦地にいる男の無事を祈り、帰りを待ち続ける舞子の思いを感じ取るには、充分なものだった。

昭和一九年の夏、男と出会い、仕事の合間を縫って逢引を重ねる日々。決まって会うのは、蛎殻町の小さな神社だった。そして、翌年一月の終わりに男は徴兵され、舞子のもとを去る。すでに敗戦が濃厚な中での赤紙だった。

舞子は、日本橋浜町の料亭で奉公していたが、三月の空襲で店が焼かれてからは、女将の伝手で、品川にある会社の雑用係として働くようになる。それが当時の榊木実業だった。

会社の社宅がある蒲田に引っ越してからも、思い出深い蛎殻町の神社に通った。男の無事を祈願し、毎食かならず男の膳を用意して、手を合わせた。神社のお札を枕の下に敷き、夢の中で男と会えることを願った。

彼女の綴った一字一句。それは、遠い外地で戦っている男への、愛情の証にほかならない。

日記のほぼ半分ぐらいまで読み終えた時だった。岸の手は、そこで止まった。

昭和二〇年の四月を境に、それ以降のページが破り捨てられている。これでは榊木源太郎とその一族焼死の真相を、この日記から解明することができない。

「なぜ、こんなことに」

きく乃はゆっくりと首を振る。

「ルイスさんにも訊きましたが、彼もわからないと言っていました」

破り捨てるということは、そこに、何かが書き記されていたからであり、それは、彼女の生きた記録に違いない。それほどまでして消し去りたいこととは、いったい何なのか。それもなぜ、その部分だけを捨てたのだ。跡形もなく捨て去りたいのなら、日記ごと焼き捨てればいい。それを一部だけというのは、この時期に何かがあったとしか考えられない。三月の東京大空襲の激しさは、名状しがたいものだと聞いているが、被災し、蒲田に引っ越した後に、何か悲しい出来事があったのか、あるいは、その事実を知らされたのかもしれない。

ふと、引き裂かれたページに、押し花が差し込まれていることに気付いた。

「これは？」

「最初からその場所にありました。たぶん、梅の花びらだと思います」

『紅梅日記』

それは日記のタイトルだった。そして一輪の花びら。破られたページは、何を意味するのか。どこかで見たような気がした。そう思い、岸はページを捲った。それは、男と別れる前夜の日記にあった。無事に帰還したら一緒になろうと、誓い合った神社の鳥居の脇に、昨夜から降り積もった雪の間から、二人の門出を祝うかのように、梅の木が花を咲かせていた。この花のように、私は彼の帰りを辛抱強く待ち続けると、そこには記されている。

たぶん、この神社に咲く紅梅なのだろう。

「この神社のことはご存じですか？」と岸は尋ねた。

「何のことですか？」ときく乃が訊き返す。

「松島神社のことです」

「私がなぜ、知っているのですか？」

顔をもたげ、少し語気を強めて問い返した彼女は、心の内を覗き見ようとした岸を拒むかのように、顔を背けた。

自分の両親に、それも死に別れた母親に、彼女は興味がないのだろうか。母親が当時何を考え、どのような暮らしぶりだったのか、知りたいとは思わないのだろうか。俗情に疎い岸ですら、彼女のその突き放した態度は意外に感じた。

じっと見つめる岸に、彼女はゆっくりと向き直り、静かに口を開く。

「見ず知らずの外国人の方が、突然、私の家に現れ、舞子という人があなたの母親だと告げ、そして私は妾の子だと言われて、素直に信用する人はいますか？　確かに写真を見れば、舞子という方と私は似ているところがあるかもしれません。でも、この日記のどこを見ても、私のことは何一つ記されていません。この方が母なのか、私にはどうしてもわからないのです。本当に、榊木源太郎が私の父親なんでしょうか」

彼女の顔に、悲しみと苦悩の色が表れている。その心情は痛いほどよくわかった。彼女は舞子に対して、軽蔑にも似た感情を抱いているのかもしれない。あれほど愛した男がいたにもかかわらず、榊木源太郎の妾となり、私生児であるきく乃を生んだ。彼女はそれを、許し難い行為だと思っているのかもしれない。

榊木は、新興財閥といわれるほどの資産家であり、男は、工場で働く下級の身分だ。国中が貧しさのどん底にあった当時、カネに目が眩んだとしてもおかしくはない。そして、きく乃の人生を複雑にしてしまった元凶は、そこにあるのだ。榊木と結ばれなければ、この世に生まれてこなかった自らの命である。彼女は、その現実をどのように咀嚼しようとしているのか。

「ルイスさんがこれを届けてくれたことは、大変感謝しています。ただ、私の親は、別にいるのではないかと思っているのです」

きく乃の心の中だけに存在する親なのだろうか。そう考えることで、彼女は一つの区切りをつけているのかもしれない。

それから彼女は、心の内をさらけ出すように、自らの生い立ちを話し始めた。日記を繙いたことが、彼女の過去の扉を開かせたかのように。

貧しかった彼女の青春期。朝から晩まで働き通しだったが、無我夢中で生きたあの頃に、悔いはなかった。そして、男に騙されて背負わされた借金のこと。職場を追われ、風俗街に迷い込む寸前に手を差し伸べてくれた人の存在。子供が誕生した時の喜び。

岸は静かに耳を傾けた。親のいない苦しさや辛さ。それを、努力と辛抱で乗り越え、ここまで生き抜いた。それが自負となって、今の彼女を支えている。彼女の心底には、会ったことのない親の姿が、日記に示された舞子とは別の形となってしっかりと抱かれている。そして、それをずっと温めてきたからこそ、どんな境遇にも耐えることができたのだと思う。

では、この日記が母親の形見であることを、彼女は受け入れていないのだろうか。岸にはそうは思えない。この日記を手に取る時の彼女の仕草や、その眼差しには、この日記を大切にしている、彼女の気持ちがしっかりと表れている。彼女の複雑な心情を推し量ることはできないが、この日記を特別なものとして、そっと心の奥底にしまっていたのではないかと思う。

岸は、きく乃の話を聞き終えた後、彼女にお願いして日記を預かり、そこに書かれた松島神社に足を運ぶことにした。

舞子が、その社務所で働く女と親しい間柄だったという記述があったからだったが、今もその神社にいるかどうかはわからない。だが、そこに行けば何かがわかるかもしれない。それは、舞子の愛した男のことがどうしても気になったからだ。

日記には男の氏名の記載はなく、ただ、彼の呼び名だけが記されていた。

きく乃のアパートを後にし、駅に向かおうとした時、見覚えのある若者が岸の前に姿を現した。

斉藤碧だった。

33

斉藤碧がきく乃の一人息子であるとは意外だった。

アパートの取り壊し作業をするため、自宅付近に来たついでに、母親の様子を見に来たのだという。

彼の不動産管理会社が、実の祖母がかつて勤めていた会社の下請け業者であることを、彼はまったく知らないようだった。なぜ、彼がそのような業務についているのか、そこに何か深い事情があるのか、それについては一切触れないことにした。出生についてわだかまりを持つきく乃は、日記について、子供には何ら話していないと言っていたからだ。

何より因縁深いことは、法的には認められないとはいえ、彼が榊木源太郎の孫であり、千年地所の創業者一族であることだった。そんな人物が、こともあろうに下請け業者としてこき使われているとは、なんと不運な巡りあわせだろうか。この事実を千年地所の社員が知ったら、あるいはあの傲慢な上司が知ったら、どんな面を見せるだろう。掌を返すように態度を改めるだろうか。だが、彼には相続権がない。それが現実だ。つまらない皮肉としか言いようがない。

斉藤碧と別れ、雑色駅で電車を待っている時、携帯が着信を告げた。液晶表示を見てレイラだとわかり、すぐに受信ボタンを押す。

「岸さん、私、思い出したのよ。コナーから預かった物があるの」

彼女の興奮した声。

「預かった物？」

「ええ、今、渋谷のホテルから電話があって、私宛に、NYから国際小包が届いているっていうの。それで思い出したの。日本に来る時、知り合いのところに預けてあるスポーツバッグを持ってきてくれって頼まれたことを」

「スポーツバッグ？　それがなぜ、国際小包なんだ」

「私、それを持ってくるのを忘れちゃったのよ。飛行機に乗る直前に思い出して、渋谷のホテルまで送ってくれるように、知り合いに電話したの。ずっとあのホテルに泊まることになってたし、ホテルだったらしっかり預かってくれると思ったから」

それだ。

コナーがルイスから引き継ぎ、犯人が血眼になって探しているものが、その中に入っている。

「中に何が？」

「そんなことはわからないわ。中を見てないから」

「コナーはそのことを知っていたのか？」

「いいえ、彼は知らない。飛行機に乗る直前に思い出して、慌てて知り合いに電話したから、彼には成田に着いてから伝えようと思ったんだけど、日本に着いたら彼がいなくて」

「今、俺は取り込み中だ。江川に連絡して、一緒に取りに行ってくれ。君一人での外出は危険だ」

「わかったわ。受け取ったら連絡する」

「頼む」

これで謎が解ける。そう期待して電話を切った後、江川だけで大丈夫だろうかと、ふと気になる。

コナーがＮＹの知り合いの名を吐いていたらどうなる？　そいつを締め上げればブツの在りかがわかる。新井組がすでにその行方を摑んでいたら——。

ちょうどその時、目の前に電車が滑り込んできた。

岸はそれに飛び乗った。

34

真岡元也が才田の部屋のドアを開けた時、ちょうど彼は受話器を握っていた。話し言葉から、相手は鉄治だとわかった。ということは内線電話だ。今、最高顧問室には母がいる。何か二人だけの話があったのか。

元也に気付くと急いで話を終わらせ、受話器を置いた。どこかホッとした顔つきに見えたのは、何か一仕事終えたからなのか。

「何かいいことでもあったのか？」

「いえ、別に。何かご用でしょうか」

白けた顔で言った。まあいい。計画は予定通り終わったんだ。どうせ俺には関係ないことだろう。

「マカオのカネを、あと一億円ばかり使いたいんだ」

少し考えた後、才田は言った。

「それはどうでしょう。この前、一億円引き出したばかりだったと記憶しておりますが？」

「あれはリーに支払う分だ。半分しかもらってない」

また少し間が空く。慎重に考えを巡らせているようだ。

「何にお使いに？」

「そんなことお前には関係ないだろう」

「ですが、そう頻繁に動かすのは好ましくありません。最高顧問が何とおっしゃるか」

嫌味な奴だ。すぐに親父のことを持ち出しやがる。

「だからお前からうまく言ってもらいたいんだ。それに、マカオの銀行なら当局に足がつかないだろ。心配はいらない」

今回の対策のお蔭で、親父がいつ死んでも相続税はかからない。無税で三〇〇億円が手に入ったんだ。それなのに自由に使えなきゃ意味ないじゃないか。

「それもそうですが」

「今晩のフライトで海外に飛べば、もう国税も追いかけては来ない。完璧だ」

才田は渋面を作る。

「わかりました。それでは最高顧問にそれとなく伝えておきます」

「頼んだぞ。それから、次は三〇〇億円の借金をチャラにするスキームの実行だ。手筈は大丈夫だろうな」

「もちろん、大丈夫です」

「まあ、それはモナコに行って少し落ち着いてからでいいだろう。頼んだぞ」

「承知しました」

笑いが止まらないとは、まさにこういうことだ。モナコの優雅な暮らしを目に浮かべ、思わずふっと笑みがこぼれた。

35

水天宮前駅に着いた。

地下鉄での移動中、立て続けに何回も携帯が鳴っていたのに気付いていたが、車内にいたので応答しなかった。すべて石田からだった。何か進展があったのだろうか。岸は携帯を取り出し、彼に電話する。

「何か用か？」

「岸さん、大変です」

石田の興奮した声が聞こえた。

「今、入った情報では、今晩のフライトで、元也が海外逃亡する可能性が出てきました」

「何？」

「モナコに移住です。鉄治も本日、香港に逃げるでしょう。彼らを拘束するのは今日しかありません。一刻を争う事態になりました。岸さん、お願いです。岸さんの知っていることをすべて教えてください」

国外逃亡という事態になれば、捜査が困難を極める。ただでさえ解明が難しい案件なのに、重要人物がいなければ暗礁に乗り上げるのは目に見えているではないか。

「君たちの捜査状況はどうなんだ。それをまず教えてくれ」

俺の情報を言う前に、彼らの捜査がどの程度進展しているのか、それがコナーと関連しているのかを聞き出したい。

「わかりました。現時点ではまだ確定ではありませんが、あの匿名口座の三〇〇億円は、千年地所グループからマカオに送金されたものが、その後あの口座に振り替えられたのではないかと思われます」

「やはり、そうだったか。匿名口座の所有者は誰だ」

「真岡鉄治と元也の共同名義だと我々は見ています」

そう考えれば、才田のアドレスに、その口座情報が送られてきたのと符合する。だが、借金返済はどうなる?

「カジノ運営会社に返済されたものではないのか」

「あの借金はでっちあげです」

「何! なら、カジノの貸付証明はどうなるんだ?」

「偽造です」

「偽造? カジノの損失は架空だというのか」

「そうです」

「なぜ、そんなことがわかる?」

「我々のデータベースに載っていた人物と、岸さんから提供を受けたメールの中にあった人物が同一人物であることがわかり、国際機関に情報提供を依頼したんです。その結果、その人物の絡んでいる事件で、類似事例があることがわかりました」

「類似事例？」

「はい。損だけでなく、虚偽の賞金証明書を発行し、架空の利益を作っていたんです」

「何でもありだな。誰だそれは？」

「趙という人物です。マカオの華僑で、カジノだけでなく様々な事業を展開していますが、裏ビジネスにも手を染めている男です。ですが、今のところ裏付けがありません。現時点でそれを根拠に逮捕することはできないでしょう。それに、相手はマカオです。カジノやマカオの銀行調査を行うのは至難の業です。国際間の調整が長引けば、証拠隠滅の恐れもあります」

「そうすると、その三〇〇億円は不正なカネだったということか？」

「いえ、それがそうとも言い切れないのです。会社の帳簿上にしっかりと記載された表のお金ですから」

　だから石田たちも問題なしとしたのか。

「であれば、何のために？」

「様々な可能性を検討した結果、相続税対策だという結論に達しました」

「相続税？」

「我々の調べた限りでは、真岡鉄治の遺産は千年地所株だけで、おおよそ三〇〇億円。もっともこれは、株主名簿で明らかになっている株式だけですが。今回の三〇〇億円の取引で、彼は同額の借金を負います。税理士に確認したところ、税金計算上は、財産から借金を差引くことができるので、真岡の遺産額はゼロになり、相続税はかからないと言われました」

なるほど。石田の言う通りだ。たぶん相続税対策に間違いないだろう。借金といっても同族会社からのものだ。このまま返済しなくても問題にはならない。しかしあんな額の借り入れを、この後ずっと放っておくつもりなのか。ずる賢い奴らだから、何か帳消しにする対策を考えているのかもしれない。

「岸さんからの情報提供がなかったら、きっと見破ることはできなかったでしょう。本当にありがとうございました。しかし一つ問題があるのです」

「何だ？」

「現時点では、彼らを脱税の罪で逮捕することはできません。それに、マネーロンダリングの証拠もない」

石田は悔しそうな声を出す。

彼の言う通り、脱税は相続が起き、課税権が国に発生した時に問題になるのであって、まだ鉄治が死んでいない段階では何ら罪に問われない。

「しかし、岸さんの言われていた通り、コナー殺害容疑が浮上しました。さらに、山澤、ルイスについても同様です。そしてその発端は、終戦直後に起きた榊木一族焼死による会社乗っ取りにあるのではないかと考えています。岸さんが摑んでいる情報を教えてください。我々はまもなく、千年地所の一〇〇周年式典が行われている五反田の美術館に向かいます。もう時間がないんです」

石田は切羽詰まった声で訴えた。

「わかった。俺の知る限りのことを話そう」

岸は、榊木一族火災事故に関し、新たに判明したことを含めてすべてを伝え、コナーのスポーツバッグについても言及した。

「今、ホテルに向かっているところだと思う」

「そうだったんですか。それは重要な証拠物になりそうですね」

「ああ、たぶんこれで謎が解ける」

そう言った後、なぜか不安が過る。

「お願いがあるんだが」

「何でしょう」

「ホテルに警察を回してもらえないだろうか。気の回しすぎかもしれないが、ちょっと気になるんだ」

「わかりました。早急に手配します」

36

地下鉄出口から地上に出た岸は、水天宮前の交差点に立って辺りを見回した。大通りから路地に入ったすぐのところに、赤い小さな鳥居が見える。

近づくと、こぢんまりとした鉄筋コンクリートビルの一階の奥に、松島神社の社殿が埋もれるようにあった。

鳥居の柱の前にある、ガラス張りの掲示板に目が留まる。命の言葉と題され、『自然に服従し、境遇に従順であれ』と記されている。

大きなお世話だ。自然を超越することができる奴がどこにいる。誰だって、自分の境遇を受け入れなければ生きてはいけない。

自分が説教されているような感覚を覚えながら、鳥居の柱の脇を見た。そこには、確かに梅の木が植えられている。きっと七〇年前のあの日、ここで薄桃色の花を咲かせていたのだ。

隣の社務所に顔を出し、お守りやお札を眺めながら、部屋の中をぐるっと見回す。係の中年女性が、暇そうに文庫本を開いていた。

壁に飾られた白黒の集合写真に目が留まった。まだビルになる前の、かなり昔の神社の様相であり、そこに写る人たちの姿は、忘れ去られた遠い過去を映し出している。

中年女性が文庫本にしおりを挟み、こちらを向いた。人のよさそうな顔だった。

「あれは？」

「例大祭の時の写真です。昔はこんな感じだったんですよ」

「あの人たちは？」

「この町内会の皆さんです」

はっぴとねじり鉢巻き姿の大人や子供たち二、三〇人ぐらいが寄り集まっている。

「この写真はいつ頃の？」

「どうでしょう。私が、まだ小学校ぐらいの時だと思いますが」

その女性は、宮司を代々務めている家系であるらしい。

「だいぶ昔のことを訊きたいのですが」と前置きし、「終戦の前頃、よくこの神社に訪れていた、ある人のことを調べているのですが」と尋ねると、彼女は訝しげに首を傾げたが、すぐにもとの親しみやすい顔に戻り、天井をちらっと見上げた。

「上におばあちゃんがいますから、呼んできましょうか。昔話がとっても好きなんです」

ビルの上階が住居になっているようで、すぐに、彼女の祖母が下りてきてくれた。腰は曲がっているが、歩行はしっかりしていて、孫と同様に気さくな感じの老女だった。

「昔のことといっても、一〇〇年前のことは知りませんよ。まだ九〇にもなっていないんだから」と明瞭な言葉で冗談を言い、当時のことを岸に話してくれた。

「あの頃女学生だったんですけれど、勤労奉仕で川向こうの軍需工場まで行かされていたんですよ。今考えたら大変なことでした。でも、周りのみんなもそうしてお国のために働いていましたから、それが当然のことだと思っていたんでしょうね。辛いこともいっぱいありましたが、ここにいると近所の人たちが寄ってくれて、お喋りに花が咲くんですよ。それが楽しくて。だから家にいる時にはたいていはここにいました」

「その頃、よく神社に来られた若い女性のことを調べているのですが」

岸は、一枚の色あせた白黒写真を取り出して、彼女に手渡した。

「たくさんの方がお見えになりましたからね。私でわかるかしら」

孫が持ってきた老眼鏡をかけて、その写真に見入った彼女は、しばらくの間、動きを失っていた。

カランと鳴った社殿の鈴の音が、真夏の熱気を一瞬払いのけたように感じた。明らかに、彼女の視線が何かにくぎ付けになっている。

「ご存じなんですね？」

「舞子さん」

彼女は写真にそう呟きかけた。

「知っているのですね。この方を」

「ええ、知っていますとも。忘れたりはしません。彼女は仲のいいお友達でしたから」

間違いない。彼女が、あの紅梅日記に出ていた女だ。

懐かしそうにその写真に見入っていた彼女が、ふと顔を上げた。

「舞子さんは今、どうされているのですか？」

岸は、一族焼死には触れず、亡くなったことだけを伝えた。

「そうですか」

彼女は軽く頷き、「この方たちは？」と、周りに写っている人たちを指さす。蒲田に転居した後のつながりは、あまりなかったのかもしれない。舞子の家族だと答えると、「舞子さんのご家族ですか」と、愛おしそうにまなじりを下げる。

「舞子さんとはいつ頃から？」

「彼女と親しくなったのは、私がここの係をするようになった時ですから、終戦の二年ぐらい前だったと思います。よくここにお参りに来ていたので、いつしか言葉を交わすようになったんです」

写真を岸に手渡すと、彼女は目を閉じた。昔を思い返しているのか、ゆったりとした穏やかな表情だった。

「どのような方だったんですか？」

「舞子さんは、とっても可愛いくて面倒見がいい、優しい方でした。確か、私よりも三つ年上だったと思います。ですので、私はお姉さんのように慕っていました。縁日には必ずここに顔を出し、一緒に楽しく遊んだことをよく覚えています」

「最後に会ったのはいつのことですか？」

「終戦の年の二月です。忘れはしません」

そう言って視線を落とす。

「この辺りも空襲が酷くなって、二月に群馬の親戚の家に疎開したんです。それが決まった時、舞子さんが会いに来てくれて、離れ離れになるけど、お互い一所懸命に頑張ろうねって励まし合いました。それが、舞子さんと会った最後です。お互いに住所を教え合って、それからは手紙をやり取りしながら、辛いことや楽しいことや人に言えないことまで書き綴っていたんです」

岸は、日記に書かれた男のことを聞いた。

「サダという名の方を、ご存じですか？」

急に暗い眼差しを見せた老女は、俯きながら、ゆっくりと頷いた。

「ご存じなんですね？」

心がはやる岸に、

「もちろんです。知っています。知っていますとも」

そう言った彼女の表情には、はっきりと、悲しみの影が見えた。

「二人でよくここにお参りにいらしてました。とっても仲がよくて、舞子さん幸せそうでした」

「本名は？　サダという方の本名は何と」

「いつもサダさんとしか呼んでいませんでしたので」と彼女は首を振った。一筋の光がパッと消え、方向感覚を失った。他に彼の素性を確かめる術があるのだろうか。

「どんな方だったんでしょう？」

「背が高くて美男で、とっても優しそうな方でした。でも、あまりお話しすることはありませんでしたので、よくは存じ上げません」

「そうですか」

岸の気持ちがわかったのか、彼女は「すみません」と小さな声で言った。

「いえ、いいんです」

サダという男の正体をどう調べればいいのか、頭の中で考えを巡らせたが、いい考えが浮かばない。とりあえず出直すしかない。それに、レイラが取りに行ったスポーツバッグの中身を見れば、すべてが解決するかもしれない。いや、そうなる気がする。

社務所を後にしようとした時、壁にかかった例大祭の集合写真が目の端に映った。もしかしたら。岸は老婆に向き直った。

「ここの例大祭に、一緒に来られたことは？」

「ええ、もちろんあります。二人とも近くに住んでいましたから」

「七〇年前の写真はお持ちでしょうか？」

老女は、遠くを眺めるような素振りをした後、「たぶん、奥に」といって、社務所の奥に引っ込み、しばらくして小さな貼り箱を持ってきた。蓋を開けると、その中にアルバムが入っていた。

彼女はそれを取り出して広げ、一枚一枚丁寧にページを捲る。そして、あるページで視線が止まった。

「ありました。この方がサダさんです」

そこに貼ってある白黒写真は、集合写真ではなかった。神社を背景に一人の青年と、二人の若い女性が写っている。その二人の女性のうち、一方が舞子で、もう一方がここにいる老婆だろう。浴衣を着ている男は背が高く、精悍な風貌をしていた。坊主刈りより少し伸びた髪と逞しい骨格。男らしい体形。

岸は金縛りにあったように体が硬直した。七〇年という、気が遠くなるほどの長い歳月を経れば、同一人物かどうか判断するのは難しい。しかし、この写真の男は、あの男の特徴を捉えていた。間違いない。

安井定吉だ。

あの男には榊木を殺す動機があった。あいつは共犯だ。だから口を閉ざしていたんだ。秦、真岡と手を組み、榊木一族を殺害したと考えて間違いないだろう。それは、女を寝取られた恨みを晴らすためだった。

はるばる戦地から帰還し、愛する女を捜した定吉は、あろうことか榊木の妾になっていたことを知る。そして二人には子供もいた。激昂し犯行に及んだとしてもおかしくない。

あいつはすべてを知っているのかもしれない。山澤の失踪にも関わっている可能性がある。どうにかして、あいつから真実を吐かせなければならない。

だがなぜ二人は結ばれなかったのだ。何か大きな理由があったのか。あれほど愛し合い、将来を誓い合ったはずの二人が、なぜ――。

「どうして二人は結ばれなかったのですか?」

そう尋ねると、老女は辛そうな表情を浮かべながら下を向き、じっと何かをこらえているような仕草をした。そして、ふと顔を上げると岸を見つめた。

「戦死したんです」

「戦死?」

いったいどういうことだろうか。日記の男は、安井定吉とは別人なのか。

「それは確かなんですか?」

「そのように、舞子さんからの手紙に書いてありました。生きる望みを失ったと」

舞子の不幸を悼むかのように、彼女はまた、視線を下げた。

だとしたら、戦死通知が誤って届いた可能性がある。戦死者数は、数百万人に上るといわれている。内地から遠く離れた場所で、しかも、戦地によっては玉砕したと伝えられた兵士たちの戦死情報の詳細など、わかるわけがない。もしそれが事実なら、計り知れない悲運が二人を引き裂き、地の底に突き落としたのだ。

「舞子さん、ずっと彼の帰りを待ち続けていたんです。なのに、戦死通知一枚で終わってしまうなんて、こんな酷い話はないと思います。人の死というのはそんな簡単なものではないはずです。戦争さえなければ、二人は一緒になれたんです。あの戦争が、二人の人生を変えてしまったんです」

彼女のもとにその知らせが届いたのは、終戦直後のことだった。それ以来、彼女からの連絡が途絶えたままだという。

愛する男を失い、途方に暮れた舞子は、拠りどころを求めて榊木と結ばれ、娘を授かった。そこに死んだはずの定吉が、突如現れる。二人の悲劇がそこから始まったのだ。

「あれからどうしたのかと心配になっていました。家族に囲まれた写真を見て安心しました。きっと、お幸せに過ごされたことでしょう」

七〇年の歳月を思い返すように、遠くを見つめた彼女の表情には、ただ、寂しさだけが募っている。

愛する男は野獣と化し、復讐の牙を女に向けた。儚く散った舞子の命。その短すぎる人生は、彼女に何をもたらしたのだろう。怒りや憎しみに満ちた深い森の中で、帰り道を捜して行き惑う、少女のようだったのではないか。その彼女の嘆きは、生き長らえた者に憑依し、長い年月をかけて醸成され、さらに深い悲しみとなって付きまとう。定吉の生き様はまさにそうだった。二人のすれ違った人生が、誤って届いた死の知らせにより生起した、運命の歪みによるものであれば、その悔しさは想像を絶するものだったのではないだろうか。

「舞子さんはいつお亡くなりに？」

そう訊かれて、岸は一瞬言葉に詰まった。だが、舞子の人生を慮る彼女には真実を知らせるべきであり、彼女も当然それを望んでいるはずだ。

岸はすべてを話した。舞子が榊木源太郎の妾だったこと。彼との間に娘がいたこと。そして榊木一族とともに焼死したことを。安井定吉が今なお生きていること以外は包み隠さず話した。

頭の整理がつかないのか、彼女は視線を揺らしながら、しきりに首を捻って聞いている。

長い沈黙の後、我に返ったように、彼女は岸を見つめて言った。

「違います。そんなはずはありません」

37

黒い開襟シャツの胸ポケットからタバコを取り出し、火をつけた。

渋谷にあるホテルの地下駐車場に止めたワゴン車の中、男はインパネの時計を見る。長針はすでに一周していた。もうそろそろだろう。

時を埋めるように、口髭をなでながらゆっくりと夕バコを燻らす。

「来ましたよ」

運転席からの声で窓外に視線をやると、ちょうどそれらしい白のセダンが、パーキングに入ってくるところだった。助手席に白人女が見える。やっとおでましか。

「おい、電話しろ」

弟分の相棒はすぐに携帯を手に取り、ロビーにいる仲間にその旨を伝える。興奮しているのかいくぶんどもっていた。

白人女と、ブルーのTシャツを着た長髪の男が車から降り、ホテルロビーに通じるエレベーターに乗った。

二〇分ほどして相棒の携帯が震え、白人女とTシャツ男がパーキングに下りたとの報告を受ける。

「さて、取っかかるか」

二人は車から降り、柱の陰に身を隠す。

地階のエレベーターホールから、大きなスポーツバッグをぶら下げた二人が見えたのは数分後だった。その背後から、階段で走ってきたと思われるもう二人の仲間が、気付かれないように彼らを追っている。

口髭男は相棒に目で合図し、二人は頭からすっぽりと、黒いマスクを被った。

白人女とTシャツ男が、会話を交わしながら車に近づく。白人女は助手席側へ、Tシャツ男はスポーツバッグを入れようと、後部ドアを開けて前かがみになる。

今だ！　口髭男は白人女の背後から口を塞ぎ、もう片方で首を羽交い絞めにした。

「きゃっ！」

声にならない女の呻き声。首に巻き付いた腕を解こうと、激しく体を動かす。

Tシャツ男が異変に気付く。上体を起こす。その瞬間、背後から棍棒が振り下ろされた。ガツンという鈍い音。相棒だ。

「うっ」

頭を抱え、男がその場に倒れ込む。

「静かにしろ！」

苦し紛れに暴れる白人女に、口髭男は手こずっていた。渾身の力を込めて首を絞めつける。その時、女の踵(かかと)が男のつま先に命中した。

「うわっ！　殺すぞ、このあま！」

堪らず、力任せに首投げを試みる。が、うまくいかず、体ごとボンネットにぶち当たる。バタンという大きな音。

そこに仲間の二人が加担する。女の頭をボンネットに押さえつけ、抵抗する体を腕ごと紐でぐるぐる巻きにし、両足を縛りつけ、目と口を布で塞いだ。

手こずらせやがって。よし、次だ。

相棒のもとへ急ぎ、蹲るTシャツ男に足蹴りを食らわせた後、同じようにして縛りつけ、車内からスポーツバッグを持ち出した。白人女とTシャツ男を後部座席に押し込んで、車にロックをかけ、黒いボディーカバーを車体にかける。

これで終了だ。

口髭男は、親指を立てて合図を出す。皆が頷き、男と相棒はワゴン車に、あとの二人はパーキングに止めてある、別の車に消えていった。

「ちぇっ。あいつら、殺してやりたかったぜ」

地下駐車場から地上に上がるスロープで、まだ興奮が覚めやらない相棒は、金髪頭を何度も搔き毟り、気持ちを抑えようと必死だった。

「バッグの確保が目的だ。それ以外は考えるなと指示されただろ」

「だけど、兄貴も慎重すぎませんか」

「あの白人男の死体が発見されたのが想定外だったからな」

「まあ、そうですね。あれはやっぱ、ガキどもでしょうか」

あの辺りの倉庫跡地を遊び場にしていた悪ガキどもの姿を、最近何度か見かけたことがある。たぶんそいつらが見つけたんだろう。

口髭男はタバコに火をつけ、大きく吹かす。

「そんなことはどうでもいい」

「そうですね。ブツを手に入れたんだ。これでたんまり褒美をもらいたいもんです」

スロープを上がり、出口から表通りに出る手前に差し掛かった時、黒のセダンがするりと顔を出し、行く手を塞いだ。

「何だ。ありゃ」

ワゴン車を止め、クラクションを鳴らす。が、まったく反応がない。

「どうなってんだ！」

相棒は窓を開ける。

「おい、邪魔だ。さっさとどかせ」

と、その時。ビルの陰から数人の男が現れ、ワゴン車に歩み寄る。

「何だ、てめえ」

「警察だ。車から降りろ」

そう言ったのとほぼ同時に、大勢の男たちが一斉に現れ、ワゴン車の周囲を取り囲んだ。

38

松島神社を後にした岸は、定吉の病院の前にいた。

神社の老婆の一言で、岸の頭には一つの推理が働いていた。複雑に絡み合う複数の道。それらの行きつく最終地点は、ほぼ岸の目の中に映っている。すべての道は確実に、ある同じ場所を通っていた。その場所にいるのが安井定吉だ。

確信はある。だが、奴は口を割るだろうか。六九年間、閉ざし続けた口は、はたして開くだろうか。

病院に入る前に、これから安井のもとへ行くことを石田に連絡した岸は、正面玄関横の駐車スペースに車いす用のワゴン車が止まっていることを確認し、安井定吉の病室に向かった。

彼は、昨日会った時と同じようにベッドに横たわり、眠っているように眼を閉じていた。

「安井さん、今日はいい天気だ。ちょっと散歩でもしよう」

岸はそう言うと、何も抵抗しない彼を車いすに乗せて、病院の事務室に向かった。

中にいた女性事務員に「警察だ。さっき電話があったはずだが」と声をかけ、すでに連絡を受けていると答えた事務員から車のキーを受け取って、ワゴン車に急いだ。石田に電話を入れてくれるように、頼んでおいたのだ。

定吉を車に乗せて向かった先は、彼の住んでいたボロアパートだった。今日がそれを見ることができる最後の日のはずだ。

岸が現地に着いた時、道路には大型トラックが止まり、重機のエンジン音が鳴り響いていた。まさに今、取り壊しが始まろうとしている。

それを見渡せる位置に車を止め、後部座席に顔を向けると、定吉は筋肉の弛緩した顔を下に向けていた。

この場所に彼を連れてきたのには、それなりの理由があった。しかし、彼の意識が閉ざされたままであれば、何をやっても無駄になる。昨日のように無言の抵抗を示すかもしれない。しかし、ここで諦めるわけにはいかない。

「あなたのことを少し調べさせてもらいました。安井さんは、満州に兵隊に行ったんですね」

まったく表情が変わらない。不安が過ったが、彼の魂は死んではいない。そう思うしかない。

「私はあの当時まだ生まれていなかったので、戦争のことはよくわかりません。満州がいったいどんなところかも、まったく知りません。でも、私の亡くなった祖父も、安井さんと同じように満州で戦っていたと聞いています」

意識がないのではないかと思えるくらい、定吉の動きはなかった。岸は構わず話を続けた。

「夏になると、祖父は近くの神社の樫の木に、よく蟬を取りに連れていってくれました。その木の脇には石碑があり、いつも両手を合わせていたのを覚えています。あまり戦争のことを語らなかった祖父でしたが、半袖シャツから覗いた祖父の腕に、大きな傷痕があるのに気付き、それをじっと見つめていると、祖父は諭すように教えてくれました。それが、銃弾で抉られた痕であることを。壮絶な戦いだったそうです」

雲一つない強い日差しの中、重機が動きだし、数人の作業員たちが慌ただしく動き回っている。

「その石碑が戦没者慰霊碑だとわかったのは、後になってからです。物心がつき、戦争のことに興味を持った私は、ある日、祖母にあることを尋ねました。終戦の日、日本が戦争に負けたと知って何を思ったのかと。さぞ悔しかっただろうと私は思いました。でも、終戦当時、二児の母親だった祖母の答えは違っていた。祖母は、これでやっとあの人に会える。そう思ったそうです。あなたの置かれた状況とは違うかもしれないが、男を待つ女の気持ちは皆同じです。安井さん、舞子さんもあなたを待っていたんです。このアパートで」

定吉の皺だらけの瞼が上がり、目が開いた。

「この家は、東京大空襲の後、舞子さんが住んでいたアパートです。ご存じでしたか？　ここで、舞子さんはあなたの帰りを待ち続けていた。神社にお参りに行き、陰膳をして、あなたの無事を祈っていた」

揺れる眼差しが、窓の外に向けられた。振り下ろされた重機の刃が、ガシャンという音とともに屋根に突き刺さった。岸の目の端に、取り壊しの立ち会いをしている碧の姿が映っている。

「舞子さんは不幸にも落命しましたが、その際、小さな命がこの世に残りました。その女性は湯河原の寺に預けられ、きく乃という名が付けられました。彼女は、自分が榊木源太郎の落とし子だと教えられましたが、今でもそれは間違いだと思っています。彼女は、父親が他にいると信じているのです」

定吉の顔が岸に向けられた。その表情には、微かな息吹が感じられる。

「きく乃さんのこれまでの人生は、壮絶なものでした。地を這うような辛い毎日だったのではないでしょうか。親も兄弟もいない一人ぼっちの生活がどんなに辛く、寂しいものなのか、私には想像もできません。時には男に騙され、多額の借金を背負わされたこともあったのです。

でも、彼女が窮地に追い込まれた時、必ず誰かが救いの手を差し伸べてくれたそうです。それも見ず知らずの誰かが。男に騙されヤクザに身を売られそうになった時も、夫の借金を背負わされ取り立てに怯える毎日を送っていた時も、誰かが彼女を救ってくれた。きく乃さんは、その方を、いまだ会ったことのない父親だと思っている。自分は榊木源太郎の子ではなく、彼女を救った恩人を、自分の父親だと思っているんです。安井さん、それはあなたではないですか」

定吉の表情が強張り、身体が硬直した。瞳孔が開き、一点を見つめたまま動きが止まる。

「彼女を陰で見守り、彼女を支え、彼女を救ってきたのは、あなたじゃないですか。きく乃さんは、あなたの愛した女性の娘です。あなたはそれを知っていた。だから、彼女の不幸を見過ごすことはできなかった」

定吉の身体が震えだした。視線がわずかに揺れる。その表情を見れば、それが真実であることは明白だった。やはりそうだ。定吉はきく乃のことを知っている。

「今日、あなたを車いすに乗せる時、枕元にお札があることに気付きました。見るからに新しいお札でした。あれは松島神社のお札ですね。あなたもそのことはわかっていたはずです。出征前日、舞子さんと将来を誓い合ったあの場所を忘れるはずがない。私は、そこに足を運びました。鳥居の下には、今も梅の木がしっかりと根を張っていた。あなたと舞子さんの思い出の場所です。その神社のお札をあなたが持っていた。あれは斉藤碧から贈られたものではないですか。あなたは、彼がきく乃さんの子供であることを、あなたが死ぬほど愛した女性のお孫さんであることを、わかっていたのではないですか」

定吉の息が荒くなる。目を閉じて、抑えきれない感情をじっとこらえているようだった。碧の存在に、彼は気付いていたのだ。

「話してくれませんか、本当のことを。あなたの胸に六九年間しまい込んだ真実を」

岸は、窓外の碧に顔を向けた。定吉の目にも、彼の姿が映っているはずだった。紅梅日記を、定吉の膝の上にそっと置く。

「これは舞子さんの日記です。ここに、舞子さんの心情が綴られています」

彼の目が、しばらくそれに注がれていた。しかし、彼はその日記に手を触れようとはしなかった。彼の心の傷は、まだ癒えていないのだろうか。深い谷底に突き落とされ、二度と這い上がれないまま、ただ死と向かい合っているだけなのか。だが、眠りについた死者を復活させようとしているわけではない。彼の意識は目覚め、語り掛けに応じている。

松島神社の老婆が語った真実を、岸は定吉に伝えるべきか迷った。たぶん彼はそのことを知らされていない。その衝撃的な事実を、彼はどのように受け止めるのか。それを思うと、知らせない方がいいのかもしれない。しかし、たとえそれが、これまでの彼の生きた軌跡を意味のないものに変えてしまったとしても、これだけは彼に伝えるべきではないか。死んだ舞子も、それを望んでいるはずだ。

岸は、老婆から聞いた真実を定吉に伝え、彼女から預かった手紙を、彼に見せた。

驚きや戸惑いや悔しさが入り混じった様々な感情が、彼を襲ったのだろう。視点は宙に浮き、口をぽかりと開けたまま、混乱する意識の中を彷徨っているように見えた。

そのうち彼は日記に手を触れると、ゆっくりとそれを開く。そして一枚一枚の重みを確かめるように、ページを捲っていく。その視線はときおり揺れ、また瞑目し、これまでの己の人生と、彼女への思いを重ね合わせているかのように、彼の表情は、いくぶん柔らかなものに変わっていった。

重機のすさまじい音が耳の奥をかき乱し、振動が身体全体を揺り動かしている。

定吉は日記を閉じて顔を上げ、バリバリと音をたてて崩れる家を見つめた。その表情が次第に強張っていく。目が見開かれ、眉間に深い皺が寄り、口を歪め、顔が震えだした。そして次の瞬間。

「うぉー」という雄たけびのような叫び声を出し、憚ることなく大声で泣いた。止めどなく流れる涙と鼻水で顔をくしゃくしゃにしながら、彼は号泣した。

初めて見た彼の激しさだった。それはこの六九年間、心の内に抑え込まれたものを、一気に吐き出すかのようなすさまじい咆哮だった。

しばらくして、気持ちの落ち着きを取り戻した定吉は、声を詰まらせながら呟いた。

「この家に、舞子が住んでいたなんて、まったく知らなかった」

彼は咽(むせ)び泣き、声がかすれる。

「俺はあの日も、崩れ落ちる家を目の当たりにしていた。何もできず、ただそれを見ていた。今もあの地獄の光景が頭から離れない」

彼は、窓の外の瓦礫と化した光景を恨めしそうに見つめた後、岸に顔を向け、しわがれた声で言った。

「俺は舞子を見殺しにした。そればかりか榊木一族の皆殺しを手助けしたんだ。やってはいけないことをしてしまった」

唇が震え、言葉に詰まる。

「だが、あんなことになるとは夢にも思っていなかった。あんなことになるなんて」

39

定吉は遠い過去の記憶を思い起こした。

あの時、朦朧とする定吉の微かな視界の中に、何か動くものが映り込んだ。舞子の胸の辺りだった。それをじっと見つめた。

彼女の両腕にしっかりと抱え込まれた布の中に、何かがある。覗き込むと、そこに赤子の顔が見えたのだ。

「おい、何やってんだ。消防が来るぞ。早く逃げろ!」

現場に舞い戻った山澤の声が聞こえた。

その時、赤子の泣き声が定吉の全身を貫き、彼はようやく正気に戻る。その瞬間、抑えようのない罪悪感が押し寄せた。この子だけでも救わなければ。定吉の頭にはそれしかなかった。

「ばれたら真岡に殺されるぞ」

心配する山澤を振り切って、赤子を抱え、湯河原まで走った。ただ赤子の命が助かることだけを祈りながら。

あの時、現場に鉄治がいるなんて思いもしなかった。ヤクザから声がかかったのも、鉄治が裏で関わっていた。あの事件を主導したのもあいつだった。それがわかっていれば、俺はあの仕事を引き受けたかどうかわからない。あそこに行かなければ、あんな酷いものを目にすることもなかったんだ。俺の中では、舞子はすでに戦災で死んでいた。あの丸焦げの姿を見なければ、余計なことを聞かされずに済んだんだ。

あの赤子が、榊木と舞子の子であることを山澤から聞いたのは、翌日のことだった。そしてそれが、誤った戦死通知によるものだとわかった。なんでそうなるんだ。俺は何も悪くない。なのに、なぜそんなことになる。そう自らに問い続けた。いつしか、怒りの矛先が舞子に向かっていた。金持ちの妾になり、おまけに子供まで作っていたなんて。あんな目に遭うのは俺を裏切った報いだ。

だが、その憎悪の裏側で、舞子を悼み、己の罪過を悔やみ続けた。彼女を見殺しにしたばかりか、榊木一族の殺害をも手助けしてしまった。俺は犯罪者だ。あの地獄のような光景が夢に現れ、金縛りに合い、うなされながら毎夜を送る。呪われた夜は、永遠に続いた。

これから俺はどう生きていけばいいんだ。人殺しの手伝いまでしてしまった俺は、これからどうすればいい。いくら考えても、答えは見つからなかった。ただ、薄汚いヘドロを飲み込んだような、耐え難い苦しさを味わいながら、漆黒の闇の中を、あるはずのない出口を探して、右往左往しているだけだ。

死のうと思ったことは何度もあった。でも、勇気がなくてどうしても死ぬことができなかった。心の拠りどころを求め、偏った思想に走ったこともあった。しかしそれは、何の理論的根拠もない、単なる無知の暴走だった。自分を恨み、過去を後悔し、自らを隠しながら、惨めな野良犬のように生きていくしかない。それが俺に与えられた人生なんだと諦めた。

だが、忘れもしないあの日、彼女の姿を見た時から、自分の人生が変わった。あれは、火災から二〇年近く経った頃だった。

舞子にそっくりな女を見たと、山澤から聞かされたのだ。

その女の姿を見た時、それが現実のものとは思えず、定吉はたじろいだ。彼女の顔立ち、体つき、素振り、どれをとっても舞子にそっくりなのだ。舞子の生まれ変わりではないかとさえ思えた。定吉の目の裏に舞子の姿が浮かび上がり、彼女との思い出が脳裏を駆け巡る。胸が高鳴り、鼓動が激しく脈打つ。今まで何度夢に見たことかわからない。その女が現実に自分の目の前にいるのだ。

山澤の力も借りて、その女のことを調べた。するとそれが、舞子の子、志保であることがわかった。今はきく乃と命名されて、かなり貧しい生活をしていたのだ。

志保の様子が気になり、何度か寺に行ったことがある。その都度、彼女の姿を遠目に見て、いたたまれずに帰途に就く。その繰り返しだった。何年か後、彼女の姿が見えなくなり、どこに行ったのか気になっていた。それがこんなに成長し、舞子の転生のごとく、自分の目の前に現れたのだ。

彼女と会って話をしたい。でも、そんなことができるわけがない。俺は、彼女の母親を見殺しにした男だ。いや殺したのも同然だ。どの面下げて会うことができよう。きっと彼女も、会いたいとは思わないだろう。

それにしても、彼女の暮らしぶりが心配だった。あんな場所に、川崎の風俗街の近くのドヤ街に押し込められているのは、悪い男に騙され、ヤクザに売られる寸前だからだと、山澤は言っていた。

きく乃が不憫でならなかった。彼女が惨めな生活をしているのは、俺のせいだ。きっと彼女は、親のいない境遇に苦しみながら生きている。俺はなんてことをしてしまったんだ。後悔の念が鋭い刃となり、定吉の胸を何度も突き刺した。自首して罪を償えばいいのか。いや、そんなことをしてなんになる。それに、それだけは俺にはできない。

何とかして、彼女を助けなければ。定吉はとっさにそう思った。

彼は一人、ヤクザの事務所に向かい、彼女を解放するよう懇願した。無我夢中だった。なりふり構わず組に乗り込んではみたが、相手にされるどころか、逆に殴る蹴るの暴行を受け、外に放り出された。だが諦めなかった。次の日もまた次の日も、彼は足を運び、同じように追い出された。

きく乃の姿を見た時から、舞子への怒りはどこかに消え失せていた。いや、まったくなくなったと言ったら嘘になる。それは意識の下に隠れ、じっと身を潜めていたのかもしれない。きく乃の存在が、心の底にそれを閉じ込め、重い扉の鍵をかけた。自分が殺した舞子は、きく乃として蘇った。自分を裏切った舞子ではなく、あの愛おしい舞子として。

きく乃を守るために、俺は満州で命をもらい、この世に生き残ったのではないか。定吉はそう悟った。それが天命だと。

「また来たか。お前はどこの何様だ。とっとと帰れ」

またぶん殴られ、蹴飛ばされ、外に投げ飛ばされる。そんなことが数日続いた後のことだった。

「あの女はもう要らねえから、家に帰したよ」

定吉が組に行くとそう言われた。安堵はしたが、どうしたのかと不審に思った。

「あんた、真岡のところの者なんだってな」

その言葉を聞き、理由がわかった。鉄治だ。俺をいつも監視している奴が、ヤクザとの揉め事を避けるため、裏で手を回したんだ。俺が舞子と付き合っていたことは、あの事件の後になって知ったらしいが、きく乃が舞子の子だとは知らないはずだ。山澤も、ばれてはいないと言っていた。

その後、彼女が結婚し、子供ができたことは知っている。その夫が家出した挙句、多額の借金をきく乃に背負わせたことも。

厳しい取り立てに追いまくられ、怯えながら暮らしている姿は見るに忍びなかった。何とかして、彼女を助けたい。だが、定吉にはカネがなかった。考えた末、鉄治に頼み込むしかないと思い立ち、奴のもとに行き、地面に額を擦りつけながら、カネの工面を頼んだ。奴には借りを作りたくなかった。でも、自分にカネを貸してくれる者なんかいない。何としてもきく乃を助けたい一心だった。鉄治は渋々了解しカネを出した。何に使うかは言っていない。それを言えば、奴は、きく乃に手を出すかもしれないと思ったからだ。

その後、大病を患って長い入院生活に入るまで、定吉はずっときく乃を見守り続けた。退院後、鉄治の会社のアパートに身を潜め、きく乃の生活ぶりもわからないまま月日が経ったが、その間も、一日たりとも忘れたことはない。あの地獄のような悪夢も、まだ心の中に棲みつき、静かに呼吸を続けている。

あのアパートに、舞子が住んでいたとは知らなかった。もしかすると鉄治がそれを知っていて、あそこをあてがったのかもしれない。以前、カネを貸してくれたのも、奴なりの負い目を感じていたからだろうか。

そんなある日、あの若者が現れた。こんな老いぼれに何の用だと訝しく思い、無視を決め込んでいた。それでもしつこく来て、ただ挨拶だけして帰ってゆく。とうとう、その粘りに負けて言葉を交わすようになると、余程の変わり者と見えて、俺のつまらない昔話に熱心に聞き入る。いつしか彼といろいろなことを語り合うようになり、彼の身の上も知った。

碧がきく乃の子だとわかったのは昨日のことだ。幼い頃に何度か目にしただけだったから、成長した姿を見ても彼だとは気付かなかった。

碧と話していると、何となく懐かしさが湧いてきて、心が落ち着く。他人とは思えない何かを感じていたが、まさかこんなに深い繋がりがあったとは、考えもしなかった。なぜこんなところに来たのか、驚きと戸惑いはあったが、それ以上に嬉しさが込み上げた。舞子の孫と話ができるなんて、こんな幸せなことはない。きく乃だけでなく、碧にも会うことができたのだ。この僥倖を与えてくれたのは、きっと天国にいる舞子だ。

彼女に感謝し、定吉は心の中で手を合わせた。

40

蒲田のアパートの取り壊し現場を切り上げて、斉藤碧は五反田の洋館へと急いだ。今日までに、二つの物件の解体作業をどうしても終わらせなければならない。特に洋館は、その後すぐに地鎮祭が始まるから、その用意も必要だ。

洋館に着くと、ほぼ取り壊しは完了し、重機が廃材をかき集めているところだった。

「よお！」

その声に振り返ると、一平が立っていた。

「どうしたんだ？」

「今日はうちの会社の一〇〇周年記念式典でこっちに来ているんだ。壊す前に写真を撮ってたんだよ。もったいないよな、これ重要文化財のようなものなんだぜ」

そう言って、一平は跡形もなくなった敷地を見回す。

碧もこの洋館の取り壊しが決まってから、ずっと一平と同じ気持ちでいた。でも、会社の方針であれば仕方がない。この跡地にはモダンなフレンチレストランが建つ予定だ。それも時代の趨勢なのだと諦めていた。

「お前も大変だな。掛け持ちとは。蒲田は大丈夫なのか？」

一平が言った。

「ああ、大方終わったよ」

「でも、あんなボロアパート、なぜ、今まで建て替えなかったんだろうな」

「そりゃあ、住んでる人がいたからだろ」

「それにしても古すぎるだろ」

「まあ、そうだな」

「この洋館には保存の声が多かったのに、最高顧問はずっと取り壊しを指示していた。あのヘルメス像だって、財団関係者の強い要望があったから壊さずに残すことになったんだ。そんな経済優先の人が、あの崩れかけたボロアパートは取り壊しに消極的だったんだ。何考えてんのかさっぱりわからないよ。まあ、これで懸案物件がなくなり、会社としては一安心だがな」

この洋館は姿を消すけれど、あのヘルメス像は、今、美術館の保管庫に眠っている。

一平の言う通り、何か思い入れがあったのだろうか。奇しくも、その二つの物件が今日ほぼ同時に取り壊され、新たな時代に合う近代的な建物に生まれ変わろうとしている。

その時、ガツンッという大きな音がしたかと思うと、ガリガリという耳をつんざく金属音が聞こえ、重機の動きが止まった。

何か、金属製の異物にぶつかったのかもしれない。

作業員が運転席を降り、その異物に近づいた。周りの作業員たちも集まっている。

「どうしたんですか？」という碧に、「金庫のようだね。ずいぶんでかそうだよ」と一人の作業員が答えた。

碧と一平もその場所に近づき、それを見た。部屋の隅々まで点検した時にはこんなものは見当たらなかった。不思議そうな顔つきをしていた碧に、「床下にあったんだ」と、運転していた作業員が言う。頭の中にあった平面図を思い描き、そこが、以前から寝室に使われていた場所だとわかった。

「床下って？　そんな収納扉なんかなかったですよ」

「隠し扉だったんじゃないかな。もしかして黄金が出てくるかもしれないぜ」

冗談を言う作業員の横で、「まじかよ」と一平が浮足立つのがわかった。

「とにかく引き上げるよ」

作業員が重機を巧みに操り、金庫が地面にドスンと下ろされた。かなりの年代もので、重機に引っかかれたためか扉は開いていた。

「何が入ってるんだろうな」

一平が興味津々といった顔つきで、中を見ようとする。

「待てよ。勝手に見ない方がいい」

「大丈夫だよ。この洋館全体に廃棄承認がおりているんだから」

管理部らしく、稟議手続きを述べて碧を突っぱねた一平は、金庫の中の物を取り出して見た。

「何だこれ？」

湿気のためか、重そうに見える数種の書類があり、まるでタイムカプセルの中身のように、どれも破れそうで黄ばんだ色をしている。

「かなり古いものだな」

それを恐る恐る手にし、そこに書かれた内容を読んでいた一平は、わけがわからないといった顔つきで呟いた。

「榊木源太郎って、いったい誰だ」

41

定吉は、はっきりと言った。

「真岡鉄治が殺害し、山澤と俺はそれを手伝った。他にも組員が何人かいた」と。

これで、真岡の犯行が証明された。コナーもルイスも奴らが殺したんだ。間違いない。犯行がばれるのを恐れて、口封じのため殺した。

岸は石田のもとへ車を走らせた。

病院に寄って定吉を降ろそうとした時、岸が五反田の美術館に向かうことを知った彼は、自分も行くと言い張った。彼を説得して病院に留めさせ、一人で石田のもとへ急いだ。

美術館の駐車場に着くと、遠くで重機の音が聞こえていた。その方角にはあの洋館があるはずだ。ここでも解体作業をしているのか。

駐車場に止まっていた車のドアが開き、石田が姿を現した。小走りに駆けてきて、意気込みながら言う。

「どうでしたか」

定吉の語った内容を簡潔に伝えると、彼は口元を引き締めて頷く。

「何もかもすべて話してくれた」

ホテルで乱闘騒ぎがあったことを石田から聞いた。間一髪だったようだ。

「ルイスの遺品は確保し、今、分析中です。レイラも無事に救出しました」

「それから安井定吉ですが、意外な事実が判明しました。戦災で戸籍の一部が焼失していたため、当初警察でもわからなかったのだと思います」

石田が調べ上げていた定吉の過去を聞き、岸が今まで疑問に感じていたことが払拭された。なぜ、彼があの蒲田のアパートに住んでいたのかもわかった。

「あいつら全員、ここに集合しているはずです。ただ、所轄がまだです。もう少し待ってください」

「この美術館のどこにいるんだ」

「最高顧問室だと思われます。二階の突き当たりの部屋です」

「わかった」

そう言って、岸は美術館に向かう。

「ちょっと待ってください。岸さん」

深い緑に覆われた庭園を見渡せる一角に、最高顧問室はあった。

岸がドアを開けると、彼らは一斉に顔を向ける。真岡鉄治が突き当たりの重厚な椅子に腰かけ、真知子がソファーに座り、元也と才田はその横で立っていた。

「誰だお前は？」

元也がほざく。

「残念だが、海外はお預けだ」

「何だと？」

後から石田が追い付く。

「警察です。海外送金の件で聞きたいことがあります。署まで同行ください」

「警察？」

元也が目をむく。

「同行だと？」

「警察に用はない。帰れ」

鉄治が落ち着いた口調で言う。

「いろいろとお訊きしたいことがあるんです。同行ください」

「うるさい。お前らには用はない。出ていけ」

「我々には用があるんです。三〇〇億円のマカオ送金の件、と言えばおわかりでしょう」

鉄治は大きなため息をつく。

「それはもう調査済みだろ」

そう言うと、才田に視線を移す。

「あなた、そう言ってましたよね」

才田が石田に言った。

「ええ、でも新たな証拠が見つかったんです」

「証拠？　何ですか、それ」

「署で見せます。とにかく同行してください」

「黙れ。俺は行かない」

元也は、顔面蒼白の真知子の隣にドスンと腰を下ろし、腕を組んで戦う姿勢を示した。

「逮捕状はあるのか？」

鉄治は石田を睨みつける。緊急を要する事案のため、逮捕状はまだのようだ。

「任意なら拒否する。出ていけ」

「そうだ、お前ら出ていけ。俺はこれからモナコに行くところなんだ。そんな時間はない」

「であれば、単刀直入に言います。あの三〇〇億円の借り入れはでっちあげだ」

一瞬の沈黙。

「何を馬鹿なことを言ってるんだ。カジノから発行された証明書だってある。お前の言うことはまったくのでたらめだ」

元也がわめく。

「ではなぜ、カジノに返したはずの三〇〇億円が、マカオの銀行に眠っているんですか？」

「何だって？」

元也の顔がひきつる。才田はピクッと肩を震わせたが、鉄治は動じていないようだ。

「そんなこと俺に訊かれてもわかるわけがないだろ」

「元也さん、あなた、本当にわからないんですか」

「俺は知らない」

「じゃあ、才田室長、あなたから説明してもらいましょうか」

才田は、緊張した面持ちで石田を見つめる。

「私だってそんなこと知らない」

「知らないわけがない」

「何度言っても同じだ。私は関係ない」

「ではなぜ、三〇〇億円の口座の書類を、あなたが所持していたんです？」

「え？」

石田は口座情報の書面を取り出し、彼らに見えるように掲げた。

「あなたのメールアドレスにこれがありました」

鉄治、元也、真知子の視線が才田に集中する。才田は目を見開き、口をぽかんと開けている。

彼の表情が強張り、こめかみから汗が流れた。

「何かの間違いだろ」

鉄治が言い放つと、石田が睨みを利かす。

「知らないなどとは言わせません」

「ちょっと、あなたたちの言ってることはちんぷんかんぷんでまったくわからないわ。ちゃんと説明して頂戴」

ずっと首を傾げていた真知子が口を挟む。

石田は横目で真知子に視線を向けただけで、彼女を無視した。

鉄治は落ち着いている。ふんと鼻を鳴らすと、石田を突っぱねる。

「証拠を見せろ。借入がでっちあげだと言うのなら、ここにその証拠を持ってこい」

「この口座情報が証拠です」

「そんなもの証拠にはならん。俺はカジノに送金したんだ。振込書類だって残ってる」

「カジノへ送金した後、この口座に振り替えられたんです。借入の証明書は偽造です」

「そんなこと、あんたの想像だろ。俺はカジノで損をしたんだ。偽造だと言うなら証拠を出せ」

石田は反論できなかった。証拠は何もない。匿名口座に眠る三〇〇億円の資金の出所も証明書偽造も、石田らの憶測に過ぎないのだ。カジノと銀行の調査をしなければ何もわからない。しかも、その三〇〇億円が不正に得たカネかどうかも、今のところ判然としていない。

形勢が逆転し、鉄治は余裕の表情を浮かべる。

「証拠もないのに、俺たちを拘束できると思っているのか。すぐに弁護士に連絡しろ！」

部屋中に緊迫した空気が漂い、内線電話で指示を出す、才田の小さな声だけが耳に残る。

いくぶん焦りの表情に変わった石田が、声を張り上げた。

「それだけではありません」

鉄治以外の全員が、石田に顔を向ける。

「コナー及びルイス・ガルシア、そして元社員山澤の殺害容疑です」

誰もが息を飲み、鉄治の反応を窺っている。元也は怪訝そうに才田に視線をやり、真知子が心配そうに鉄治を見つめる。

「誰だ、それは」

鉄治が呟く。

「知りもしない奴を、どうして殺さなければならない」

彼は居直り、顔を背ける。

岸の頭にカッと血が上る。知らないはずがない。俺は定吉の口からお前の名を聞いたんだ。お前が殺した。お前が犯人だ。

「あなたたちが追っていたルイス・ガルシアの遺品は、先程確保しました。もう何を言っても無駄です」

「何のことを言っているのか、俺にはさっぱりわからないな」

憮然とした表情で才田の顔をちらっと見る。才田は俯いたままだ。

「それとも、何か証拠でもあるのか。俺がそいつらを殺ったというなら、ここに証拠を持ってこい」

鉄治は悠然と構えている。

簡単には落ちない相手だとわかってはいたが、相当な悪党だ。

図らずも、岸の脳裏にコナーの無残な死に様が浮かび上がる。あの滅茶苦茶にされた顔が、はっきりと浮かんだ。あれは人間の姿じゃなかった。あんな目に遭わせたのは貴様だ。貴様が殺ったんだ。拳を握りしめ、殴りかかりたい感情を必死に抑えた。

「お前ら警察は、何も悪いことをしていない清廉潔白な人間を捕まえて、殺人犯にしようというのか。それがお前らのやり方か。もう帰れ。誰の許可を得てここにいる。ここから出ていけ」

岸は唇をぐっと噛みしめた。もう我慢の限界だ。

「黙れ！　真岡。しらばっくれるのもいい加減にしろ」

岸が叫ぶ。

聞き覚えのない声に反応し、鉄治は振り返る。

「誰だ、お前は？」

「誰だっていい。二〇年前、山澤とルイス・ガルシアを殺害したのはお前だ」

「作り話は止めろ」

「作り話ではない。千年地所の元社員の山澤。桂川邸に住んでいたルイス・ガルシアを知らないとは言わせない。そして、ルイスの息子コナーもお前らの犠牲になった」

「だから、俺はそいつらを知らないと言っただろ。なぜ俺が殺さなければならない」

「知らないと言うなら教えてやる。彼らは、お前が犯した六九年前の榊木一族皆殺しの事実を知っていたからだ」

「え？」という真知子の声。元也は首を傾げている。

「何が六九年前だ。いい加減にしろ！」

「よく聞け、真岡！　お前は当時、榊木実業の専務だった秦と共謀し、昭和二一年の九月、熱海の別荘で、元社員山澤と無職安井らの手を借り、榊木一族とその使用人を殺害し、放火した。そしてその後、秦をも殺害した。それらはすべて、榊木実業を乗っ取るためだった。財産税を回避し、財閥解体を免れるためだと榊木を騙して、ほとんどの株を当時の社員やグループ会社の名義に変えさせ、榊木が死んだ後、名義株を自らの名に書き換え、あたかも自分の会社であるかのように偽装した」

「黙れ！　俺はそんなことはやっていない。名誉棄損で訴えるぞ。証拠もないのにでたらめを言うな」

「証人はいる」

「証人？　そんな者、いるわけがない」

「安井定吉が話してくれた」

静寂が部屋を覆う。誰もが押し黙る中、鉄治の表情は明らかに変化し、深い皺が刻まれた頬をピクリとひくつかせた。

「誰、それ？」

真知子の声が漏れる。

「うるさい！　お前は黙ってろ」

鉄治が声を上げる。

「あの老いぼれはろくに喋れないんだ。そんな奴に証言ができるわけがない」

「やけに詳しいじゃないか。安井のことをよく知っているようだな」

「うるさい！」

「彼ははっきりと言った。お前が殺したと」

「でたらめを言うな！　奴は痴呆症なんだ。証言などできるわけがない。奴が言ったというなら、その証拠を見せろ。供述調書でもなんでも持ってこい」

そんなものがこの場にあるわけがない。俺がこの耳で聞いただけだ。

「安井定吉の事情聴取はこれからです。それまで国外へは行かせません」

石田が気を吐いた。

「今ここに証拠がないんだったら話にならん。もう帰れ！　ここから出ていけ。ここは私有地だ。お前らには何の権利も強制力もない。才田、車を回せ。すぐに空港に行く。あとは弁護士に対応させろ」

「はい、わかりました」

才田は携帯電話を手に取った。

くそ！　これでは国外に逃げてしまう。力ずくで阻止するしかないのか。いや、石田も強引にはできないだろう。ならば定吉をここに連れてくればよかったのか。だが彼の容態を考えれば、あまり無理をさせられなかった。

才田が電話を切った。

「すぐに車が来ます」

「よし、わかった」

鉄治が立ち上がった。

「待ってください」

石田は焦りの表情を隠せない。

岸にはどうすることもできなかった。捜査官たちも手をこまねいている。石田の制止を無視し、杖をつきながらも胸を張って歩く鉄治の姿は、忌々しいほど大仰だ。どうすればいい。これで万事休すか。

と、その時。

「俺が証言する」

そのしわがれた声には聞き覚えがあった。

まさか！

全員の視線がドアに向けられる。

車いすが見えた。安井定吉がいる。

病院の職員らしい女性が後ろに控えていた。安井が無理を言ってここに連れてこさせたのかもしれない。その隣で、歯を食いしばり、怒りを露わにしたレイラの姿もある。所轄の警察官らしい男もいる。

鉄治はゆっくりと顔を向け、その鋭い眼光を定吉に向けた。

「お前――」

そう呟いた鉄治の表情に、驚きと戸惑いが滲み出ていた。

「なぜ、お前がここに」

しげしげと見つめ、説き伏せるように言う。

「お前は黙っていろ。すべて俺に任せておけばいいんだ」

定吉は首を振った。

「俺はすべてを話した」

鉄治の目がかっと見開く。

「お前、何を話したというんだ」

「熱海の別荘で榊木一族を皆殺しにし、放火したことだ。そして山澤も」

「何を言う――」

「あいつは、自分の犯した罪に悩み苦しんでいた。俺とは、事あるごとに連絡を取り合っていた仲だったんだ。ルイスという外人と会ったことも、奴から聞いた。その直後に、奴との連絡が途絶えた。俺は、あんたが新井組に依頼して、始末したんだと思った」

鉄治の呼吸が荒くなり、肩が上下している。

「そんなことがあるわけないだろ」

「もう終わりだ、兄さん」

その言葉に、彼らの関係が凝縮されていた。

元也と真知子はあっけに取られている。鉄治の顔から血の気が引いていた。

ここに来る直前に、石田から聞かされた定吉の過去。定吉は、養子に出された鉄治の実の弟だった。貧しい家庭に育った兄弟は、生活のために離れ離れになった。しかし、その絆は消えていなかった。

岸は、二人の生き様を思い浮かべる。

千年地所のオーナーとなった兄は、弟を会社に呼び寄せ、資金的な支援をしようとしたのだろう。しかし、罪の意識に苛まれた弟は、千年地所で働くこともせずに偏った思想家となり、鉄治の誘いをずっと拒み続けていたに違いない。それでも兄は弟を見捨てなかった。あの蒲田のアパートに、年老いた定吉の姿があったことが、二人の結びつきを示している。

腰が抜けたように椅子にへたり込んだ鉄治は、杖を握りしめながらぶるぶると身体を震わせていた。真知子はぽかんと口を開け、元也はぼんやりと鉄治を見ている。

「俺の会社だ。この会社は俺のものだ。誰にも渡さない」

そう呟きながら胸を押さえ蹲る鉄治に、「大丈夫ですか」と才田が声をかけ、真知子が慌てて鉄治のもとへ行き、心配そうに背中をさする。

千年地所は真岡の会社ではない。少なくとも、真岡名義の株と元社員を含めた社員持株——つまり名義株の所有権は、宙に浮いた形となった。それらは、そもそも榊木源太郎の持株である。相続人のいない彼の遺産は、家庭裁判所が選任した相続財産管理人の管理下に置かれ、必要があれば換価処分をした後、国庫に納められると弁護士から聞いた。現時点では、誰がオーナーなのかわからないのだ。会社経営にとって不安定な状態だが、それも、財閥解体や財産税を不当に逃れた榊木源太郎への報いであると考えれば、元のさやに収まったと言えなくもない。人を謀れば人に謀らるだ。莫大な富と権力を手にした者の末路が、往々にして悲哀に満ちた下り坂であるのは、人の世の摂理のようでもある。

「俺には関係ない」

元也がそう言い、すっと立ち上がった。

「サカキとかヤマザワとか聞いたこともない。あんただって、いったい何者なんだ」

安井を横目で見ながら、元也は平然とドアに向かって歩き出す。

「おい待て、元也！」

岸が叫んだ。

「どけ！　俺はモナコに行くんだ」

捜査官を振り払い、元也はドアに向かう。

「ちょっと待ちなさい！」

レイラだった。

両腕を広げてドアの前に立ちはだかり、目には憤怒の炎を燃やしている。

「誰だ、お前は。邪魔だ。どけ！」

「どけとは何よ！」

言い終わるのと同時に、レイラの平手が炸裂した。

バシーン。

元也が頬を押さえ、あっけに取られている。

「あんたがコナーを殺したんだわ。すべてあんたが悪いのよ。あんたのせいでコナーはあんな酷い目に遭って、痛い思いをして死んでいった。なのに、自分は関係ないなんてよくも知らん顔できるわね。あんたのような屑男は、この世から消えてなくなればいいんだわ」

「何を言ってるんだ。いったいお前は誰だ」

「あんたに、お前なんて言われる筋合いはないわ。このバカ息子！」

「何だと！　この俺にその言い方は何だ。俺が誰だかわかって言ってるのか」

「それはこっちの台詞よ。あんた、自分が誰だかわかってるの？」

「お前、馬鹿じゃないのか。お前こそ誰なんだ。いったい、誰に断ってここにいる。とっとと失せろ。この美術館も、この広大な敷地もみんな俺のものなんだ」

「そんなこと誰が決めたのよ」

「うるさい！　俺は千年地所グループの代表だ。最高顧問の後を継ぎ、グループの総帥になったんだ。わかったか。ここは俺の私有地なんだ。ここからすぐに消えろ！　才田、何をぼやっとしてる。早くこいつをつまみ出せ」

「あんた、何言ってんの？　今までのやり取りが何もわかってないのね。この会社はあんたの会社じゃないの。あんたのパパには遺産なんてない。この美術館もあの洋館も半蔵門の本社ビルも、みんなあんたのものじゃない」

「はっ？」

「まだわからないの。ここから出ていくのは私じゃない。あんたの方よ。さっさと警察に行きなさい！」

わけがわからないといった顔つきで、元也はただあんぐりと口を開けている。鉄治はぶるぶる身体を震わせながら、同じ言葉を何度も呟いていた。

「俺の会社だ。この会社は俺のものだ」

その弱々しい念仏のような言葉は、誰の耳にも訴えかけることなく、儚い塵埃（じんあい）となって空中に消え失せた。

42

翌朝。岸は霞が関の石田のもとへ赴き、安井定吉が語ったすべてを彼に伝えた。

戦時中、定吉は実兄である鉄治の口利きで、榊木実業の関連会社が持つ人形町の小さな印刷工場で働いていた。その目と鼻の先にある浜町の料亭で奉公していた舞子と知り合ったのは、昭和一九年の夏。松島神社にお参りに行った時だった。

それから間もなくして二人は付き合い始めたが、昭和二〇年に入ってすぐ、召集令状が届き、二人は離れ離れになる。

命からがら復員した定吉が耳にしたのは、舞子が空襲で死んだという知らせだった。それからの彼は、住む家もカネもすべてなくなり、ドブを浚(さら)うような汚れた生活に足を踏みいれる。新宿の闇市で不良仲間と徒党を組み、引ったくりや暴行やヤクザまがいなことまでした。蘇川組から声がかかったのはそんな時だった。

犯行当日、山澤が祝いの料理に睡眠薬を混ぜて全員を眠らせ、その直後、別荘に忍び込んだ鉄治らが、眠っている彼らを次々に殺害し、放火した。体調が良くなかった志保の看病に当たり、薬入りの食事を口にしなかった舞子母娘は異変に気付くも、玄関口で力尽きたのだった。寺に赤子を置き去りにしたことは山澤には伝えたが、秦、真岡に知らせれば子供の命が危ないと思い、口をつぐんでいた。

山澤は、秦たちに脅されて仕方なく犯行を手伝ったと言っているが、自らの保身が目的であった。しかし犯行後、秦と真岡は桂川をないがしろにし、それを見かねてルイスが彼を引き取ったことに、山澤はずいぶん悩み、苦しんでいたという。

一方、石田によれば、海外当局とのマネーロンダリング調査の調整には相当時間がかかりそうで、マカオのバンコ・パシフィコ・アジア銀行、そしてカジノ運営会社の調査がいつ行われるかはまだわかっていないようだ。

コナーのスポーツバッグに入っていたルイスの遺品。それは、ルイスの手記と、ルイスが終戦直後にグノーシス会の幹部に送ったと思われる何通かの手紙、そして、会話を録音したテープだった。

　コナーは、最近亡くなった幹部の妻の遺族からその手紙を渡され、それがきっかけでルイスの遺品を整理した際、彼の手記を発見し、今回の日本での取材に繋がったと考えられるが、事実確認はまだされていない。

　ルイスの手記には、彼がなぜ来日したのか、その理由が次のように記されていた。

《先週、桂川篤久が亡くなり、昔の仲間が大勢訪れた。久々の顔が並び、懐かしく楽しいひと時だったが、その際、会の幹部だった男と終戦直後の頃の話になった。榊木一族は秦と真岡が殺し、山澤が裏で手助けをした。そのことはお前も知っているはずだと。

　秦に流したＧＨＱの機密情報を受けて、榊木実業の株の名義を書き換えたのは知っている。しかし、会社を乗っ取るために、彼が榊木を殺害したことなど知る由もない。

　お前も同罪だと言われ、私はショックを受けた。私は知らなかったと神に誓う。

　秦、真岡の悪事が真実なら、自分のした行為が他人を巻き込み、桂川篤久の親代わりであった榊木を、私は死に至らしめたことになる。これには痛切に責任を感じる。私のしたことは間違いだった。

　山澤が今も生きているならば、私は彼に会い真実を吐かせようと思う。きっと彼は真岡と違って利用された身だ。説得すれば口を割るだろう。秦はすでに他界している。もし真岡が生きているなら、彼はその罪を償わなければならない。法律的にすでに時効とはいえ、償いに期限などないのだ。

証拠は持っている。これがあれば、山澤は本当のことを言うに違いない。》

さらに手記を見ると、前半にはこう記されていた。

《[illegible]約束を果たさなかった。GHQの情報を教えたのは、芝大門のビルの寄付が条件[illegible]たのだ。何度言っても話をはぐらかし、そのうち会ってもくれなくなった。なんと不誠実な男だ。こちらも強引にいくしかなかった。約束を果たさないなら、名義株を使ったことを世間に公表すると、私は強く迫った。その交渉の際の一部始終を、テープにしっかりと録音した。》

石田は、そのテープの内容についてこう言っている。

「ええ、聴きました。秦と思われる人物はしっかりと発言しています。名義株を使っていると」

ルイスの手紙には、芝大門のビルの取得を条件に、GHQの情報を榊木実業の秦に流すこと。榊木実業が名義株を使っていること。秦が約束を果たさず困っていること、などを裏付ける内容が、克明に記されていた。

そして、来日した後に書いたと思われる手記に、次のようなものが残されていた。

《訪日し、山澤に会って火災の件を問い質した。その際、少し時間をくれと言われ、翌日会う約束を取り付けたが、彼は約束の場所に現れなかった。真実がわからないまま、私は帰国せざるを得ない。ただ、私が舞子の日記に触れると、彼は、彼女の子が生きていることを教えてくれた。志保という名で、榊木の娘に当たる子だ。私は彼女に会い、日記と写真を彼女に渡した。訪日した収穫と言えるものはそれだけだった。》

そして昨日、真岡の任意同行を見送った直後に、一平から渡されたもの——洋館の床下に隠されていた金庫の中にあった書面——は、決定的な証拠と言えるものだった。それらは、榊木源太郎と従業員との間で取り交わした名義株にかかる覚書と、実質の株主名簿と思われる書面だ。

ルイスの遺品が示す事実と照らし合わせれば、これら証拠物が真正なものであることは間違いない。これにより、榊木源太郎が榊木実業、ひいては千年地所グループの大株主であったことが明らかとなった。

さらにもう一つ。金庫の中には、榊木源太郎の遺言書があった。

遺言の存在については、弁護士である義弟に知らせてあったのだろうと思う。しかし火災で彼も犠牲となり、金庫の存在自体が闇に葬られたのだ。

そこには、こう書かれていた。

二　[illegible]が所有するすべての財産を、高坂舞子に遺贈する。

三　高坂舞子[illegible]榊木財団の理事を務め、財団の設立趣旨をよく理解してその運営に努めること。

[illegible]の長女志保は、榊木家祖先の祭祀財産を承継し、子々孫々の代まで先祖を祀

り供養してほしい[illegible]

遺言が真正なものであるか調査が必要になるだろうが、筆跡鑑定をすれば、真正であることが立証されるだろう。

かつて個人所有だった財産は、財産税を逃れるために一時的に名義を会社に変え、後日、舞子へ贈るため個人に戻すつもりだったのだ。なぜ籍を入れなかったかはわからない。ただこの遺言に、榊木の舞子への思いが表れている。

遺言の効力に時効はない。しかし、未入籍である高坂舞子は榊木とともに死亡したため、きく乃が遺産を受け取ることはできない。財団法人への理事就任も無効だ。残されたきく乃にとっては酷な処遇と言える。事件が起きなければ、千年地所のオーナーになっていたのだから。ただ、榊木の忘れ形見というだけでも何かと取りざたされることになるだろう。まして遺産を手にしていたら、周囲が騒ぎ立て、彼女の人生は確実にかき乱される。どちらが幸せかは一概には言えない。

気がかりな点が一つあった。所有権が不明な株式を除くと、財団が千年地所の大株主となることだ。その理事の構成が問題だった。

岸は、一平にこれまでの経緯を説明し、早急に臨時の評議員会を開くよう指示して、即刻、真岡鉄治の解任決議をとるよう根回しした。何もそこまで骨を折る必要などなかったが、ここまで足を突っ込んだ以上、見て見ぬふりはできない。この際、蛆虫(うじむし)は徹底的に潰さなければならない。

真岡が、公益法人の役員としての欠格事由に当たることは明らかである。決議は問題なく承認されるはずだ。

斉藤碧の家系を知った一平の驚きようは、天地がひっくり返るほどだった。それも当然のことだ。自分の会社の創業一族なのだから、他人事では終わらない。遺産はもらえないし株主でもない。千年地所の経営に関わることはできないが、何といっても重みのある血筋である。碧を見る目が変わるのは、火を見るより明らかだった。

43

安井定吉が息を引き取った。

石田と別れた直後に、病院からそう連絡を受けた。

死は必ず訪れる。この世に永久不変なものなどあり得ない。安井は大往生したのだ。

これで永遠に、岸の心のもやもやが払拭されることはないだろう。霧は深まり、一向に引く気配がない。彼は自らの死をどう受け入れていたのだろうか。天寿を全うしたと感じていたのだろうか。

確かに、彼は真実を打ち明けた。しかし、心の内にあるものは少しも吐露していない。彼は自分を隠し通して死んでいった。岸に、彼の気持ちがわかるはずがない。わかったところで何にもならないのかもしれない。

あの日、定吉の身に何が起こり、その後、彼がどのように暮らしたのか。少なくとも彼の生き様がそこにある。それがわかっただけで充分ではないか。そう思うしかない。

岸は一平の携帯に電話をし、碧の連絡先を聞いた。

昨日、定吉を病院まで送った際、碧に渡してくれと、彼から手紙を預かっていた。

なぜあの時、彼が岸にそれを託したのか。自らの命が尽きることを知っていたとでもいうのだろうか。そんなことはあり得ない。

それともそれが、真実を分かち合う者の務めとでもいうのだろうか。いや、そんな責務は、俺にはないはずだ。

彼が、あの事実を受け入れようと受け入れまいと、真実は一つしかない。それが、本人にしか知り得ないものであったとしてもだ。

岸は碧に連絡しようと、携帯番号を押した。

声に元気がなかった。彼はすでに、安井の死を知っているようだ。

ちょうど千年地所を出て、蒲田のアパート跡地に向かうところだったので、彼とはそこで落ち合うことになった。

岸が現地に着くと、瓦礫がすっかり廃棄され、綺麗に整地されたアパート跡地に、碧が一人佇んでいた。

彼は、何か大切な落とし物をしてしまったような暗い顔つきをしている。定吉が亡くなったことに、深い悲しみを感じているのだろう。

「榊木源太郎のことは聞いているか？」

「ええ、一平から」

「熱海の焼死事件のことも？」

「はい、すべて聞きました」

なぜ、そんなに面白くない顔つきをしているのか。やはり、安井のことが心に引っかかっているのか。

「岸さんがこの事件を解決してくれたんですよね」

岸は頷く。何か言いたげな表情だ。岸が黙っていると、言いにくそうに口を開いた。

「真実を突き止めてくれて、岸さんには感謝しています。でも、正直言って頭が混乱していて、どう整理したらいいのか、よくわかりません。七〇年もの間、ずっとすり替えられた人生を送ってきたなんて、とても信じられない。それも、千年地所の創業家だなんて。そんなこと突然言われても」

「俺にそんなことを言われても困る」

「すみません。そうですよね。岸さんにこんなこと言うのは、お門違いですよね。でも、みんな僕を避けてるみたいで、なんだか辛くて」

「一平は何て言ってた？」

「あいつだって同じですよ。相談しようにも他人行儀で話にならない。僕は何も変わっちゃいないし、変わりたいなんて思ってもいない。僕のルーツのことなんてどうでもいいじゃないですか。みんながあんなにも豹変するなんておかしいですよ」

だがそれは当然のことだろう。今まで彼をこき下ろした上司も、さんざん蔑んだ女たちも、碧には一目置くはずだ。彼に遺産はないが、血筋は消えることはない。事件が起きなければ、彼が千年地所のオーナーになっていたことを考えれば、彼の立場が今後どう変わるかわからない。会社経営に関与することだってあり得るのだ。腫れ物に触れるような扱いになるのは当然ではないか。彼の気持ちはわからないでもないが、俺にはどうすることもできない。

岸は話題を変えようと、昨日、定吉から預かった手紙を取り出し、彼に差し出した。

それを受け取って、黙ってポケットに突っ込む碧に、岸はどうしても聞きたかったことを尋ねた。

「君が、このアパートの仕事をしたきっかけは何だったんだ？」

質問の趣旨を測りかねているのか、不審な顔つきをしながら碧は答えた。

「アパートの壁に貼ってあった、募集広告を見たんです」

錆びついた金属製プレートを思い出した。

「じゃあ、なぜこの場所に来た？」

「なぜ、そんなことを？」

「質問に答えてくれ」

眉間に皺を寄せた彼は、目を逸らせながら言う。

「ずっと前からこのアパートのことは知ってましたから」

「どうして知ってた？」

「母が持っていた日記にここの住所が書かれていたんです。ずいぶん古い日記でした」

「なるほど」

今度は合点がいった。

「それで、ここに来たんだな」

「ええ、そうです」

「それを見て、どうしてここへ来た？」

「どうしてって」

彼は露骨に嫌な顔をしながら呟く。それでも岸は、じっと彼の答えを待った。彼は殺風景な景色を見回しながら、岸の粘りに負けたのか、ふーっと息を吐き出した後、風のように透き通った声で言った。

「僕がいったい何者なのかを、どうしても知りたかったからです」

「どういうことだ？」

「自分の生い立ちがわからなかったんです。母は養親に育てられ、肉親が誰なのか、どこに住んでいるのか、まったくわからなかった。僕のルーツも不明確だったんです。だから僕は、自分が何者なのかを知るために、母の足跡を辿りたかった」

「それでここへ？」

「そうです」

ルーツ？　それを知ってどうなる。まあいい。興味の方向はそれぞれだ。知りたいのはそんなことではない。

「それはいつのことだ」

彼は岸に顔を向け、真意を見定めようとするかのように、じっと目を覗き込む。

「高校を卒業してすぐの頃です」

そう言った後、ポケットに手を突っ込み、遠くを見つめた。

「川崎から引っ越す際に、蒲田に決めた理由を母に訊きました。昔、祖母がこの辺に住んでいたことがあるからだと、母は答えました。でも、具体的な住所までは教えてくれませんでした。引っ越しの荷物を整理していた時、古い日記が出てきて、初めて、その存在を知りました。そしてその古い日記を、母がすごく大切にしていることが、その時の母の様子からわかりました。表紙に、高坂舞子という名と蒲田の住所が書いてあったので、たぶん、その人が実の祖母なんだろうと思ったんです」

「その日記はどうした？」

岸をちらっと見た碧は、「中は見ていません」と、強い口調で言った。

「気付かれないように元の場所に戻したら、その後、そこにはもうありませんでした」

彼は、あの日記の中身を見ていない。

「お母さんに確認しなかったのか？」

「どうだっていいじゃないですか、そんなこと」

「いいから答えてくれ」

碧はしばらく黙っていたが、「何も話していません。あまり、そのことには触れたくないようだったので」と、素っ気ない表情で答え、岸を横目で睨んだ。

「でもなぜ、そんなことを聞くんです？　日記がどうしたっていうんですか」

きく乃が、碧に隠している彼女の過去を、ここで話すわけにはいかない。すべてを知ることが、必ずしも最善とは言えないこともある。岸は彼の質問には答えず、もう一つ、どうしても知りたかったことを口にした。

「安井定吉のことだが」

彼の視線が岸の瞳を捉え、急に複雑な顔つきに変わった。

「彼は犯人だったんですよね。僕の祖父母を殺し、母の一生を台無しにした犯人だったんですよね」

ささくれ立った言葉だが、様々な感情を、必死に抑え込んでいるように見えた。

「彼は誰も殺していない。騙されて、殺害現場にいただけだ」

「でも、手伝ったんですよね。彼は」

「彼は救おうとした。君の祖母を、必死になって救おうとしたんだ。だが、遅かった」

「じゃあ、なぜ自首しなかったんですか」

挑むような眼差しを、岸に向けた。岸はそれには答えず、タバコを取り出して火をつけた。その仕草を見て、碧はふんと鼻先であしらう。

「どうせ、捕まりたくなかったからでしょ。真岡鉄治とつるんでいたんだ」

「違う！」

岸は声を張り上げた。碧が目を瞬き、岸を見つめる。

「彼は、君の母親を救い出し、湯河原の寺に預けた」

「えっ」

「その後もずっと、君の母親を陰で支え続けた。借金を肩代わりして、君の母親を助けたのも彼だった」

「まさか――そんなことあるはずがない」

「君が小学生の時、家出した父親の借金の取り立てで、君の家庭はひどく苦しんでいたはずだ。しかし、それがぱったりと終わった」

碧は目を大きく見開いた。

「俺はそのことを安井から聞いたんだ。これでも俺の言うことを信用できないか」

思い当たることがあるのだろう。碧は遠くの一点を見つめたまま、じっと考え込んでいる。

「あれは安井さんが」

「そうだ。安井は自分のしたことを深く後悔し、この世に生き残ったものの定めとして、己の人生をかけ、君たちを守り通した。罪を償うために、一生を捧げたんだ」

碧は空を見上げ、涙が零れ落ちるのをこらえている。

彼が、安井に対してどのような思いを寄せ、あるいは、どのような気持ちで接していたのかはわからないが、これで少しは安井への誤解が解けただろう。

「安井とは親しかったのか」

「ええ」

彼は頷き、嗚咽した。咽び泣きながら、やっと声を出す。

「安井さんは、僕にとって大切な人でした。あの人がいなくなるなんて」

「そうか。そうだったんだな」

涙を拭い、息を整えるように深呼吸した碧は、しっかりとした声音で言った。

「僕は、あの人を、本当のお爺さんのように思っていました」

死んだ定吉は彼の本心を知っていたのだろうか。彼の気持ちを感じていたのだろうか。そう考えると、急に彼が憐れに思え、どうしようもなく胸が痛む。

突き刺すような太陽の光が、全身に降り注いでいた。

地面からは陽炎が湧き立ち、ゆらゆらと揺らめいている。まるでこの世のすべてが、儚い幻影であるかのように。

44

それから一か月が過ぎた。

あらゆるものが、目まぐるしく変わったように思える。目の前を忙しなく通り過ぎるすべてのものを、ずっと同じ場所に身を埋めながら、ただぼんやりと見送っていたように感じる。

碧は、榊木源太郎の遺志を受け、創業家一族として財団の理事に推された。それは、碧こそが榊木家の、ひいては千年グループの正統な承継者であると、千年地所の大株主である財団関係者が認めたからにほかならない。これで碧は、千年地所の運営にも関与できる立場となる。

しかし彼はそれを断り、会社を辞め、以前から思い入れのあった店を開こうと決めた。もちろん、きく乃は碧の挑戦を心から応援している。彼がそれに踏み切ったのは、岸が渡した安井からのメッセージが決め手だったという。そこには、彼がよくうたっていた漢詩が書かれていた。

盛年　重ねて來らず
一日（いちじつ）　再び晨（あした）なり難し
時に及んで　當（まさ）に勉勵（べんれい）すべし
歳月　人を待たず

「耳を澄ますと、安井さんのうた声が聞こえてきます。あのアパートの部屋から聞こえてきたのと同じうた声が。そして僕にこう語りかけるんです。人生を無駄にするな。勇気をもって、自分が本当にやりたいことをやるんだ。諦めずにやり通せば、必ずうまくいく」

碧は安井から多くのことを学んだようだ。

一方、真岡鉄治らは、山澤、ルイス、コナーの殺害容疑で逮捕された。信用が失墜した千年地所は、銀行からの要請により、若手社員を中心に経営改革に取り組み中である。新谷一平はそれに追われ、毎晩遅くまで仕事に専念していると聞いている。

千年地所株の相続は、榊木源太郎の遺産調査の段階にあり、その所有権は未確定のままだ。手続きには相当な期間を要すると思われる。

真岡鉄治は、いまだに自分の財産だと主張しているようだが、榊木源太郎とルイスの遺品の出現が相当大きな衝撃だったのだろう。精神的なショックから体調を崩し、とうとう入院してしまったらしい。歳も歳だけに、このまま退院できない可能性があるほどの容態だと石田は言う。彼がどうあがいても、真実は曲げられない。仮に株式の取得時効を主張したところで、殺害行為による取得では成立要件を満たさないのは明らかだ。もっとも今の鉄治には、裁判で戦えるだけの体力も知力も執念もないはずである。

真岡元也は、現金の国内不法持ち込みの容疑で逮捕されたが、コナーらの殺害には関与していないようで、罪は軽微で終わりそうだ。しかし、彼にとって一番大事な財産と、千年地所オーナーという権力はなくなった。無一文になった彼がこれからどのように暮らしていくのか。それが一平の最大の関心事のようだが、岸にとっては何ら興味のないことだった。

レイラはNYに戻り、本格的に日本の歴史を学ぶため、東京の大学に籍を移そうと準備中らしい。さっそく住まい探しを始めたとの連絡を受けたが、亜紀の自宅のある目白が候補地だという。

岸の生活は、世の中の底辺にあるものと同様、置き去りにされたように代わり映えはしなかった。くだらないやっつけ仕事とアルコール漬けの日々。そしていまだに、あの事件のことを考える時がある。忘れようとするのだが、安井定吉のことが頭を過る。

定吉がなぜ、あれほどまで頑なに、自らを隠さなければならなかったのか。なぜ、彼はあんなにも、自分自身を追い込んでいたのか。岸には彼の気持ちがわからない。

ベランダに続く窓を開け、タバコに火をつけて大きく吹かす。

山手通りの喧噪がいつものようにやって来る。排気ガスの臭い。鳩の糞。何も変わっちゃいない。

見上げると、雲一つない紺碧の空に、飛行機雲が白い線を描いていた。その動きをじっと見つめる。あれはどこに向かっているのだろうか。

一週間の滞在期間が過ぎ、今日、藤原ゆづきと美南は、アメリカに帰国することになっている。もう成田に着いた頃だろう。結論の出ないまま、この日を迎えた。

俺は何をやってるんだ。本当にこれでいいのか。会わなくていいのか。

吸いかけのタバコをベランダに投げ捨て、足で踏みつける。もう遅い。いくら考えても、結論なんか出やしない。

リビングに戻ってベッドに寄りかかる。強い日差しを受け、閉じたカーテンが溶けそうに見える。俺の頭の中も、溶けてなくなりそうな気分だ。

岸は、安井定吉と交わした、ある約束を思い出す。いまだにそれが、どうしても頭から離れない。色のない日常に溶け込んで、そのうち、完全に色落ちするだろうと思っていた。だがそれは、今も頭の片隅に、黒ずんだシミのような色を残している。そしてときおり、指にできたささくれのように気になってしまう。

崩れゆくアパートの前で彼と会い、松島神社で聞いた老女の話を伝え、手紙を見せた時だった。

彼は、信じられないという表情を浮かべ、こんなことがあっていいのかと、何度も口にしながらしばらく泣き叫び、そして言葉を詰まらせながらこう言った。

「このことは誰にも言わないでくれ。きく乃にも碧にも知られたくない。それを守れるなら、俺はあんたに、すべてを話す」

岸はそれに同意した。そして定吉は真実を語った。

舞子が松島神社の老女に出した手紙には、こう記されていた。


今日、病院で先生からおめでただと言われました。もう嬉しくて、天にも昇る気持ちでした。サダさんとの子を授かったのです。ずっとお祈りしていたから、良夢札が夢を叶えてくれたのだと思います。さっそく、戦地にいるサダさんに手紙を書きました。サダさんのことだから、きっと、飛び跳ねて喜んでくれることでしょう。


戦場で戦う定吉のもとへ、舞子の手紙が届くことはなかった。

そして、破かれた紅梅日記のページ。舞子の手紙の時期と照らし合わせれば、その部分に何が書いてあったのかが想像できる。きっとそこには、定吉との子を身ごもったことが書かれていたのだ。

彼はなぜ、自分がきく乃の本当の父親であることを知られたくなかったのか。その真意はどこにあるのか。そのことを考える時、岸の心は揺れる。

榊木はすべてを知っていたのだと思う。彼は、舞子と志保を不憫に感じた。そこで、自分の子供として育てようとした。彼の親族もそれを認め、榊木の子だと周囲に言っていたのだ。だから関係者は皆、志保が榊木の子だと信じていた。

日記の一部を破り捨てたのは、舞子の揺れる心の表れだろう。榊木の想いを彼女は受け入れ、自分の気持ちに区切りをつけようと、あるページを破り捨てた。しかしどうしても、日記を捨てることまではできなかった。

彼女は入籍を拒んでいたのだと思う。そうでなければ、榊木はあのような遺言を残さない。これは岸の想像に過ぎないが、それしか考えられない。だが、どうして舞子は入籍を望んでいなかったのか。その理由がわからない。いつも岸の思考は、そこで高い壁にぶち当たる。

タバコを取り出して火をつけ、大きく吹かす。

なぜだ。なぜ、舞子は——。

ふと思いついた。もしかしたら、どこかで定吉の復員を聞きつけたのかもしれない。そして、忘れかけた彼への想いが再び湧き起こり、そうさせた。それしか思いつかない。もしそうでなかったら。定吉の復員を知らないでいたというなら、舞子は一生、妾として生きていくことを受け入れていたことになる。そんな女はこの世にいない。死んだ男のことを想うあまり、目の前にある宝の山をみすみす逃してしまう女など、いないに決まっている。

あるのは日記だけだ。あの日記にすべてが込められている。彼女の定吉への想い。そしてそれは、果てしない時を経て、親子三代を結びつけた。

定吉は、自分の娘と孫であることを知りつつ、それを隠し通して死んでいった。なぜなんだ。どうして彼は自らを明かさなかったのか。彼の背負い続けたものは、それほど重いものだというのか。それが罪の償いとでも言いたいのか。馬鹿げている。そんなもの、どうでもいいじゃないか。

身体の中がざわついた。何かが体内で暴れまわっている。

また、ゆづきの残像が脳裏に浮かぶ。そして美南。赤いダッフルコート。赤い帽子。

俺はこのまま、彼女たちに会わずにいられるのか。定吉のように。

臓腑がきりりと痛む。タバコをくわえたまま、動きを忘れた。

本当に会わなくていいのか。

定吉はそれでよかったと思っていたのだろうか。

きく乃は、自分を助けてくれた人こそ、自分の肉親であると今も信じている。そして、碧の言葉が蘇る。そうだ、彼はこう言っていた。

「僕は、あの人を、本当のお爺さんのように思っていました」

この永遠の言葉は、定吉のもとに届いているのだろうか。

彼は、きく乃に会いたかったはずだ。自分が父親であり、祖父であると、二人に明かしたかったはずだ。きく乃も碧もそれを望んでいた。なのに、彼は自分の気持ちを抑え込んだ。

俺は、定吉のようには生きられない。

ふいに何かに押された。背中をドスンと。

タバコを灰皿に押しつける。腕時計を見る。心がはやる。

あいつらはどうだろうか。娘は本当に俺に会いたいと思っているだろうか。今も俺を待っているだろうか。

もう一度、時計を見る。心の底で何かが弾けた。

間に合うかもしれない。今ならまだ——。

急いで外へ飛び出した。駅に向かって一目散に駆ける。

遮るもののない真っ青な空に、晩夏の陽光が銀色に輝いていた。

謝辞

本書の執筆に当たり、
弁護士の丸山隆氏に法律面の監修をして頂きました。
ここに深く感謝の意を表します。

平成二八年一二月　宮城　啓

主な参考文献

小田部雄次著『華族』中公新書
竹田恒泰著『語られなかった皇族たちの真実』小学館文庫
徳本栄一郎著『1945日本占領』新潮社
黒田久太著『天皇家の財産』三一新書
梅津和郎著『財閥解体』教育社
住本利男著『占領秘録』中公文庫

〈著者紹介〉
宮城 啓(みやぎ　あきら)　1960年生まれ。早稲田大学卒業後、世界4大会計事務所の一つに入社。国内大手証券会社でIPOコンサルティングやプライベートバンキング業務に従事した後、税理士法人を設立し代表社員に就任。税理士。上場会社のMBO第三者委員、買収防衛策独立委員など歴任。2014年、『マモンの審判』(幻冬舎)でデビュー。

本書は書き下ろしです。

ヘルメスの相続
2016年12月10日　第1刷発行

著　者　宮城 啓
発行者　見城 徹

発行所　株式会社 幻冬舎
〒151-0051 東京都渋谷区千駄ヶ谷4-9-7

電話:03(5411)6211(編集)
03(5411)6222(営業)
振替:00120-8-767643
印刷・製本所:株式会社 光邦

検印廃止

ISBN978-4-344-03043-5 C0093
幻冬舎ホームページアドレス　http://www.gentosha.co.jp/

この本に関するご意見・ご感想をメールでお寄せいただく場合は、
comment@gentosha.co.jpまで。